灵魂破译师

LINGHUN POYISHI

[长篇小说]

李林麒 著

百花洲文艺出版社
BAIHUAZHOU LITERATURE AND ART PRESS

图书在版编目（CIP）数据

灵魂破译师 / 李林麒著. — 南昌 : 百花洲文艺出版社, 2017.9
ISBN 978-7-5500-2339-0

Ⅰ. ①灵… Ⅱ. ①李… Ⅲ. ①长篇小说 - 中国 - 当代 Ⅳ. ①I247.5

中国版本图书馆CIP数据核字（2017）第175112号

出 版 者　百花洲文艺出版社
社　　址　江西省南昌市红谷滩新区世贸路898号博能中心一期A座20楼　邮编：3300
电　　话　0791-86895108（发行热线）0791-86894790（编辑热线）
网　　址　http://www.bhzwy.com
E-mail　bhzwy0791@163.com

书　　名　灵魂破译师
作　　者　李林麒
出 版 人　姚雪雪
出 品 人　一　航
责任编辑　安姗姗
特约编辑　康天毅
营销编辑　刘东灵　刘雅薇
封面设计　xiao.p
经　　销　全国新华书店
印　　刷　北京富达印务有限公司
开　　本　880mm × 1230mm　1/32
印　　张　9.25
字　　数　207千字
版　　次　2017年9月第1版
印　　次　2017年9月第1次印刷
书　　号　ISBN 978-7-5500-2339-0
定　　价　38.00元

赣版权登字：05-2017-288

目录

第八章

破译灵魂的密码 | 187

“我都不知道这故事里哪些是真的，哪些是假的。有时候我半夜醒过来的时候，我怀疑我还在梦中，我好像在做一个没有尽头的梦。”她说。

“其实我们都在做梦，不是我们不能，而是我们不愿醒来。”我说。

第九章

207 | 灵魂摆渡人

“也就是说每个病房的病人你都是特意安排的？”我想起来问道。

他点了点头：“影响可以是好的，也可以是坏的。比如抑郁症和躁狂症就是最佳的同房配合，再比如偏执型精神分裂症扎堆就是最危险的同房配合。”

第十章

无法定义的爱 | 235

“那是他最后的牵挂，他没有完成这个心愿，我的暗示有可能被他强烈的意愿抵御住。你要知道爱的力量有多强大，连死亡都可以穿越。”他说。

“那是爱吗？”我叹气问道。

萧白抬头看了看天空，他说：“无法定义。”

・・・

第十一章 我们存在的证据 251

“不，就像星光一样。”我指了指夜空中最亮的那一颗星星，“你看，也许这颗星星早已经陨灭了，但它的光芒还留在那儿。它的光芒穿越了上百万光年来到我们面前，告诉我们它过去的故事。爱就像这道光芒，在我们陨灭后还依然流传下去，活在爱我们的人的心里。”

第十二章 多重人格患者 264

萧白从那些文件中抽出一张纸，递给我：“这是当时雨默在催眠治疗时写下的话，这是在催眠状态下写出来的。”

我接过，上面只有一句话：任何人都别想伤害雨默！我会一直保护她！

第十三章 故事的另一种可能 280

哪个结局是真的？我不知道，我也不知道哪个结局是真的。也许我早已沉寂在死亡深渊，也许这只是一个梦，也许我确实是一个叫陶耀的精神病人。

第一章

我只想快点死

你生命的前半辈子或许属于别人，活在别人的认为里。那把后半辈子还给你自己，去追随你内在的声音。

——荣格

我站在自家门口，盯着大街上熙熙攘攘的人群。

每个人好像都很忙。看那个穿着职业装的男人，正在焦急地边走边接电话。接着他停了下来，左手反复在空气中抖动，和电话那头的人解释着什么。看那个狂按喇叭的汽车司机，再看路口那个神情焦急不时看表的女人……

每个人都差不多。很多人边走边往嘴里塞吃的，他们很忙，忙得没时间坐下来好好吃一顿饭。即使是在散步的人，也要左顾右盼地看来往的车辆，等绿灯亮起才敢过马路。

即使是散步的人，也要遵守交通规则，服从这社会定下来的规矩、秩序。他们其实都是丧失自由的人，被工作、生活、身份、关系、规矩和定义……囚禁着，约束着，他们没有觉察到这一切。

他们还以为自己是自由的，其实他们每个人都是囚犯，世界就是他们的牢笼。只要你还活着，你就一直是个囚犯，无论何时何地你都被有形和无形的东西囚禁着、约束着。

我眼中的世界在旋转，周围的一切在我眼前放大，再缩小，然后又放大。我被这些东西压得透不过气来，那是拴在我身上的枷锁。

我想要自由，真正的自由！我对自己说。

我突然冷静下来，我先整理一下衣服，用手梳了梳头发。最后深吸一口气，把笑容都堆到了脸上，推开门的瞬间，我的双眼熠熠生辉，满面春风。

“唐平，回来了？”妈妈关切地看了我一眼。

我冲过去，抱了妈妈一下：“妈，我找到新工作了！”

一旁正在假装看报纸的爸爸听到我这句话，也重重地呼出一口气，然后又轻咳了几声，这才很随意地问道：“什么工作啊？”

“外企，待遇比我原来的那个破国企好多了，下周正式上班！”我很兴奋地答道。

“嗯。”爸爸轻描淡写地发出一个鼻音，然后继续认真地翻着报纸。

瞧我们这家人的演技多好，都可以拿奥斯卡小金人了。其实他们已经为我担忧了四个多月，因为四个月前我女朋友和工作一起没了。

这四个月来，我把自己锁在房间里，一直在想：我到底是哪儿出了差错？为什么这些倒霉事一起发生在我身上？今天我终于找到了答案，我的错在于——女朋友和我的工作是分不开的，我才是第三者，我才是最多余的那个！

“找到工作就好，来，先喝口热汤，马上就可以吃饭了。”妈妈开心地笑道。

我摇了摇头：“我在外面吃过了，就是累，想睡会儿。你们不用喊我吃饭了。”

妈妈点了点头，我回到自己房间，轻轻地把门关上，锁死。然后又搬了一个小木柜顶住门。靠着门，我从怀里掏出那一百五十粒安眠药，像个饿鬼一样急急地狂吞了起来。这是我跑了十五家药店才攒到的，因为每家只肯卖十粒给我。

听人家说只要三十粒就可以让我永远安眠，但为了保证万无一失，我吞下了一百五十粒安眠药。然后我躺到床上，开始静静等待死亡的来临。

大概十几分钟后，我感觉到了死亡，但这种死亡一点都不安然。我感觉浑身发冷，却连用手指拉一下被褥的力气都没有。脑袋像被什么东西挤压着，又好像被铅灌满了一样，就像一个快要爆炸的气球。

接下来我眼前出现了一堆堆可怕的幻象，我看到了我女朋友，她笑着走过来和我接吻。就在接吻完之后，我才发现我把她的嘴唇带下一大块肉来。那张漂亮的脸蛋上血肉模糊地突兀着两排牙齿，她还对我笑了笑，然后又冲上来继续亲吻我。我想推开她，却浑身动弹不得。突然之间，我发现我变成了我女朋友，我正在啃着自己的尸体……

我是在六个小时后才被爸妈发现并送到医院的，我可以明确地告诉你，我并没有睡过去。在这六个小时之内我一直处在意识模糊、可听可看但不能动的状况中，眼前的恐怖幻象就像连续剧一样不断播放。我很后悔选择了用安眠药自杀，这其实是最痛苦的死法。在度过了两个小时的痛苦之后，我就开始想喊人救我。但我根本发不出任何声音，我甚至连眨一下眼睛都办不到。

我被送到医院抢救，洗胃。洗胃也很痛苦，我的食道被插入一根管子，接着开始往我胃里灌水，灌得差不多了，再让我自己把那些水吐出来。如此反复多次，直到把肠胃清洗干净为止。洗胃很恶心也很痛苦，但我很高兴有人能把我胃里的那些安眠药洗了出来。这并不是说我后悔自杀，我还会自杀，但我再也不会用安眠药了。

影视小说都是骗人的，那些编剧情的人根本就没用安眠药自杀过，否则他们肯定不敢说吞安眠药自杀是最安然最舒服的死法。就像那些天天写凶杀、悬疑小说的作者，他们又有哪个真的杀过人？

清醒以后，我问医生："为什么我吞了一百五十粒安眠药，六个小时都不死，而且还那么痛苦？"

医生一边帮我量血压，一边轻蔑地笑了笑，说："别说一百五十粒，我还见过吞近千粒安眠药的，也没死。"

"这是为什么？不是有很多人吞安眠药自杀的吗？"我惊讶道。

医生点了点头："是的，但那是在过去。我告诉你，在以前，三十粒安眠药确实就可以杀死一个人。但现在不一样了，自从研发了BZD（Benzodiazepines）后，药物的致死剂量和治疗剂量被大大地拉开，安眠药更安全了。再加上每个人对药物的吸收能力不同，只要及时发现大多能救回来。现在三百粒安眠药都不一定能自杀成功，反而还要熬过一段很痛苦的时间。”

医生同情地看了我一眼，他很了解我经历过什么痛苦，我并不是他接过的第一例安眠药自杀患者。

一开始我以为安眠药能把我带向自由和解脱，却享受了一次比痛苦更痛苦的囚禁大餐。我被囚禁在药效里，被那些可怕的幻象折磨着，浑身就像被刺入了无数的钢针一样痛苦，我甚至无法用言语来形容这种痛苦。

最重要的是，这种痛苦没有把我带向死亡，却把我带去医院享受恶心的洗胃大餐……

接下来，我被转到了精神病院。我被诊断出患有重度抑郁症，而且已经出现了自杀倾向。我，像囚犯一样被二十四小时看管起来。于是，这个莫名其妙的故事就这么开始了。

我对精神病院的第一印象就是铁门，然后是铁门，接着还是铁门。刚入院的病人被统一安置在一楼，因为一楼的监护最好，这里连病房的房门都是铁的。窗户都装有防盗网，其实防的是我们。一楼的窗户都没有玻璃，后来我才知道这里的玻璃都被病人打碎了，刚装上又被打碎，现在医院干脆不装了。

走廊里经常传来踹门的声音，那是有暴力倾向的病人狂躁发作了。偶尔病人之间还会打架，不过很快就会有强壮的男护赶来制止。病人狂躁发作时也一样，男护劝阻无效就只能对其进行约束后加注镇静剂处理。

入院的这几天里，我想过把牙刷的柄端磨尖以后扎死自己，但除了扎得我生疼和扎出一片淤青之外，连一滴血都没扎出来。因为这是人的本能，人都怕疼，哪怕就是像我这样一心寻死的人也怕。我还试过撞墙、把头闷在水盆里、撕下床单上吊、勒自己的脖子……皆未果。

要么是被护士发现了，要么就是被自己的本能拦下了。我真的很想死，但我不想死得那么痛苦。从那时候起我才发现，想找一个稳妥舒服点的死法，是件多么不容易的事。原来，想死也很难。

我的主治责任医生名叫萧白，二十八岁，是个非常好的医生。他每月领到工资后，都会去买水果发给整栋楼的病人。我也是住进精神病院后才知道精神科医生的工资这么低，主治医生每个月的薪水才一千五，还不到我以前工资的一半。这对于别的医生来说是难以想象的，我有一个同学是内科住院医生，只是在一家民营小医院上班，每个月光基本工资就有五千元，其余的红包、回扣和奖金就更不用说了。

我甚至不知道他为什么能经常挂着一脸的微笑面对我们的无理取闹，或者说是什么在支撑着他，是信念还是什么别的东西？我真的不知道。

萧医生个头不高，略显消瘦，但身手不凡，我亲眼见过他的身手。那是一个攻击型人格的病人，一米八的个头，很壮实。被刑警送来的，估计刚犯完事。刚开始他很安静地坐在椅子上，由两名刑警负责看着他。

带队的市刑警支队长马千里和萧医生进办公室谈话，我经过门外时听到了他们的谈话。

“不好意思啊萧医生，又送了个扎手货过来。他也没犯啥大事，就是在超市和保安闹起来，打伤了几个人，下手很重。”

“唉，马队长，你知道我们这儿根本没能力管制这样的病人。”

马队长干笑了几声：“没办法，市里没有专门的保安强制医疗机构。这家伙又有精神病病历证明，我也不能把他丢到劳教所去，可不就送您这儿来了。”

“对于冲动型人格障碍，其实药物和心理治疗的效果并不明显。而且他一旦狂躁发作，到时候不仅我们这些医务人员的安全无法保障，连患者也有危险。”

“这个我和你们院长谈过了，其实就是走个形式。市里的相关机构不健全，我们也没办法啊。”

萧医生长叹一声，然后就沉默了。马队长看差不多了，赶紧告辞：“那萧医生，他就交给你了……”

“马队长，五个月前的那个吸血鬼抛尸案怎么样了？”萧医生突然问道。

“那还是个悬案，雨夜抛尸，让我们无迹可寻。而且这么长时间也没有再犯案，凶手估计已经潜逃了……怎么萧医生也对这个案件有兴趣？”

“他是在蛰伏着窥测时机，不是潜逃，这是一个连环杀人犯行为模式的演变过程。等他复出的时候，手法会越来越凶残，作案间隔也会越来越短。”萧医生担忧地说道。

五个月前，我也看过关于吸血鬼抛尸案的新闻报道，当时传得沸沸扬扬。有人在四环线东郊口，发现了一具男裸尸。尸体脖子颈动脉处有着两颗尖牙印，男子内脏和眼珠被掏空，全身被利器划满了网状伤口。电视新闻报道时有个画面从尸体上一扫而过，虽然只是匆匆而过的一个画面，但足以触目惊心，令人不寒而栗。

因为那两颗尖牙印，吸血鬼的流言四起。媒体小报们也跟着风头大肆渲染，说尸检结果发现那人的血都被吸干了。然后就像UFO报道一样，出现了几个目击者，绘声绘色地说那个吸血鬼青面獠牙，身材高大，形如鬼魅。还有所谓的“专家”也出现了，“分析”凶手到底是吸血鬼还是僵尸，最后确认了凶手就是吸血鬼。

一时间十字架成了街头热销品，就连我妈都给我买了一条银十字架项链，一定要我戴着。差不多半年过去了，这阵恐慌才逐渐平息下来，想不到在这儿又听到这个案件。

“你是说凶手还会再犯案？”马队长的声音使我回过神来。

“嗯，虽然我不知道他的真正杀人动机是什么，但从尸体上我能感觉到他长久以来的压抑和愤怒，带有强烈的反社会人格特征。单看那些疯狂的网状伤口，我可不认为他会就此收手。而且他受过中高等教育，智商很高，这也应该是他第一次杀人。”

“萧医生，你怎么说得和亲眼见过凶手似的。”

“马队长你应该知道犯罪心理画像吧？其实就像你们犯罪现场重建一样，通过心理分析刻画出案犯的人格和行为特征。如有详尽的资料，再深入甚至可以推测出案犯的职业、信仰、年龄和生活等等详尽的方方面面。”

马队长好像听呆了，老半天才回过神来：“这个曾经在一次讲座上听过，可惜国内还无健全的技术力量来帮助破案。那萧医生你是怎么推测出这些的呢？”

“反社会人格你肯定知道，又称悖德型人格，是犯罪的高发群体。选择在雨夜抛尸，显示出他的高智商和反侦查能力。从对被害人的残忍程度和他不加掩饰地抛尸，可以看出他的反社会人格特征。你们肯定也搜索了过去的案犯资料，没有对得上号的人物，所以五个月来还是一无所获。”

马队长干笑了几声：“确实如此，我们队里也一致同意这个人有反社会人格。按理说，反社会人格应该会形成很早，不晚于二十五岁，也就是说，这个凶手应该有案底。但查了这些年来的记录，却一无所获。”

“这就是我推测出他受过中高等教育的原因，正是他受过的教育压制住了他的反社会人格。他这些年来压抑着愤怒，勤勤恳恳地做人做事。直至某次突变，有可能是失业、离婚或灾劫让他的愤怒爆发了，最终造成了人格改变，释放出了他的反社会人格。”

接下来我听到了萧医生莫名亢奋的声音：“他在第一次杀人时，是紧张的、恐惧的和兴奋的，就像初尝禁果的孩子。这是他的第一次，但肯定不是最后一次，因为他已经找到了愤怒的发泄方式。杀一个我是杀人犯，杀十个我也是杀人犯，反正都是死罪，有何不同？”

我听到了马队长咽口水的声音，虽然有一墙之隔，但这声音清晰地传入我耳中。“萧医生，你……你没事吧？”

萧医生呵呵一笑：“你想抓住变态杀人狂，你就得像他一样思考。”

“你也太入戏了点。”

“你还记得龙治民吧，一个像武大郎一样的矮小农民杀了四十八个人，而且将这四十八具尸体就埋在自家的院子里。”

“当然记得，一九八五年新中国第一变态杀人狂。”

“你有没有想象过这个矮小的农民，抽着烟，在埋满了尸体的院子里来回踱步时的那种扬扬自得？他当时肯定在想：嘿，你们都瞧不起俺，现在都踩在俺脚底下哩！嘚瑟啊，你们再嘚瑟啊！”

“萧医生，你不去写恐怖小说真是可惜了。”马队长无奈地说了一句。

“这就是变态杀人狂的想法，杀人的时候他觉得自己就是上帝，他主宰生命！他可以从杀人中找到快感和自信，宣泄自己的愤怒。”

“对了，这个凶手会不会有精神问题，到时候他要利用精神病脱罪怎么办？”听得出马队长已经不想再继续这个话题了，这个怪异的精神科医生让他无所适从，岔开话题问道。

“首先你要知道，人格障碍，并不属于无认知精神病的范畴。就像你送来的那个家伙，如果他不是伴有间歇性精神病，只是单纯的冲动性人格障碍，你可以直接把他丢到劳教所去。而且我国刑法有规定，即使是有间歇性精神病的人，在精神正常、有认知能力的情况下犯罪，一样要负法律责任。”

说到这儿的时候，马队长的手机响起，他接完电话就急急告辞道：“又有个新案子，萧医生，我先走了。”然后就快步地走出办公室，朝那两名刑警一招手，上了警车，飞驰而去。

我看见他走出办公室时长长嘘出一口气，看得出他其实挺感激这个电话来得及时，不然非被这萧医生整出点精神问题不可。

结果刑警刚走，被送来的那个家伙马上就发威了，用椅子去砸铁门，想逃跑。好几个男护上前都制不住他，被他一拳一个打趴在地。萧医生从办公室里听到声音连忙赶出来，尝试说服他，让他冷静，结果那家伙一把抓起椅子朝萧医生冲了过去。

说时迟，那时快，萧医生竟眼都不眨地双手架住抡过来的椅子，然后用椅子的四条腿卡住那家伙的腰间。那家伙一看就没少打架，怒吼一声，左手顶住卡在自己腰间的椅子，右拳就向萧医生的脸上抡去，萧医生一把放开椅子，右手架住他抡来的拳头，左手从他腋下穿过，接着再回身反手一扭，将那家伙的右手一下卡到了后背上。最后脚底一绊，将那家伙完全压在身下，借着卡在他腰间椅子的四条腿将他制得动弹不得。

我看泰拳里介绍过，这招叫反关节压制，四两拨千斤的格斗技。

萧医生认真地说道："你先冷静一下，这里没有人要伤害你，相信我。"然后才抬起头，对着已经被吓呆的护士喊道："安定！"

护士回过神来"哦"了一声，才赶紧跑去拿安定注射液。

那疯子后来就住在一楼的104号病房，每次发作时都是一番恶战。但无论发作的时候多厉害，只要萧医生出现，说一句"冷静点"，他马上就能安静下来，因为这是他唯一怕的人。

萧医生真的是一名好医生，他很想帮我，他不断地问我以前的事，但我的回答只有沉默。我知道他是真的想帮我，我一点都不怀疑他能治好我，但我只想快点死去。

而且很快我就有了一个机会，那是在入院半个月后。护士在天台上晾衣服，然后办公室里的电话响了，她跑去接，她没关天台的门。我就这样走上了天台，爬到了护栏外。护士接完电话上天台一看到我，尖叫了一声，赶紧去通知萧医生。

我当时还没跳，主要是我还在考虑该用什么姿势往下跳才能死得万无一失。很快萧医生就赶上来了，我知道他是来劝我的，我经常在电视里看到这些演烂的桥段。谁知他看到我的第一句话竟是：“妈的，你怎么还不跳！你要是在我上来之前跳，责任就全是护士的了。你现在跳，我就要承担部分责任了，连死你都要拖累别人，你个缺德玩意儿！”

我愣了愣，他无奈地叹了口气，走到栏杆边，背靠着栏杆点上一根烟。过了一会儿他看了看蓝天，惬意地伸了个懒腰说：“每次只有上天台时我才能稍微地放松一下，这是个好地方，凉风习习的，多舒服。”

接着他又轻蔑地瞟了我一眼：“我们都会死，早晚而已，你就那么急着上路？”接着看了看自己手中的烟盒，“来根？”

我舔了舔嘴唇，点了点头，接过他递来的烟盒和火机。我以为他会借着递烟盒的机会趁机抓住我，把我拽回去。不过我又失算了，他没有这么干，只是轻描淡写地递给我，在我点上烟后又拿了回去。他把烟盒揣回口袋，左手夹烟，右手把玩着那个一次性火机。

他也趴到栏杆上，向楼下望了望，才继续说道：“你知道吗？每次我在这里朝下望的时候，都有很强烈想往下跳的欲望。其实死真的是一件不错的事，一了百了，什么都放下了，什么都不用管，也再管不了了。”

我吐出一口烟：“萧医生，你也有过自杀的念头？”

他笑了笑：“你听过弗洛伊德的‘死本能’吗？死亡也是有诱惑力的。这是一种趋向毁灭和侵略的冲动，这种冲动会在高楼、山顶、大海和高速路等等场景时突然在大脑中涌现。你会在那一瞬想让自己放松下来，停止在世间挣扎，寻求最终的宁静——死！”

他吐出一口烟，继续说道：“有名的自杀圣地很多，特别是日本这个自杀文化根深蒂固的国家，青木原森林树海、冲绳的自杀悬崖、清水寺正殿阳台……别人说那些地方都被诅咒了，每年去那自杀的人络绎不绝。其实在我看来，那些地方不是被诅咒，而是风景太美了，美得唤醒了人的死本能。他们甚至都没打算去那儿自杀，只是被这美所吸引，那一瞬他们不由自主地想和这美融合在一起，成为永恒。”

“你不同。”他话锋一转说道，“你并不是因为场景触发你的死亡冲动，你来这儿就是因为你想死。你想毁灭自己，在毁灭自己的时候一起毁灭你的失败。”

“你是个失败者！”他望着我，冷冷地加了一句。

我看着天空，天边有几朵乌云在慢腾腾地挪动。“我确实是个失败者。”我说。

“那你为什么还不跳？”他问，接着又自问自答地说，“哦，是不是在想该用什么姿势跳才能万无一失地死去？”

不愧是精神科的，一下就看穿了我的心思，我诚实地点了点头。

他微微一笑，将自己右手正在把玩的火机丢了下去。火机飞快地坠落，触到地面时，一次性火机炸开，发出一声爆响。这爆响一直传到天台，在我耳边回荡。

他指了指下面炸开的那个火机：“你用跳水的姿势，脑袋朝下，周身平立，减少风的阻力。动作利索点，运气好点，你的脑袋就能像那个火机一样炸开。”

我认真地听着，点了点头。

他笑了笑，才继续说道：“不过我要提醒你，这里只是四楼。运气不好的话，你可能会摔成脑瘫或者脊神经断裂造成周身瘫痪。如果是这样的话，你的家人就要一辈子掏钱照顾你，就连大小便都要他们帮你接，到时候你就是想死，都不知道该怎么杀死自己。

“再有一个，假如你运气不好也不坏，摔成了残疾，从此就要天天活在别人同情的目光中。有两个可能，一个是你继续寻死，一个是你突然不想死了，想好好活着。我希望你选择的是前者，不然你会后悔一辈子。”他冷笑着说道。

我脑海中开始浮现我变瘫痪后，我垂老的爸妈天天用尿盆帮我接屎尿的情形。还有我一瘸一拐，走在路上的情形。我咽了一口口水：“我运气应该不会那么差吧？”

他摇了摇头：“我可以告诉你，大多数跳楼者会在最后落地的一刹那反悔。不过那时候已经晚了，一切都已成定局。”

“还有，你知道为什么跳楼者很少出现我说的那种脑袋像个西瓜一样爆裂的情形吗？”他又问。

“为什么？”

“因为弗洛伊德的理论中，和‘死本能’对应的正是‘生本能’。生本能不用我浪费口水和你解释了吧，就是所有动物和人与生俱来的本能求生欲。好比你用牙刷扎自己，却怎么也扎不出血一样。你用那把牙刷去扎别人，你会发现那把牙刷其实很尖利，很轻易就能扎出血。

“为什么你扎自己却扎不出血？因为你怕疼，并不是你办不到，而是生本能在制止你去这么做。再如你把自己闷在脸盆的水中，等到喘不上气的时候，你自己会起身，同样是生本能在制止你。”

萧医生又指了指楼下的那个火机：“跳楼也一样，你并不是火机，你有知觉，你更有生本能。这就是几乎所有的跳楼者都知道要脑袋朝下，但他们都没能把脑袋碰碎的原因。”

“是生本能在作怪？”我愣道。

萧医生点了点头：“在他们即将坠地的一瞬，无论当时他们有没有反悔。生本能都会在那一瞬发挥作用，他们会不由自主地做出保护动作。也就是这些保护动作让他们不但没有死成，还摔成了脑瘫、全身瘫痪还有残疾……死后的世界有没有地狱和天堂我不知道，但我知道人间有，此时此刻就在你脚下。你这一步跨出去，或天堂，或地狱。”他望着我，眼神如湖水般宁静。

他的眼神让我畏惧，因为我从他的眼神中能看出他没有骗我，我开始觉得跳楼这种死法令我恐惧。我恐惧的不是死，而是想死却死不了，最后变成了拖累家人，被别人同情或耻笑的废物。

他抽完了最后一口烟，把烟头踩灭，然后就这么转身走下楼去。他甚至都没有再多说一个字，或者回过头来看我一眼。

半个小时后，我自己爬回到栏杆内，我浑身都在打哆嗦。我害怕自己一不小心摔下去，会变成那个最后想死也死不了，要爸妈帮忙接屎尿的植物人。直到我爬回栏杆内后，我的脚还一直在发抖。

我下楼的时候，才发现萧医生其实就一直站在楼梯的拐角处等我。他看到我，笑了笑：“快十二点了，先去吃午饭吧，等吃饱了再想另一种更稳妥的死法。”

后来，我问萧医生，为什么当时他那么肯定我不会跳下去？

他说：“我知道当时你不怕死，你厌恶自己。你唯一害怕的就是继续再拖累你的家人，说最后一句话的时候我看到了你眼中的恐惧。我确定你不会跳，因为我知道你还爱着你的家人。”

顿了顿，他继续说道：“我知道你为什么想死，其实这世界远比你想象的要复杂，也比你看到的更清澈。试着闭上眼睛，用你的心去看这个世界。”

也就从那天起，我就一直在想：这个家伙到底是一个什么样的医生？哪有和想要自杀的病人事不关己地闲聊，甚至怂恿病人跳楼的医生，哪有这样见死不救的医生！

第二章

灵魂舞者

我们出生的时候都在啼哭，因为我们知道，想要好好活下去将是多么艰难的一件事。

后来我们经常躲在黑暗中，细数哀伤，清点绝望。然后，突然，天边出现了一道光亮，我们盯着那道光竟不自觉地微笑了起来。于是，新的一天开始了，这就是生活。

接下来的日子里，我终于真正体验到了精神病院的恐怖。因为我的自杀欲望越来越强烈，萧医生决定给我进行电抽搐治疗。电抽搐治疗，改良之后又名电休克治疗。顾名思义，就是在脑部给你贴上两片涂有导电胶的电极，在低压下电击你几秒到几十秒，一直到你出现全身性抽搐为止。要是出现了耐受性，没有出现抽搐，还得多来一次。

在治疗之前会注入一些麻醉类药物减少痛苦和抽搐时造成的

意外损伤，但我依然还有意识。我感觉我像个坐在电椅上的死囚，正在接受最终的审判。我不知道这种治疗的科学依据是什么，但我觉得确实有用。因为每次被电击过后，我的脑子一片空白，自己好像已经死去，我感觉到了死亡的安然。

我觉得我的罪正在被清洗，如同被处以极刑的囚犯，我得到了公正的审判。在接受了第一次电休克治疗后，我在床位旁的墙上写了一句话：

若如死亡般安然，我们就不会再忧伤……

我在 102 号病房，男病号楼有四层，刚入院和比较麻烦的都住在一楼，因为需要重点看护。就像刚入监狱的犯人，他们睡觉时是不准关灯的，而且脸要朝外睡，要让狱警能随时看到他们的脸，因为新犯最喜欢找事和越狱。精神病人也一样，他们刚入院的前几天里，想的就是怎么对抗医生和逃离这所医院。

一楼的监护是最厉害的，每隔十五分钟就会有护士和医生来查一次房。小护士更是来来往往，好像有忙不完的事。他们看似随意走过，其实眼睛仔细得很，扫一眼，详细到病房的每个角落，最主要是看你的神情。

他们可以从你的神情里捕捉到很多东西，一楼负责监护的护士大多经验老到，基本上病人玩的那点伎俩都逃不过他们的法眼。有次我正坐在床上发呆，突然拥进来几个男护，围住了同房的瘦子，带头的那个朝瘦子勾了勾手指头：“交出来。”

瘦子一脸茫然地望向他们：“什么啊？”

“汤匙！不交出来一会儿把你丢到约束室去！”男护沉声道。

瘦子嗫嚅了一会儿，自觉地从枕头里掏出那把不锈钢汤匙。

那把不锈钢汤匙的柄端已经被他磨成了锐三角，边缘锋利闪寒。在这楼里，这柄汤匙可以做很多事，很多意想不到的事。

我和这家伙同病房将近一个月，连我都不知道他在制作这柄汤匙，我甚至都没见过这柄汤匙，那些护士是怎么发现的？天晓得，也许他们会读心术。

精神病院也像个监狱，到处是铁门和铁窗，每个医生和护士都有同一串钥匙。而且重点监护的病房，一般都不准关门。我的病房就这样，他们怕我关上门继续想新的花样弄死自己。这病房有四个床位，除了我一个抑郁症，余下的分别是躁狂、精神分裂和麻痹性痴呆。不过这三个病人都没有暴力倾向，这个让我比较欣慰。

我觉得这是萧医生故意安排的，因为这三个病人唯一的共同点就是能闹。

瘦子是精神分裂症偏执型，有很严重的被害妄想，天天瞪着一对灯泡似的眼睛看别人。发病时就和空气对骂，有时候还替自己辩解，好像是在和一个什么村委书记对抗。动不动会冒出党中央、公安局和检察院……一类的字眼。还说那个书记一直在跟踪他，在这个病房里安装了监视器，就连上厕所都在监视他。

他说他制作那柄汤匙是为了保护自己，以防那个书记派人来暗杀他。我在电影上见过这样的事，说的就是像瘦子这样的被害妄想症。主角和一帮敌人战斗了半天，等清醒过来的时候，才发现杀的全是自己的家人。

胖子是个中年人，麻痹性痴呆症。他其实很有趣，他的特点就是思维停滞不前，联想却极其丰富，语言累赘。你要是问他一句话，他能回答你一大段话，而且不说完不会停。

比如：

“你今年多大？”

“我今年五十岁，十年生死两茫茫，不思量，自难忘。千里孤坟，无处话凄凉……天气热的时候我们就喜欢吃西瓜，西瓜带沙的好吃……我儿子也喜欢吃，我儿子在北京工作，北京好啊。我爱北京天安门，天安门上太阳升……”

最后一个是躁狂症，二十多岁，我给他取了个外号叫海洛因，因为他就像一个被注满兴奋剂的吸毒者。有点轻微的幻听和妄想，偶尔像是在和谁兴高采烈地谈着什么。他每晚很晚才睡，很早就起来，一起来就会走到窗台边深吸一口气：“多美好的早晨啊，病友们，起来做早操吧！”

其实那会儿连太阳都还没起来，而且他有时候说话就像机关枪一样，手舞足蹈噼里啪啦地说一通，我一个字都听不清。我问他怎么得的病，他很骄傲地回答我，是他自己想进来住一段时间，放松一下自己。

他的特点就是狂妄自大，自我感觉非常良好，但也不算很讨人厌的那种。他好像对什么都感兴趣，他甚至说精神病院其实是一个很美很舒服的地方。他还会把家人送来的水果分给我们，非常大方地说：“病友们，我们在这里相遇就是兄弟，不如我们来义结金兰吧！”

躁狂症和狂躁是两回事。躁狂症就好像海洛因这样的兴奋者，只要别激惹他，他也不会做出什么太失常的事来。而狂躁大多数时候指的是一种状态，是病人愤怒爆发的危险时刻。狂躁状态下病人会失去理智，出现暴力攻击行为，只能约束处理。

我还是觉得这是萧医生故意安排的，这三个病人放在我身边，别说我想一个人静静地待会儿，就是我想睡会儿都难。而且海洛因非常关心我，因为我是唯一能在这病房里和他正常交谈的人。我只要有一丁点儿想自杀的迹象，他就会去报告萧医生，他比护士还尽责。我觉得在他眼中，生活好像是充满阳光的，美无处不在。

不知道为什么他这样的也会演变成精神病，我听萧医生说抑郁和躁狂都归在同一个大分类里——心境障碍。原来过于兴奋和过于忧伤，就会变成一种病，一种连我们自己都无法控制的病。我觉得这两种病应该可以用两个词来概括，一个是乐极生悲，一个是忧伤致死。

我对萧医生的问题还是保持着沉默，无论他问的是什么，我都用沉默来回答。我看过电影，那些精神科医生会在这些问题中找到你的症结所在，从而知道该怎么下手治疗你。

第七天，萧医生不再问我问题，他只是叹了口气，他说："唐平，无论什么样的精神病，真正能治病的不是医生，也不是药，而是病人自己。其实精神病人有一句共同的格言——我坚信这世界上没有医生能治好我的病，除了我自己。"

我还是在沉默，但我认同他的说法，因为我一点都不想被治好。我只想快点搞死自己，结束这生命。

萧医生看了看我，接着说道："就像感冒，其实没有任何一种感冒药能真正杀死感冒病毒。感冒药起的作用只是激活人的自身免疫系统，靠人体的自身免疫系统去清除感冒病毒。我也一样，我能起的只是辅助作用，你不愿意打开自己的心门，我就无法帮你。”

然后他就走到窗边，望着窗外的景色。他眼中蒙上了一层我无法解读的东西，像是忧伤，又像是失落，更像是一种孤独。我无法解读这种孤独，因为我不知道他为什么会孤独。很多时候我都能看到他的微笑，这是我第一次看见他的孤独，我甚至觉得他在这一刻比我还失落。

其实在精神病院里很少有心理治疗，因为这里的大部分病人都没有认知能力。他们活在自己的世界里，被幻觉和妄想纠缠着，只能通过药物一步一步地将他们带回现实世界中。只有恢复了认知能力之后，才开始进行初步的心理和行为治疗。

男病号楼一共就四个住院医生，三个主治医生，一个主任医生。而男病号楼的病人超过两百，医生完全是在超负荷工作。而且主治医生和主任医生还要帮忙兼管女病号楼的部分病人，其工作量难以想象。这家精神病院算是我们市最好的，因为专业的精神病院在我们市就这一家，其他的都是综合性医院。通过他们的工资，我或多或少能猜到原因，因为实在是请不起更多的医生了。

萧医生专门接像我这类的“危急”病人，所以他是最辛苦的一个。

精神病院的医生和护士都很苦，他们的工资低得让我无法相信，他们竟也是高收入医务队伍中的一员。收入之苦只是一方面，更可怕的就是工作之苦。特别是看护重症病号和有攻击行为病人的时候，据说在精神病院里找不到一个没被病人打过的医生和护士。

医生和护士就像亲生儿女似的伺候着病人，有些带有对抗情绪的病人甚至故意处处刁难，将口水和屎尿弄在床上。护士只能忍着恶臭去一一收拾，病人会在这时候得意地拍手大笑，甚至会趁护士不注意，抓起一把屎向护士脸上砸去。

我亲眼见过这样的事，但那护士只是叹了口气，然后快步地转身跑去洗手间里冲洗。我还见过第一天刚来精神病院里的小护士，在办公室里低声抽泣，我听说她在家里是独生女，而且家庭条件非常好。结果来的第一天就遇到病人发难，病人起哄地欺负她，还掏出裆里的玩意儿在她身后尿尿。

那个小护士边哭边说，说她明天就辞职，离开这个鬼地方。这算什么工作，和奴才一样地伺候病人，每月的工资还不够买一件她身上穿的衣服。

萧医生点了点头，递给她纸巾，然后继续走到窗边看那其实没什么风景的风景，我再次看到了他的忧伤和孤独。他叹了口气，说："能走就快走吧……别回头。这里是泥潭沼泽啊，一旦深陷其中，想走也走不了了……"

突然间，或多或少，我读懂了他的孤独和忧伤。而且我知道他的忧伤比我还深，虽然他脸上一直挂着微笑。

那个小护士最后还是留了下来，她现在都能游刃有余地面对病人的种种为难了。很快，她脸上也挂起了萧医生的那种微笑，原来微笑也会传染。精神病会不会传染我不知道，但我知道微笑会传染，因为我亲眼见证过。

在精神病院住了一段时间后，我开始理解萧医生为什么那么抗拒马千里送来的病人。这些病人都是犯案后，因为有病历证明送来的，这里面有不少钻法律空子的刑事案犯。

虽说法律明确规定：精神病人只有在不能辨认或不能控制自己行为的情况下造成危害结果，可以不负刑事责任。

但如何判定病人在实施犯罪时有无认知能力，这就是让司法机构头疼的事。而且这样的案犯因为市内无专门的保安强制医疗机构，都是直接丢到精神病院来，这无疑是让已经紧张得无以复加的精神病院雪上加霜。

就在我入院的半个月后，我就亲眼看到过这样惊险的一幕。

一样是马千里送来的扎手货，真名忘了，外号叫痞三。听外号就知道整个一流氓地痞，没少闹事打架，连医生都不放在眼里。“操！骂你？老子他妈还打你呢！怎么着？老子是精神病，杀人都不犯法！”这就是他这类病号的口头禅。而且他们在说这句话的时候，绝对是很清醒的。

痞三被送来的第二天，他就趁着护士送药的时候，将房门反锁挟持了护士。护士在房间里发出一声声惊恐的尖叫，男护们打开铁门，萧医生一连几个大脚将木门踢开。

只见护士的衣裳已经被撕破，痞三正在撕扯护士裙下的内裤，护士两手紧紧地护着。萧医生过去朝他肩膀猛踹一脚，将他踢开，男护们也上前制住他。痞三挣扎着，口中还骂着脏话：“小骚货，下次老子肯定让你美死！”

萧医生脱下白大褂给护士披上，让其余护士送她回护士室。他送护士走出房门的时候，我看到了他颈部因为紧咬牙关暴起的青筋。护士离开后，他走到痞三面前，没有说话，只是静静地打量着痞三。

痞三咧嘴一笑：“怎么着，老子有精神病，你能拿我怎么着？”

“你根本就没精神病，你完全有认知力，我可以证明。你拿着那张假病历一起等着进监狱吧。”萧医生的声音非常冰冷。

“我操你！”痞三一把挣开男护，呼啸着向萧医生扑去。萧医生错身一把架住他的拳头，右手一抓他的头发，向自己身后一拉，同时右膝向他腹部扫去。痞三痛号一声，萧医生抓着他的头发向后一推，将他整个人摔倒在地。

痞三捂着肚子，指着所有人喊叫了起来：“你们都看到了，医生打病人，医生打病人了！我要告你们！”

萧医生挽起袖子：“穿上白大褂我是医生，脱下白大褂——我是萧白！”说完就上去按住痞三，一拳一拳地往他脸上甩去。我数过，一共十三拳，他停手的原因是痞三已经被这十三拳打得昏迷了过去。我清楚记得他打人时的眼神，没有喜怒，只是冰冷，可怕的冰冷。那也是我唯一一次看他打人，一次就够了，因为我知道当一个人出现这种眼神时，能杀人。

男护们将痞三拖出病房的时候，他的眼角、嘴角和鼻子不断地往下滴血。他被从我身边拖过时，嘴一咧，一粒东西从他嘴里掉了出来，那是一颗带血的门牙。

萧医生也走出房间，对着身边的护士说道：“送他到约束室，全天约束。等他醒过来后，如果还闹就静注 10mg 安定。”

接着他看了一眼痞三的背影，闭上眼叹了口气说道：“我也要一支安定。”

护士愣愣地看着他，不知道是否该去拿针剂。他并没有多说什么，只是起脚向护士室走去，那里已经多了一名需要治疗的病人。

痞三第四天就被马千里带走了，萧医生已经出具了新的诊断证明。证明痞三属单纯的反社会人格，并无间歇性精神病。当初痞三找关系开的假证明，其实就是为了他能更肆无忌惮地作恶。马千里来的时候看了一眼痞三脸上的伤，回头望向萧医生。

萧医生面无表情地点了点头："我打的。"

马千里呵呵一笑，没有多说什么，只是挥挥手让人将痞三押走。痞三被押过萧医生面前时怒目圆瞪地说道："老子不会放过你的！"

萧医生的头微微倾斜，冰冷的目光从他脸上扫过，回道："出狱后欢迎你来找我。"

"数罪并罚，没二十年你绝对出不来。"马千里微笑着补充了一句，接着又指了指痞三，"还有，萧医生要是出了什么事，我第一个找的就是你！"

痞三咬了咬牙，不敢再说话。他右侧的刑警推了他一把，将他押进警车，带走。

我每想到这件事时，耳边就会响起那两句话。

一句是痞三的："医生打病人，医生打病人了！"

另一句是萧医生的："我也要一支安定。"

在这么压抑的环境下工作会崩溃的，付出和回报完全不对等，而且还要遭受各种意想不到的为难，甚至是危及生命。我见过攻击型人格病人发作时的情形，就像一个力大无穷的魔鬼，双眼血红。如果当时给他一把刀，他会毫不犹豫地将那把刀从你喉咙正中刺入，直线地刺穿你的后颈椎。

还有，别忘了处于发病期的精神病人的特权——无须负任何法律责任，哪怕是杀人。

突然，我觉得精神病院是监狱这个说法是完全正确的，因为这里面关着的都是罪人。我们都是罪人，我们不为自己的罪而反省，反而将愤怒发泄到家人和医生护士身上。

我们的罪是什么？我们的罪就是我们的病，我们不承认自己有病，我们认为我们是清醒的、睿智的。我们觉得那些说我们有病的人才是真的有病。我们的病拖累着我们的亲人，让亲人担忧，伤心，甚至是愤怒。

得精神分裂症的瘦子突然被通知可以出院了，他很高兴，手舞足蹈地对着空气说着什么，一派趾高气扬的模样。大概意思是那个书记害不了他，他就要被释放了。作为同病房的病号，我决定送送他。虽然他一度怀疑我和他口中的那个书记有染，怀疑我是那个书记派来的间谍，但我没有怪过他。

谁又能去责怪一个精神病人呢？即使是同为精神病人的我也不能。

送到医院门口的时候，我才发现没有家人来接他。萧医生从钱包里掏出全部的钱，递给他，说："这是政府奖励你的检举奖金。想去哪儿就去哪儿吧，那个书记已经被抓了，你现在也自由了。"

瘦子得意地接过钱，然后护士长打开铁门，他就一溜烟地跑了。他甚至都没有回头再望一眼这个他待了一年多的精神病院。

我觉得不对。"他的家人怎么没有来接他？"我问。

萧医生眼中带着一丝无奈："他的家人已经一年没有出现过了，连电话都是空号。他家在别的城市，送他来的时候，只给我们留了一个电话。他已经欠了一年的医药费，医院再也养不了他了，像他这样的病人已经太多太多了。"

"你……你就这样丢弃了他？你还有没有人性！"我朝他怒

吼着，“你知道他出去根本就不懂怎么生存！他会像只野狗一样，变成路上捡垃圾吃的疯子！”

萧医生对我微微一笑，但我看得出他的笑很忧伤，我终于读懂了他的微笑。那从来就不是真的笑，那是孤独到极致的忧伤。原来，微笑也可以很忧伤。

他就这样微笑着看了我几分钟，才缓缓说道：“你终于发怒了，很难得。这是个好现象，对于你的抑郁症来说。”

然后就这么转身回到办公室，那个背影很冷漠，让我无法理解。

护士长把铁门关上，看了一眼萧医生的背影，摇了摇头：“你别怪萧医生，他已经为这个病号垫了好几个月的医药费，还替这病号申请了无保医疗救助金，但民政以他有监护人为理由没有通过。”

我一愣，她接着说道：“抛弃这个病号是医院的决定，你也别怪医院，医院像他这样的病号已经够多了。都是家人或单位送来后就直接不管了，玩失踪，全丢给医院。精神病院原本就入不敷出，医院又无法向政府申请相关补助，只能自己担着。没有一家救助站、收容所和福利院愿意收这样的精神病患者，要是能有一家精神病福利院就好了，可是没有，没有啊……”

“我已经四十四岁了，在这医院里待了有二十年，像萧白这样的好医生最后只有两个结果。一个是学会麻木，麻木地对待这一切。另一个就是崩溃，或者在崩溃之前离开这里，去找另一份和医药完全无关的工作。”护士长理了理鬓角，露出了她脸颊上过早出现的鬓纹。

我耳边响起了萧医生的那句话：“能走就快走吧……别回头。

这里是泥潭沼泽啊，一旦深陷其中，想走也走不了了……”

我好像听懂了，听懂了这句话有多真实，多无助。

我环视了一眼这高高的院墙和铁门，原来他和我们一样，已经被关在这里面出不去了……

其实医院里很多护士都喜欢萧白，我看得出来。还在背后用他名字的谐音，亲切地喊他的外号小白。听说萧医生还有个女友，不过谁也没有见过。关于他的一切，如他的名字一样，包括他的那身白大褂，一切都是空白。

在接受了一段时间的电抽搐治疗后，我虽然时不时还会浮现出寻死的念头，但我的情绪明显比以前好多了。这感觉有点像给电池充电，让我已经死去的神经和细胞又开始有了动静。

萧医生也发现了我的一个特点，我虽然厌恶自己，而且一如既往地用沉默来回答他的问题。但我很有同情心，特别是看到比我状况还差的病人时。

所以萧医生给了我一个任务，让我帮忙照料其他病人，比如扫扫地、看护病人吃药一类的简单活儿。据萧医生说，这样对我的抑郁症很有好处，我能在帮助别人的同时，重建我的人格自信，找回我的自尊。

原来，我们在给予时也能得到。

入院一个月，萧医生确认我的自杀欲望不再那么强烈后，放宽了对我的看护。甚至准许我去女病号楼帮忙打扫卫生，给花浇水，给病人喂药。这点让不少病号十分羡慕，在精神病院里，男女病人是严格分开的。不仅是为了管理，在这种狭小的活动空间里，男女的那种本能欲望更容易被唤醒。别以为我们得了精神病就变成木头了，疯子不是傻子，这是两个概念，虽然都是脑子出了点差错。

我的病房也从一楼换到了二楼，据老病号说等换到三楼的时候，我就差不多可以离开这儿了。因为四楼是给那些基本上无康复可能的病人养老用的，四楼的那些病号将在这里过完他们的一生。

我想到了一句讥讽的笑话：生得悲哀，死得窝囊。

但现在我觉得这句笑话一点都不可笑，因为我知道这正是四楼病人的真实写照。他们将在这里终老，没有天伦之乐，没有夕阳之暖。若是在以前，我肯定会责怪他们的家人没有人性，就这样把他们丢在精神病院。

但现在我不会再有这种想法了，在见到了形形色色病发时的精神病人之后。我觉得四楼的病人其实是幸运的，甚至是幸福的。因为在经受过这样的绝望之后，已经疲惫不堪的家人还愿意掏钱给精神病院，养着他。而不是像瘦子一样，被抛弃到大街上。

我开始想念瘦子，不知道他现在怎么样了。可能和我想象的一样，正在某个大垃圾箱里翻吃的吧。否则还会有什么别的可能呢？你觉得一个精神分裂的病人会自己去找工作，或者白手起家，创出一番事业来吗？

想到这儿我自己都笑了，因为这个想法很幼稚，很小说。

就在我想念瘦子的时候，海洛因突然在窗前惊叹一声："精神病院里来了个美人儿！哎，唐平，快看，美女耶！"

我没有理他，现在就是地震了我也不想动弹一下，我只想静静地坐着，等死。

海洛因本着他那对人非一般的热情方式，将我从床上拉到窗边。于是，我看到了一串欢快的音符。

楼下有一个穿着白色连衣裙的精灵，正踩着这串欢快的音符飞奔在精神病院里。她右手提着自己的高跟鞋，光着脚，像一只受惊的小鹿在精神病院里四处逃窜。她迎风的秀发像小溪里流淌着的乐章，为这死气沉沉的精神病院带来了一股生气。

她的身后跟着一群气喘吁吁的护士和医生，她边逃边频频回顾自己的身后。那是小鸟依人一般的恐惧眼神，越恐惧，她的眸子越楚楚动人。她躲的不是医生和护士，她躲的是自己的影子。

这个小精灵提着高跟鞋在阳光下和自己的影子赛跑，裙摆倾斜着这个世界，她的身后跟着一群纯白色的追随者。这个画面在我的视野中定格，放大，我坍塌的记忆深处有个声音在咆哮着：怎么会是她！为什么……

我见过她，是的，我见过她。

小精灵终于停下了，她找到了大楼的阴影，她躲在大楼的阴影里瑟瑟发抖，像一只无助的小白兔。护士和医生小心地围住了她，抓住了这只惊慌的小白兔，这场追逐游戏以毫无意外的方式收场。在小白兔被送进女病号楼之后，男病号楼窗前的病人们也各自归位。

海洛因还锲而不舍地在窗前眺望，我静静地坐回床头，想一个我不得不想的问题：为什么会在这里遇到她？是命运的安排吗？为什么是她？为什么偏偏是她？

过了一会儿，海洛因终于放弃了，坐到我身边："哎！唐平，一会儿你去女病号楼帮忙时别忘了打探一下消息，问问那姑娘叫什么名字。"

我没有说话，这个女人的出现，只会让我的抑郁情绪更厉害。

我觉得浑身像被什么挤压着，透不过气来，我的自杀欲望又上来了，而且比以前更强烈。

“唐平？唐平！你不是又想自杀了吧，我要告诉萧医生的哦！”海洛因还在絮絮叨叨个没完。我怀疑萧医生是不是开的药不够量，为什么这家伙能一直这么兴奋。

其实抗精神病药物并不复杂，就像我从入院到现在，主要给我吃的是氟西汀。我觉得这药应该是起兴奋作用，因为吃完药后我的思维会活跃许多。要是在睡前吃的话，还会影响睡眠，所以萧医生将我的服药时间安排在早上和中午。其他病人也差不多，主要也是那几种药。

但几乎所有的抗精神病药物都有同一个副作用——锥体外系副反应。症状表现就像帕金森综合征，最厉害的时候会全身曲弓僵硬，连吃饭都咀嚼不了。一般的副反应都采用安坦来消除，严重点的也可以肌注东莨菪碱。所以在重要的治疗阶段最好是在医院进行，有专业监护来保证服药的安全。

抗精神病药物也不能乱吃，很危险，我听说过家属自行给病人滥用抗精神病药致死的事。是药三分毒，这句话用在抗精神病药物上再合适不过了。而且大多数精神病患者需要终身服药，所以我觉得精神病比癌症更可怕。

我现在就经常帮忙给这类副作用严重的病人喂饭。还有其他副作用，比如发胖、嗜睡和呆滞等等。不过这些症状来得快去得也快，停药后一个月左右就能完全恢复过来，他们的精神病症状也一样会在停药后恢复过来。所以说精神病真是一种很可怕的病，对药物有依赖性，很多人需要终身吃药，而且复发率高得可怕。204房间就有一个，他已经是第五次被送进来了，和瘦子一样，属精神分裂偏执型，被害妄想症。

在医院都是恢复得差不多了，和正常人无异，但出院没几个月就会复发。因为家庭和周围人对他的态度，还有他自己的性格，让他的病像雨后春笋一般迅速复发。他说他甚至更喜欢在这里待着，因为这里没有别人异样的目光一直盯着他看。

我又想到了监狱，我越来越觉得这个比喻太恰当了。这里出去的病人，就像被释放的囚犯，时刻被别人用警惕、冰冷和异样的目光盯着。你能想象那种情形吗？别人在你背后指指点点：哎，就是他！他是个精神病，你要小心点！

是的，我们都是罪人。但我真的希望这世界能多一点包容，多一点宽宏，给我们一个重新做人的机会。

但我很希望萧医生能给海洛因开到最大药量，把他的锥体外系反应吃出来最好，那样他就没有力气再烦我了。他现在就像只兴高采烈的苍蝇围着我这坨大粪嗡嗡转。

为了远离海洛因的噪声，我决定去女病号楼帮忙，那是他唯一不能跟我去的地方。男女病人是严格分开的，因为精神病有太多的不稳定因素，没人知道下一刻他们会做出什么事来。当一群精神病人聚在一起时，其中一个人发病了，就会像传染一样刺激到其他病人，发生一场难以预料的大骚动。

男病号楼里的女护士也很少，大部分是男护工，还有男护工升级上来的男护。因为男护奇货可居，而且病人发病时是非常可怕的，好几个男护工上前都制不住，更别提女护士了。所以男病号楼里大部分都是雇用型的男护工，然后通过很长一段时间的培养考核，升级为男护。

而男病号楼里的女护士大多数都是经验老到的，她们从业多年，懂得如何处理各种突发情况，包括“求爱”。我见过一个钟情妄想的男病人，其实长得蛮帅的。他迷恋上一个护士，用一夜的时间将病房里的各种物件都摆成了心形，然后向护士求爱。

若是换了新来的小护士，只怕早就羞得满脸通红，茫然不知所措。但那护士只是微微一笑，说了一声谢谢，然后将那些东西一件件放回原位。这就是女护士们的智慧，她们懂得如何闪避男病号的追逐。而且千万不要当面直接回绝他们的求爱，否则这些病人会记恨，甚至会造成意想不到的悲剧。精神病人不傻，我说过的，他们正常的时候和常人无异，他们发病时也比魔鬼可怕。

我穿过走廊，来到楼里的大铁门旁，一个男护过来拿钥匙给我开门。他对我呵呵一笑：“真不知道萧医生怎么想的，竟给你这个特权。”

我没有回答，我对这一切毫无兴趣，我想的就是怎么摆脱海洛因这只苍蝇。我茫然地走进女病号楼，提起水壶打好水，然后开始给那些花儿浇水。

在浇水的时候，我注意到一楼的长椅上，有个女病人正盯着我看。我听别人说过她的病，她有很严重的钟情妄想，一样是属于偏执型精神分裂。她喜欢上了她的同事，同事却早有妻室。她对同事死缠烂打紧追不放。据说最厉害的一次是她以自杀为要挟，让该同事说一句：“我爱你！”

该同事不堪其扰，跳槽换了一个公司。她一路追去那个公司，向同事的上司投诉他搞婚外恋。上司说这个他不管，她又捏造了一堆工作污点诽谤该同事。同事每换一个公司，她就一直追去那个公司搞破坏，连自己的工作都不要了。

同事崩溃了，朝她怒吼：“你到底想干什么？”

她却说："我知道你是喜欢我的，你为什么面对自己的感情这么怯弱？"

她反常的行为越来越严重，最后被家人送到这儿来了。

那个钟情妄想的女病人还在望着我，我和她的视线对碰了一下，我看到了她眼中的不舍和迷茫。我不敢对她微笑，我怕她会把我当成下一个"爱人"。我把头低下，继续给花浇水。

女病号楼比男病号楼好很多，一楼都有窗户，还有盆花。因为毕竟还是女人，不像男病号那么有破坏力。男病号一楼不敢放盆花，因为男病号发作时会把盆花当武器，砸向医生和护士。有个真实的事件，男病号楼一个护士在值夜班时因为太困睡了过去，结果就这样被病人用花盆砸碎了脑袋。

我浇完走廊的花，开始进入病房给窗台前的花浇水。第一间没她，第二间没她，第三间也没她。这时候我才发现我是来找她的，我为什么要找她？不知道，可能要找到她以后我才能有答案。

第四间，我终于看到她了，这是一间四人约束室。她已经换上了病服，被约束在靠左的病床上，双眼无助地瞪着天花板。她见到我并没有太多表情，只是有点畏惧地望了我一眼，微微挣扎了几下，然后又继续回望向天花板。

我缓步走到窗台边给盆花浇水。"别动！"她命令似的突然出声道。我也仿佛瞬间被控制了一般，身子僵在那里，右手保持着一个正在给花浇水的动作。花盆里的水已经漫了出来，水流顺着花盆滑落，奔向墙壁，然后继续逃窜向地面，叫嚣着向我的鞋底杀来。

我吃力地保持着这个动作，回望向她，原来是我在窗台前的影子正好盖住了她的身子。我想了想，将窗帘拉上一半，让她的床位处在阴影之中。

“谢谢。”她也吃力地后仰脑袋望向我，感激地说了一句。

我没有说话，我只知道当她说完这句谢谢的时候，我的自杀欲望又起来了，毫无预兆地起来了。我就这样僵直地站在窗台边，就这样站了十多分钟。过了一会儿，她又后仰起脑袋望向我："你在干什么？”

“我想试试这样屏住呼吸能不能把自己憋死。”我下意识地回道，不过看来我又失败了，因为在说话的同时我已经开始呼吸。

然后她就笑了，她的笑声很好听，咯咯的，就像一个调皮的孩子。只要能让她躲在阴影中，她马上就能恢复过来。

“你也是病人？”她问。

“嗯。”我答。

“你叫什么名字？”

“唐平。”

“哦，我叫雨默。”

然后又是好几分钟的寂静，因为我习惯别人问，我答，或保持沉默。

“你怎么不说话？”她问。

“不知道。”我答。

“你走过来点，我这样后仰着脑袋和你说话很累的，知道不？”她有点娇气地说道。

“哦。”

我走到她的床位旁边，她仔细地打量了我一番。主要是看我的眼睛，她想看看我的灵魂有什么不正常的地方。

“你得的是什么病啊？我看你很正常啊。”她看了我半天，还是没找到什么异常，问道。

“萧医生说是重度抑郁症。”我答。

“哦，很严重吗？”

“嗯。”

“怪不得你的脸看起来像个苦瓜。”她又咯咯地笑了起来，露出一排洁白整齐的牙齿，还有喉咙里可爱的小舌头。我发现她笑起来很好看，这么一个爱笑的女孩怎么会得了精神病？

“你呢，你怎么会被送来这儿？”我问，这是我第一次问问题。

她沉默了一会儿，又摇了摇头：“说了你也不会信的，没人会相信我说的话。”

“我信。”我很肯定地说道。

她咬着下嘴唇，目不转睛地盯着我看了半天。最后终于下定决心似的深吸了一口气，开始讲她的故事。

第三章

她看见影子杀人了

雨默说她小时候家教很严。父母都是职工，白天不在家，又不放心让她出去玩，只能把她反锁在家里。她从小就没有玩伴，唯一的朋友就是她自己的影子。她经常和自己的影子说话，猜拳，躲猫猫……

她可以和影子玩上一天，因为猜拳总是平局，因为躲猫猫每次都会被影子找到。玩累了，她就靠在墙上和影子说她的秘密。她告诉影子说，她偷偷喝了妈妈放在冰箱里的蜂蜜，不过她只喝了一丁点，妈妈应该不会发现的。

她还跑到爸爸妈妈的房间里，爬到床底下，掀起一块活动的板砖。指着板砖下的钱告诉影子：这是爸爸藏私房钱的地方哦！

她指着窗台下一个骑在自行车上的哥哥，影子，你知道吗，这个哥哥喜欢平雅姐姐。他每次都在这儿等平雅姐姐放学回家的时候假装骑车路过，但是平雅姐姐从来没有看过他一眼。他好傻，是不是？

影子是安静的、沉默的，它也不会告密，所以雨默可以放心大胆地将自己的小秘密都告诉影子。也许是她给了影子太多的小秘密，也许是她希望真的能有一个朋友，也许她只是希望影子能有一点回应，也许是有了太多的也许，总之有那么一天，影子突然真的有了自己的意识。

六岁那年的某一天，某一个夜里，雨默半夜醒来，却看见影子贴在墙上看着她。她也就这么直直地盯着影子看，她没有害怕，她只是好奇。她好奇影子为什么不再跟随自己，而能脱离自己活动了起来。

她和影子就这样对视了一晚，谁也没有说话。雨默也没有将这件事告诉任何人，因为这是她的另一个小秘密，她终于有了一个真正的朋友。

从此以后，雨默一个人的游戏就好玩了许多。猜拳不再是平局了，躲猫猫也开始有了输赢，影子有时候还会故意让雨默赢。影子是小雨默的秘密朋友，一个像姐姐一样的秘密朋友。

影子从来不说话，但影子能很容易猜到雨默的心思，雨默开心的时候，影子也跟着开心。雨默不开心的时候，影子会想办法逗雨默开心。

雨默就这样和影子玩了三年，这三年来雨默最喜欢的就是能一个人待在家里，因为影子只在没有外人的时候才会活过来。和别人在一起的时候，影子都和雨默保持一致，谁也看不出异样来。

三年来，雨默最好的朋友就是自己的影子，雨默也以为可以这样一直下去。直到某天，一件事让雨默开始害怕，那是有一次去游乐场玩。那时候的游乐场其实没几个好玩的东西，雨默最喜欢的就是那个电动白马。

其实就一个很简单的玩具，骑在白马上朝投币口丢一枚硬币，白马就会原地上下左右晃动起来，还有“咯的、咯的”的音效声。那时候这样的东西在游乐场已经算是很好的了，雨默最喜欢的就是这个，骑在上面有小公主的感觉。

偏偏有个男孩，霸占着唯一的电动白马不肯下来。他口袋里好像有用不完的硬币，白马一停，他就丢枚硬币继续玩。雨默咬着嘴唇，眨巴着眼睛站在一旁等了大半个小时，那男孩还没下来的意思。

就在这时候，影子第一次在有外人的情况下活了过来，影子呼啸着扑向那男孩，将那男孩从两米高的电动白马上推了下来。男孩的头摔破了，他爬起来的时候血顺着额头滑向脸颊，然后又滴在地上，血滴在地面碎开，又疾速地凝固。

影子就站在电动白马的旁边，向雨默招手，示意让她上去玩。雨默被吓坏了，不自觉地向后退了几步，又退了几步，然后一转身逃回了家里。她将这事告诉了家里人，但是没有人相信她。

从此以后影子开始肆无忌惮起来，类似这样的事也越来越多。只要是雨默喜欢的，想要的，影子就会不择手段地去拿去抢去夺。同桌从书包里掏出一块好吃的糖果，雨默看见了，咽了一下口水。影子马上就从同桌手中抢过来塞到雨默的手中，雨默又赶紧把糖果还给同桌，同桌都被吓哭了。有男孩子欺负雨默，在雨默的书包里放了毛毛虫，放学路上，雨默看到那男孩子昏倒在路旁，嘴里塞满了毛毛虫。诸如此类的事就不断发生在雨默的身旁，同学们都说雨默是个被诅咒的孩子，谁也不敢走近她，更没人敢和她交朋友。

每次发生这种事后，雨默都哀求影子，别再这么做了，这样下去她会疯了的。但每到这时候，影子就会静静地和雨默保持一致，面对雨默的哀求毫无回应。雨默开始畏惧自己的影子，开始不懂自己的影子。雨默知道影子是在帮她，但这样的方式雨默无法接受。

影子以前像自己的姐姐，现在却像一个什么都不懂的妹妹。哦，不，不是这样的，不是影子变笨了，而是自己长大了。雨默已经长大了，懂事了，而影子却还停留在自己的童年时代。

终于在一次类似的事件之后，雨默爆发了。雨默朝自己的影子吼：离我远点，你这个魔鬼！不要再纠缠我了，我不需要你所谓的保护！你不是在保护我，你是在伤害我身边的人，懂吗？从我的灵魂里滚出去，滚！

那年雨默十四岁，从那以后很长一段时间，影子就像死了一样，再没有出现过任何异样。

转眼到了十六岁，上了高中的雨默也开始有了朋友，有了可以交心的闺蜜。她们躲在房间里倾诉着各自的秘密，雨默也第一次向外人述说影子的所有故事。闺蜜听完了嘿嘿一笑：这个故事我在恐怖小说里看过哦，不过你的口述要精彩得多。

雨默呵呵一笑，她不需要证明什么，她只想找个人说说这个故事而已。

当天晚上，雨默从梦中惊醒，竟看到影子骑在自己身上，影子的双手紧紧地扼着自己的脖子。雨默向外人说他们之间的秘密，雨默背叛了它，它生气了。雨默用尽全身的力量架开影子的双手，发出一声尖叫。

在爸爸妈妈赶来之前，影子走了，影子走的时候留下一句话：

“十年后，我还会回来。”

那是影子第一次开口说话。

从那以后，影子就彻底正常了。甚至雨默尝试再和影子说话，影子也没有回应，影子做回了那个和雨默保持一致的影子。雨默也回到了正常的生活，读书、毕业、工作、恋爱……结婚。

结婚那年，雨默二十六岁。

说到这儿的时候，雨默已经说不下去了，紧紧闭上眼睛，泪珠从她眼角滑落。我摸向口袋，才想起我没带纸巾。我将病服的衣袖拉下一点，帮她擦了一下脸颊上的泪珠，因为她还在被约束着。

我问：“影子回来了？”

雨默深吸了一口气：“是的，它回来了，正好整整十年，它在我面前杀了我的爱人陶耀。当时陶耀正在给我削苹果，我的影子突然站了起来，说——我回来了。

“然后……然后它一下夺过陶耀手中的小刀，往他的脖子抹去……”

说到这儿的时候雨默已经泣不成声，我也只能继续默默地用衣袖替她擦滴下来的眼泪。

“唐平，记住千万不要和自己的影子说话，更不要和影子玩。”这是雨默对我的警告。

接着萧医生就来查房和下医嘱了，我也被赶了出来。我看着走廊里自己的影子，我第一次发现自己的影子是如此深邃，第一次发现原来我丝毫不了解自己的影子。

萧医生询问了半个小时，我从门外断断续续能听到一些。其实还是雨默刚刚和我讲过的故事，关于影子的故事。

听完了故事，萧医生问雨默："你愿意吃药吗？据你的家人说你已经好几天没好好休息了，先吃点促进睡眠的药，好好睡上一觉可以吗？"

"嗯……"雨默回答道。

这是个非常好的答案，在精神病院肯吃药和不肯吃药是两种完全不同的待遇。肯吃药代表有自主求助意向，配合治疗，所以监管会宽松许多。不肯吃药就会像瘦子一样，被重点监管，以注射针剂治疗为主。

萧医生又再询问了几句才出来。走出病房的时候他边写医嘱，边对身旁的护士说道："单一恐惧症伴妄想泛化，这个情况有点少见。先给予安定和心得安，吃过药后就可以解除约束了。给她安排一间安静点的病房，注意她房间里的光线问题，今天先让她好好休息。"

萧医生将医嘱递给护士，护士接过医嘱去执行。这时候他才发现我还站在门外，他瞄了我一眼，那眼神贱兮兮的。我很讨厌他这种眼神，仿佛一眼能看穿你心思似的。我把头放低，提着水壶走向另一间病房，我不想被他那种眼神一直扫描着。

"唐平。"他喊了我一声，我只好停下脚步。

他继续说道："其实你一直在找一个让自己活下去的理由，现在你找到了吗？"

我没有回答他，只是快步地走进另一间病房躲开他。

不用回头我也知道，他此时的脸上肯定挂着那贱兮兮的微笑。我讨厌他这种贱兮兮的眼神和微笑，讨厌到了极点！

回到病房，海洛因兴奋地迎了过来，"问到没？那个美女叫什么名字？有男朋友不？”

一连问了好几次，我才没好气地回答道：“叫雨默，二十六岁，结婚了，老公刚死没多久。”

这个回答把海洛因后面的话噎住了：“她老公……死了？”

我没再搭理他，翻身上床躺好，装睡。

下午四点多的时候，那个马队长又来了，他先去看望了一下雨默，才向萧医生的办公室走去。直觉告诉我，他的到来和雨默有关系，所以我拿起拖把跑到办公室门外偷听。

“她的病情怎么样？很严重吗？”是马千里的声音。

萧医生不答话，却反问道：“马队长，你们第一次询问雨默的时候，她的精神状况怎么样？”

“我也不懂怎么说，当时除了她口中的影子，言语思绪还算清醒吧。哦，对了，当时她没有这么害怕自己的影子。”

“当时她说的和现在说的有什么不同吗？”

“近乎一致，我们知道她受惊过度，就让家人将她领走了。事后我们去现场取证，找到了被破坏的门锁，还有一排男人的鞋印，鞋印从门口一直延伸到阳台玻璃门的布帘后面。当时凶手应该就躲在布帘后面，那布帘很大，与地面平齐，躲一个人完全不是问题。”

“也就是说，凶手是躲在布帘后面，在夫妻两人完全没有防备的情况下突然冲出来，在雨默的面前杀死了陶耀是吗？”

“是的，推测出来的现场情况就是这样，事发后雨默出门呼救的时候，对面别墅的邻居看到有一名蒙面黑衣人从大门逃窜而出。凶手很狡猾，一个指纹都没留下，除了那排鞋印，没给我们留下更多的线索。”

“蒙面黑衣人，一身黑……这可能就是雨默将凶手幻化成影子的原因。雨默现在坚持是自己的影子杀死了陶耀，这是她潜意识的一种层面表达。她认为是自己害死了丈夫，她在责怪自己。”

“她的病情怎么样？”马千里又回到开始的问题。

“事发近半年家人才将她送来，已经错过了最佳治疗时间。她属于创伤后应激障碍，也就是延迟性心因性反应。刚开始我还以为她只是单一恐惧症，看来比我想象的还要复杂。她这种病就有点像战后复员的老兵，老兵们经常不自觉地回想起战争时的残酷，经常从噩梦中惊醒。”

“萧医生你能说说这病是怎么回事吗？我叔叔曾经参加过自卫反击战，回来后就得的这病，断断续续的，一直在军区医院住着。”

“创伤后应激障碍，这里的创伤主要指的是记忆。对于可怕经历，如战争、被强暴、地震、凶杀等，引起个体极度恐惧的经历和记忆。这类记忆就称为创伤记忆，当应激源到达一定阈值，超过个体能承受的强度时，就会出现应激障碍。”

“萧医生，办公室里可以抽烟不？”马千里插嘴问了一句。

“给我也来根。”

这俩人还真是绝配。

点上烟后，马千里深深吸了一口：“萧医生你继续说。”

“应激障碍最有特色的有两种，一种是急性心因反应，用俗话说就是当场被吓疯了。这种起病迅速，历时也比较短。得到及时的治疗，可以很快恢复过来，预后良好。这类患者有一大特点，就是大脑会对部分创伤记忆进行快速地强制遗忘。这是大脑处理创伤记忆的一种应激性保护，又称为心因性失忆症。他们有可能还记得结果，但不会记得过程。”

“嗯，我们见过不少这样的被害人。特别是被强暴的女性，她们大多知道自己被强暴过，但对这一切发生的经过丝毫回忆不起来，甚至连歹徒长什么样都不记得。一问三不知，加大了我们办案的难度。”马千里叹了口气。

“第二种就是属于雨默和你叔叔这类的，延迟性心因性反应，又称创伤后应激障碍。这是很麻烦的一种，严重的有可能会持续复发，终生不愈。这种在临床上有三大表现：第一，反复重现创伤体验。不由自主地回想起创幻经历、类似的噩梦，反复发生可怕错觉幻觉，甚至以幻想的形式重演和体验事件经过。又名症状闪回，不断地用这段创伤记忆来伤害自己。就好比长了个疮，不挠不痛快，一直挠到恶化为止。”

“这比喻真好，我昨晚就被蚊子叮了一口，现在还痒着呢。”马千里打趣着说道。

萧医生懒得理他，继续说道：“第二，持续性的警觉性增高。也就是一惊一乍，整天神经绷得紧紧的，有点什么声响都能吓他一跳。特别是能和创伤经历联系上的事，那能直接吓死他。”

“第三，持续回避。极力回避和创伤经历相关的事物，比如像雨默这样的，她肯定不愿意再回到那间别墅，连想都不敢想。”

“这第三条不是和第一条矛盾了吗？这样回避不是挺好的嘛，有助于忘却那段可怕的经历。”马千里疑惑道。

“不，越是想回避的，越是想努力忘却的，就越忘不了。人都是这样，反而越想记住的，就忘得越快。人的大脑就像一个叛逆的孩子，很多时候会听你的，但有些时候就偏偏和你作对。”

萧医生说到这儿的时候却深深叹了一口气，似乎也勾起他的某些回忆。

“我还想今天过来能不能从雨默口中多问出一点线索呢，看来是没戏了。”马千里吧嗒了一下嘴，失望道。

“大脑会对严重的创伤记忆进行选择性遗忘，甚至是幻化。我估计你也问不出什么来了，而且雨默的病情现在很严重，妄想泛化到了童年。我问过她的家人，从来没有过这样的事。她这已经属于无认知精神病的范畴，即使她能给你什么有用的线索，你将来也不能在法庭上将她的话作为证词。”

“唉，这也难怪，看着丈夫被人杀死在自己面前，谁也受不了。这可怜的姑娘，希望她能早日恢复过来吧。”

“这凶手杀了她丈夫，却没有杀她，应该是仇杀。而且仇恨只针对陶耀一个人，你们从这儿好下手一点。”

“我们当然知道要从这儿下手啊，但在他的人际关系网上搜了一圈，毫无线索，连个犯罪嫌疑人都找不出来。”

“嗯，看来这又是个悬案。我说马队长，你们刑警队的破案率是不是……呃？”萧医生留了个挑衅的尾音。

“我的萧大医生啊，你以为在中国破个案子那么容易啊？像那些日本推理一样，玩杀人手法，玩诡计，然后出来个眼镜男大吼一声：凶手就在你们之中！”

萧医生被逗乐了：“哈哈哈哈，那人家美剧不是拍得挺好的嘛，各种专业工具加专业知识，破案和切菜似的。”

“那些现场取证用的专业工具我们也有，早就引进了，我们最急缺的是系统化的资料库。你看人家美剧里采到一个指纹或DNA，扫入电脑，让电脑在联网的系统资料库里自动核对，只要资料库里有过记录，什么都有了。”

“是啊，那样多方便。”

“我们国内缺的正是这样系统化的详细资料库，虽然已经开始有了初步构建，但资料奇缺，能起到的作用不大。所以我们的大部分公安刑侦机构还停留在查人名、查身份证、认人脸……这样的初级阶段。”

“国情啊。”萧医生挺理解地点了点头。

“可不。不过虽然办案难度大，但这些年我们的破案率确实已经提高很多了，接近了命案必破的目标。只要是有迹可循，总有破案的一天。”马千里挺欣慰地说道。

两人又聊了一会儿，马千里才起身告辞道：“快五点了，你也快下班了吧，我就不打扰了。”

“嗯。”萧医生边答应，边起身走到窗户边。

就在马千里快走出房间门口时，萧医生突然喊住马千里：“马队长，这天看来要下雨啊。”语气中带有一丝深意，一丝担忧。

“哦，是啊。我们有车，没事的。”马千里不知所指，直接回道。

看到马千里还没反应过来，萧医生叹了口气，只好继续说道：“晚上要下雨啊，别忘了那个吸血鬼。”

“这……”马千里愣了一愣，顿了半天，才点了点头，“我让弟兄们今晚警醒点。”

马千里上了警车飞驰而去，萧医生也走了出来，看到我正在拖地。地上的拖把痕迹告诉他，他办公室门前的地板有点太过干净了。他眉毛一挑，脸上又挂起了那贱兮兮的笑容：“唐平，你终于找到让你活下去的理由了吗？”

和上次不一样，这次是反问句，表肯定。

我没有搭理他，这人你越搭理他，他越没完。我继续将拖把用力地向走廊的另一头拖去。

我真的非常讨厌他这种贱兮兮的眼神和微笑，讨厌到了极点！

晚上真的下雨了，就像萧医生说的一样。不大不小，正好足够浇洗这个燥热的城市。

第二天一大早，爸妈来看我了。妈妈提了一大兜的水果，坐在我床头问我这段时间怎么样，住这里习惯不习惯，心情好点没……

我一律点头或摇头，我还是没有说话，因为我不知道该说什么。

爸爸站在病房门口，一言不发，他可能也不知道该说什么。爸爸脸上还是没有太多表情，但我能看出他眼中的关切。他几次欲言又止，然后又叹了口气。

我其实一点都不想看见他们，因为那会让我羞愧。养育了我二十多年，花了半辈子的钱就为了让我能有一个好前程，我却用自杀来报答他们。自杀不仅仅是我一个人的事，我还杀死了他们的儿子。

从这点上来说，自杀应该是有罪的，自杀其实也是谋杀。你在自杀的同时，也杀死了别人的儿子（女儿）、丈夫（妻子）、男友（女友）、朋友……

一会儿，萧医生过来了，他们跟着萧医生去办公室谈论我的病。

临走的时候，爸爸终于走了过来，他好像有很多话想说，说出口的时候却只有一句：“好好养病，缺什么就给家里打电话。”

或许我认为自己早已是个成人，但在他们眼中，我永远还是那个没长大的孩子。父母永远不会为犯错的孩子生气，不论何时何地，不论你是否还是那个孩子。

我问过萧医生，人为什么会自杀？

他说，自杀的原因有很多，为了逃避、报复、绝望、毁灭自我、寻求别人的同情或帮助、引起别人的注意……

但有一点是肯定的：自杀的人都是懦夫！只有无能的废物才用死来逃避问题！

我知道他是在骂我。

我又问，那我为什么会自杀？

他只回答了我一句：因为你确信自己是个无能的废物。

我开始理解萧医生为什么让我帮忙照顾病人，他想让我知道，我活在世界上还能有点用处。

不过我还是不明白，他为什么要让我去女病号楼帮忙照顾病人，这个答案他直到很久以后才告诉我：

虽然我什么都没说，但他能看出我恨一个女人，我的抑郁症和这个女人有很大关系。如果我将这种恨继续下去，这种敌对情绪就会泛化，变成针对所有的女人。所以他让我去女病号楼帮忙。

在那里，我无法恨，因为我将看到一群痛苦的女人。我的恨会在那里化解为怜悯和同情，我的恨最终会在那里烟消云散。而当我的恨烟消云散的时候，我的抑郁症也就已经好了一大半。

我不得不承认他确实高明，他诡计多端，他狡猾无耻！以致很多年以后，每当别人提起萧白这个名字时，我的脑海里就会开始浮现出他那一脸贱兮兮的微笑。

不过他还是漏算了一点，他没有想到我会在这里遇到雨默。

爸妈走了以后，我一直在床上装睡，其实我根本睡不着。瘦子的床位换了一个单纯型精神分裂症病人，这种类型的病人没什么特色，简单地形容就是个呆子。问话基本上不回答，偶尔点头或摇头示意，和我差不多，喜欢一个人待着。

但他比我厉害，可以一个姿势保持一天，在精神科里称之为木僵状态。刚来的时候，海洛因很喜欢作弄他，比如他站在窗边的时候，海洛因就会跑过去，改变他的站姿。让他把右手抬高，做出像是和谁打招呼的动作，然后再让他另一条腿向后翘起。

就是这样一条腿摆出的怪姿势，他能维持一整天，就像被点穴了一样。直到护士发现后，赶紧帮他修正过来，给他改一个舒服的姿势。每到这时候，海洛因就躲在一边哧哧地捂嘴坏笑。我想起了小时候玩的变形金刚，他就像一个任人摆布的玩具。

萧医生发现这些事后，狠狠教训了海洛因一顿，罚他也像那个呆子一样单腿摆姿势站一个小时。一个小时后，海洛因揉着发麻的腿嗷嗷叫唤，从此以后海洛因再也不敢作弄他了。

才一个小时海洛因就痛苦成这样，他是怎么做到保持一天的？他已经麻木到无法感觉疼痛了吗？他现在给我的感觉就像一个空壳，他已经没有灵魂了。

我想起了一个词——失魂落魄。是的，他的灵魂丢了，丢失在了一个谁也不知道的地方。

然后我又接着想起了一个词——喊魂。

我脑海里浮现出一个情景，在一个凄凉的荒坡上，一个苍老的母亲正在为自己失魂落魄的孩子喊魂。她眼中弥着泪，用手掌环住嘴，悠着嗓子深情地呼唤着：“娃啊，回来吧……”

父亲手中持着孩子常穿的一件衣衫，打开衣裳，像是在接着飞奔而来的魂魄，然后又赶紧合上，应一声：“回来了！”

寂静的山谷里不断地回荡着两个人延绵不绝的声音，喊声和回音纠缠在一起，一应一答，一答一应。

“娃啊，回来吧……”

“回来了！”

“娃啊，回来吧……”

“回来了！”

一应一答，一答一应……迷信？愚昧？还是自我安慰？

下一个定义对你来说就那么重要？你还是静静倾听吧，听听那唤声中的绝望和期盼，听懂以后你就会知道这些所谓的定义都已不再重要。

精神病院里也有这么一群负责喊魂的人，就是这些医生和护士。他们一直在呼唤病人的灵魂，希望他们有一天能醒来，希望他们有一天能魂归来兮。

想到这儿，我脑中的情景变了。萧白挂着他那一脸贱兮兮的微笑，在山谷上深情地呼唤着：唐平，回来吧……

当这个情景突然出现在我脑海里的时候，我就像吃了一只苍蝇，狠狠把自己恶心了一次。

就在这时候，一楼传来一阵嘈杂声，接着一楼沸腾了，就像菜市场一样热闹。我知道一楼的病人又闹事了，这在精神病院里早就见怪不怪。刚开始我还会感到吃惊、新鲜，到了现在也习惯了，而且已经习惯到要是没有病人闹事就会觉得奇怪。

“把铁门打开，马上！给老子打开铁门！”

我记得这个声音，是那个刚来第一天就试图砸铁门逃跑，然后被萧医生制伏的疯子。这疯子的戏倒是值得一看，海洛因早就冲下楼去看戏了，我也从床上起来，走到楼梯口向下探望。

那疯子手中抓着一把手术剪和男护们对峙着，可能是护士给他伤口拆线的时候他趁机抢的。这疯子确实是个扎手货，从进来的第一天起就不断闹事，和同房的病人打架。没少打伤人，也没少被打。又不能全天约束着他，只能对他进行严厉的监管，难怪萧医生从一开始就不愿意收治他。

一个年轻的护士从他的病房冲出来，喊着：“快拦住他，一定要拦住他！”她的手臂被划伤，正在不断地往外淌血，染红了圣洁的白色护士服。

六个男护围着他，却没一个敢上前，这疯子打架是出了名的狠，而且壮得很。现在这种狂躁状态，没什么事他干不出来。疯子挥舞着手中的手术剪，怒目圆瞪，嘶吼着：“把铁门打开，不然我杀了你们！”

终于，萧医生从四楼赶下来了，他当时正在四楼查房。他看了那疯子一眼，然后朝男护们喊了一声：“你们别围着他，让他出来，我给他开门。”

男护们早就见识过萧医生的能力，闻言互相对视了一眼，退到两侧。萧医生掏出钥匙，走到男病号楼的大铁门旁，边开门边回头对那疯子说：“王志强，你冷静点，我现在就给你开门。”

疯子对萧医生很忌讳，入院第一天他就被萧医生一招制得动弹不得。要在这医院找一个他怕的人，非萧医生莫属。他脸色狐疑不定地盯着萧医生："你……你别耍花招！"

萧医生嘴角撇出一丝冷笑："你要走我还求之不得呢，我还用耍花招留你？"

说着一把推开铁门，朝外一指："走啊！看看过多久警察会把你抓回来！你爸妈早就不想管你了，你试试还能不能敲开你家的门！看看你出去在哪儿找饭吃，我看你连一杯水都讨不到！"

疯子的攻击姿势变了，虽然还是紧紧地抓着那把剪刀，但手已经垂了下来，眼中透出一丝迷茫。他从一开始想的就是怎么逃离这所精神病院，却没想过出去以后会怎么样。

看到疯子的姿势变了，萧医生叹了口气："王志强，想想你这二十多年来都在做些什么吧？打架、闹事、愤怒，连自己都控制不了地愤怒，不断地愤怒。"

"因为你的愤怒你找不到工作，就算找到了也会很快被辞退。爸妈不断在你耳边念叨着某某的儿子现在已经是经理，工资多少多少，你再看看你！我知道你其实也想啊，你也想有那么一份好工作，能让爸妈在亲戚、邻居中挺起胸膛说话。"

萧医生摇了摇头："可你的脾气让你没了这种可能，你只能在无尽的愤怒中发泄自己的不满。其实你也想的，你很想自己也能像谁谁一样，有一份好工作，回报爸妈的养育之恩。每次看到他们不敢和别人提及自己儿子的工作时，你的心就像被刀扎一样难受。"

说到这儿的时候萧医生一指那疯子："但你看看你自己现在这个样子，你觉得你这样下去还有可能吗？拿着那把剪刀去抢一份好工作是吗？你去当个苦力差不多，只有苦力能靠力气赚钱！你想一辈子这样是吗？"

疯子抱着头，紧紧地捂住耳朵，蹲下，眼中涌出无尽懊恼的眼泪：“别说了，别说了……我不想听，我不想听！”

萧医生走了过去，也蹲下：“帮帮你自己吧，把这臭脾气治好。还拿着这把剪刀干什么？拿剪刀来治病吗？”

萧医生将右手伸到他面前，疯子缓缓地将剪刀递交到他手中。萧医生接过剪刀，叹了口气，然后对旁边的男护招呼了一声：“把他带回病房，别难为他。让他一个人静静待会儿，一会儿我去看他。”

最后，萧医生扶着那名被刺伤的护士去治疗室包扎。他又一次成功了，但那刻我又看到了他眼中的忧伤。我不知道这个男人为什么有时候狡猾得像只狐狸，有时候却又闷骚得像个诗人。

我呆立了一会儿决定去治疗室看看。到治疗室的时候，萧医生已经手脚麻利地帮护士包扎好了。

“小晴，还疼吗？”

“好多了，谢谢萧医生。”

“以后要小心病人的突发袭击，注意病人一举一动潜伏着的肢体语言，还有，像这样有暴力史的病人就交给男护吧。”

“我……我看他很正常，也没有什么不对劲，还很配合我拆线。谁知道中途他突然就抢过剪刀，我下意识地伸手去拦，就被他用剪刀刺伤了。”护士声音颤抖着说道。

“没事了，其实他也是控制不住自己，我想过后他会向你道歉的。”萧医生安慰着。

护士苦笑一声：“还好刺的不是脸，不然彻底没人要了。”

“小晴，你这么好的姑娘怎么会没人要呢，净说瞎话。”

“萧医生，你不准笑话我哦……家里给我安排了好几次相亲的……”

“哦？谈得怎么样，谁这么幸运，接了咱们小晴的绣球？”

“唉，还幸运呢。开始谈什么都很好，一听说我在精神病院工作，脸色马上变了，就像看怪物一样。还有的问我：你们精神病院的护士是不是都学过武术啊？可以一拳打倒病人那种？你们在精神病院里待久了会不会也精神不正常啊？”

萧医生叹息一声：“不用管别人怎么说，你是个好姑娘。迟早会遇见一个真正懂你、珍惜你的人。”

“我都不知道我为什么要选择这份工作，工资低得差点连自己都养不活，工作却危险得像在前线打仗。爸妈都让我换工作，我还硬是不肯换，连我自己都不知道为什么要受这罪……”护士啜泣着说道。

“因为……你是天使。”萧医生很认真地回道。

这句话把护士逗笑了：“你才天使呢，天外之屎！”

“我说真的，你们都是真正的天使，也只有你们能对得起‘白衣天使’这个称谓。你们都是为治愈病痛而落入凡间的天使，割去飞翔的翅膀，情愿将自己囚禁在这所精神病院里。”萧医生的声音很认真，很深情，也很忧伤。

“萧医生你这甜言蜜语的，可不就为了让我们留在这里陪你嘛。”护士不好意思了，反嗤道。我虽然看不到治疗室里的情形，不过我能想象她脸上此时肯定已经浮起了迷人的娇羞。

“呀，又被你看穿！”萧医生故作很惊讶地回道。

“萧医生你坏死了！不理你了，我继续去干活了。”护士娇嗔了一句，拉门而出，我也赶紧跑到窗边装作在看风景。

“小心点手，这段时间别干粗重活。”萧医生在后面急急交代道。

“知道了。”护士应了一声，关上门，脚步轻盈地走向楼梯口。

走到楼梯口的时候还开心地转了个圈，我看到了她脸上好看的绯红。转完了圈，她又小心地打量了一下四周，没人注意，还好还好……她收敛起笑意，向楼下走去。

原来在精神病院里，不仅病人需要精神治疗，护士也需要精神治疗。

原来玩暧昧也可以玩得这么简单，原来甜言蜜语也可以和爱情无关，原来精神病院里有这么多我不知道的原来。

我又想到了一个问题：护士需要心理治疗和鼓励的时候可以找萧白，那他自己有烦恼时又该找谁呢？

我回到大厅的时候，大厅正中的电视机正在直播新闻报道：吸血鬼再次犯案，手法更加凶残恐怖。

我看到了抢拍的几个画面。还是男裸尸，一样是内脏和眼珠被掏空，全身被利器划满了网状伤口，颈动脉处一样有两颗尖牙印。不同的是这次裸尸被倒立着钉在十字架上，十字架笔直地插在地上。

然后护士就快步地走过来换了个正在播放音乐剧的频道，因为病人看到这种镜头有可能会造成恐慌。

今天真是繁忙的一天，我心中感慨道。

果然，下午马千里就飞奔而至，速度和他的名字一样快，怀中还抱着一个大公文包。我继续跟去看热闹，我发现我已经喜欢上了偷听和窥探。以前我没这毛病，是最近才染上的，因为在精神病院里似乎只剩下这点娱乐了。

马千里敲了敲萧医生办公室的门，还没等里面应答，就急急推门进去。

“萧医生，新闻看了吗？”

“嗯，听说了。怎么，昨晚你的弟兄们睡着了？”萧医生半挑衅地问道。

“我确实让他们加强巡逻了，但这东西怎么防啊？我又没权力调动全市的警力……”

“其实你也防不住，被害人肯定早就死了，他只是在等雨夜出来抛尸而已。就是看能不能碰巧在他抛尸的时候抓住他。”

“我在东四环布置了警力的，但他这次却抛尸在西二环，是一个司机下车进林子里小便时发现的。领导非常重视，给我丢下一句话，要是破不了这个案子，我就可以提前退休了。”

“哦，所以马队长您终于急了？”

“哎，我的萧大医生啊，您就别挖苦我了成不，这不是毫无头绪才来麻烦您出马的嘛。您看，我把所有内部资料档案都给您带来了。”

“帮您破案，有奖金拿没？”

这老狐狸还真是个财迷，一点都不含糊，开口就是钱。我心里骂了一句，你这个道貌岸然的贪钱鬼！我走到窗户边，找了个好角度，开始窥探。

估计马千里也是同一个反应，愣了愣，才说道：“这个我会向上级申请的，不过你要切实给予有价值线索才行。”

“嗯。”萧医生淡淡地应了一声，接过公文包，打开，开始看资料和照片。

老半天，萧医生才起声问道：“路上的轮胎印你们查出什么没有？”

“大马路上本来就不好取证，一场大雨过后就更不剩什么了。”

“那被害人的身份呢？”

“都是街头的流浪汉或乞丐，所以关系网彻底断了。”

“嗯。”萧医生又是一个淡淡的鼻音，开始翻看那些现场照片。

老半天马千里才叹气道：“这些照片连我看到都觉得脊背发凉，这个凶手实在是太可怕了。”

萧医生仔细地揣摩着每一张照片，用手去比画那些伤口，过了很久才回道：“他会越来越凶残，要是还抓不住他，他下次犯案的时间不会超过这个月。”

“什么？这个月他还会再次犯案？”马千里脸色一变。

萧医生举起拍得最全面的一张照片，就是那张倒立的十字架和裸尸。背景是一座矮山，太阳正好斜在山顶上，阳光洒在尸体上，有一种无法形容的和谐感。他点上一根烟，深深吸上一口，然后吐到照片上，让那张照片笼罩在烟雾之中。烟雾在照片上流连，然后又逐渐散去。

他清冷的声音淡淡地说道：“看到这张照片你还不明白吗？他已经成功蜕变了。现在的他……已经是一个完整的变态连环杀人犯。”

马千里无法理解这句话，给了一个“什么意思？”的眼神。

萧医生抽出另一张照片：“这是他第一次犯案时的现场照片，就是简单的抛尸，然后匆匆离去。这时候他还有所忌讳，他还会慌张。而到了第二次时，他已经没有了畏惧，在布置现场的时候，他的心情是平稳的、愉悦的。”

“他可能还会吹着口哨，然后用手对比一下角度。他甚至都帮你们想到了将来拍照片的时候，你们从哪个位置好取景，好对焦。现在的这些对他来说已经不是抛尸了，明白吗？”

“不是抛尸，那是什么？”

萧医生冰冷的目光回望向马千里，将第二具裸尸的照片举到他面前：“这是他的作品，他在向所有人展示他的作品！”

马千里整个人僵住了，一张嘴半天合不拢。

萧医生没有管他反应如何，只是取出双面胶，将那些血腥的照片一张一张地贴在墙上。然后向后退了两步，整体观看，时不时又走过去凑近某一张仔细端详。

半个小时后，马千里忍不住开口了：“萧医生，你倒是看出什么来了？至少给我们推断一下凶手是什么人吧。”

“你们呢，你们推断凶手是什么样的？”

“男性，现场鞋印虽然被雨水破坏，但还能测量出对方中等偏胖身材，一米八五左右的身高。从平齐和一步到位的 Y 形刀口上看来，凶手具备一定的解剖技术，有可能是个医务工作者。按理说，身高一米八五，而且又很壮实，应该很引人注目，不难筛选才对。”

萧医生闻言摇头一笑：“难怪半年来你们什么都没查到。”

“怎么说？”

“凶手选择在雨夜抛尸，为的就是给你们加大取证难度。在大雨滂沱过后，你们找到的脚印，其实就是凶手扛着尸体时的脚印。也只有这时候才会留下这么深的脚印，能在雨夜过后还保留着。而且扛着尸体走，单步长和平时也不同。你们的计算应该没有错，但是犯了一个低级的常识错误。”

马千里一拍脑袋：“对啊！也就是说体型计算公式应该减去被害人的重量，身高的计算也不准确。”

萧医生点了点头：“还有，他可能学过医学，但他从事的应该是艺术类工作。”

“这又是为什么？”

萧医生又从墙上取下那第二张尸体的照片扫了一眼：“如果你把它当成一张单纯的艺术照，你就会感觉到这难以言喻的美感，带着浓厚的艺术气息。”

“美感……”这个词让马千里有点难以接受。

“艺术作品，只有从事艺术工作的人，其惯性思维才会经常和作品关联在一起。这第二具尸体就是他心中的作品。”萧医生目不转睛地看着照片说道。

“对了，这个倒插的十字架是什么意思，好像是什么仪式似的？”马千里突然想起这个重要的问题。

“马队长你听过撒旦教吗？”

“撒旦教？”马千里愣住了。

萧医生又点起了另一根烟，马千里也接过烟盒点上一根。这两个烟鬼，抽死你们！我在窗外咒骂道，因为我只能看着他们抽，肺里一阵发痒。

萧医生继续说道：“撒旦教始于十二世纪，是世界上最早的邪教之一。顾名思义，撒旦教的教神就是地狱魔王撒旦。有多个分支，部分分支甚至最终发展成为了正统宗教，而余下的则坚持着他们的初始教义，成了隐匿着的恐怖邪教。该邪教还保留着献祭和黑弥撒的传统，包括活人祭、强奸和暴力等邪教活动，是世界上最可怕的邪教之一。”

“最有名的当属德国的丹尼尔和曼德拉，这对夫妇就是撒旦教徒。他们在结婚后的第六个月将工友弗兰克骗到公寓，然后连砍 66 刀，并将他的血吸干。后来被捕的时候，他们交代说这样可以组成魔鬼数字 666。”

“吸血……吸血鬼！这就是那个凶手为什么要把自己扮演成吸血鬼的原因？”马队长醒悟过来，问道。

萧医生点了点头：“是的，因为在邪撒旦教，入教第一关就是喝人血。邪撒旦教认为吸血可以获得永生，可以成为撒旦的化身——吸血鬼！”

“那个倒立的十字架呢？”

“那是撒旦教的典型标志，倒立的十字架，代表对抗耶稣，堕入黑暗。而另一个更有名的典型标志，则是倒立的五芒星。”萧医生抽出第二具裸尸的近照，递给马千里，“看看这些网状伤口像什么。”

马千里这次终于看明白了：“是无数交织在一起的五芒星！”接着又一愣，“等等，这……难道说凶手不是一个人，而是一群人，一个邪教组织？”

萧医生又是一个微笑：“凶手正是想要你这么认为，你要是这么想就正中了他的圈套。”

“啊？”马千里又是一愣，这死萧白兜那么大一个圈子，竟又把他带回到原地。

萧医生继续说道：“首先，你要知道一个邪教组织想要长期存在，最重要的是什么。那就是机密和隐匿，就算是举办黑弥撒，也只会偷偷进行，而不是这样大张旗鼓地展示尸体。这是公然向你们挑战，也是在自取灭亡。”

“其次，这前后两具尸体看似一样，但又不完全一样。你再看这第一张裸尸的近照。”说着又递给马千里一张照片。

马千里接过仔细端详，萧医生指了指照片：“看到没，这具尸体的网状伤口其实是用利器胡乱切划的。也就是说凶手在第一次抛尸时，压根儿就没想让这尸体和撒旦教扯上什么关系。他这样做的原因其实就是在发泄。”

“萧医生你的意思是说，凶手在第二次杀人后才想到的撒旦教，企图用撒旦教来转移我们的视线？”

萧医生点了点头：“是的，这就是我推断他是从事艺术类工作的原因之一。他从新闻报道和舆论中得到了灵感，然后继续创作，最后再向我们展示作品。这就是艺术家一直以来的行为模式。”

“那他到底是不是撒旦教的教徒？”马千里困惑道。

萧白沉吟了一下，摇了摇头：“应该不是，否则第一次抛尸时他就会这么做了。这可能是他后来得到的灵感，继而发挥。但有一点是肯定的，凶手肯定对西方文化比较了解，否则不会联想到对国内而言很生僻的撒旦教。”

萧白又翻了翻那些资料，继续说道：“还有尸检结果也有让我想不通的地方，第一具尸体体内残余血液为正常人体的百分之二十，第二具却有百分之五十五。那两颗尖牙印是利器扎的没错，区别就在于第一具是生前扎的，第二具却是死后扎的。”

“这区别说明什么？”

萧医生摇了摇头：“容我想想，一会儿再告诉你。”

“那这凶手的杀人动机是什么？难道他就是单纯地想杀人，

不杀人就浑身难受的那种变态杀人狂？”马千里又问。

萧白把目光又移回照片上：“不，我看到这些尸体照片时，第一感觉就是凶手似乎是在刻意隐瞒什么，有一种欲盖弥彰的强烈意图。而在我发现他试图转移我们的视线到撒旦教上之后，就更加肯定了他的这种意图。他有明确的目的，而且在试图隐藏他的真实目的。”

“开始我们认定凶手的杀人动机和黑市人体器官买卖有关，但随着案情的发展越来越迷离，我们现在也迷茫了。”马千里叹了口气。

“别迷茫，凶手在放烟幕弹，为的就是让你们转移视线。”

“那这个凶手到底是一个什么样的人？”

“我大胆地推测一下，他在没有杀人之前，表现出的应该是回避型人格，自闭、孤僻、自卑，兢兢业业，安分守己，是别人眼中的老实人，甚至是别人眼中的蠢蛋。但在他的精神世界里其实一直潜伏着反社会人格，并且在一次突变中爆发了出来，突变极有可能是失业。人格改变是很罕见的，所以这个凶手的成长历程肯定很曲折。”

“为什么会出现这种转变，人格应该是与生俱来，永久不变的啊。”

“马队长你听说过人格面具吗？荣格精神分析理论之一。简单地说，就是一个人为了适应社会和环境，隐藏起自己的真实人格，尽量去扮演一个能得到别人喜欢和认同的人。”

“这个所有人都有吧，出了家门谁都得戴上面具啊，特别是交际应酬的时候。”说到这马千里不禁叹了口气。

“反社会人格才是凶手的真实人格，回避型人格就是他的人格面具。而且这面具的形成时间较早，可以追溯到他的童年。从他杀的都是男人，而且表现出反社会人格看来，他最有可能的童年成长历程是母爱剥夺，也就是早年丧母，而后长期遭受父亲虐待。”

“这又是怎么推理出来的？”

“母爱剥夺是反社会人格的重要成因，而没有父爱或者缺乏父爱的孩子，长大后会表现出的性格是胆小、自闭、孤僻。”

马千里点了点头：“萧医生你继续说。”

“原本这样发展下去，他肯定会形成反社会人格。但是不知道发生了什么情况，他突然换了个相对较好的家庭环境。也就是这个家庭环境和后来受到的良好教育，压制住了他的反社会人格。这时候他的人格面具就形成了，表现出了回避型人格，他努力想当一个别人眼中的乖孩子，他也以为自己就是那个乖孩子。”

马千里开始回味这句话：“寄养在别人家里，没有父母的爱，却又要想尽办法得到监护人认同和欢迎，一个自闭、胆小、孤僻的乖孩子。”

“荣格说过，一个人如果这样长期热衷和沉溺于自己所扮演的角色，与自己的天性背道而驰，将会让自己陷入长期的紧张状态中。就像一个越吹越大的气球，吹得越大，爆炸的时候就会越响。所以当他终于压抑不住情绪而爆发时，就会表现出他的反社会人格，且一步就跨到了犯罪的顶端——杀人！”

“当然，这些都是我的个人主观推断。不能一概而论，更不能直接作为证据，马队长你当是个参考就好。”萧医生补充道。

马千里佩服地点了点头：“这心理学竟然还能预测到人的过去。”

“多拉德曾经提出过一个很有名的理论：挫折－侵犯理论。很适用于这个凶手的心理转变，他必定经历了生活中的挫折，才会走上这条不归路。”

“失业，加上长期遭受别人的轻视和挫折，终于让他爆发出了自己的本性，走向犯罪的道路。”马千里似乎开始对这个凶手的形象清晰化。

“还有，被害人体内残余血液的差异问题，刚才我在解读他心理的过程中找到了答案。”

萧白思索着继续说道：“可能他初次摘取脏器时不懂得如何把控麻醉剂量，麻醉过量会引发多种手术风险乃至死亡，影响脏器质量。此人性格又谨小慎微，应该会选择减少麻醉剂量来规避风险。所以初次的麻醉并不充分，导致被害人在手术中突然苏醒。慌乱之中，他抓起手术台上的……？”萧医生边比划着，边回望向马千里问道。

马千里立刻一拍手：“手术剪！我们法医也说颈动脉的创口应该是手术剪造成的。后来他应该是吸取教训，懂用多少麻醉剂量了，第二名被害人就没再醒过来……唉！”

“那他为什么不直接找辞退他的人下手呢？”马千里又疑惑道。

“这就是他的高明之处，我们要对付的不是一个失去理智的变态杀人狂，而是一个受过高等教育、知识面很广、冷静的、具有极高犯罪头脑的杀人犯。”

“不是他不想，而是他不能，他明白被害人人际关系网的概念。所以他专找街头的流浪汉下手，让你们无法从关系网上找线索。”

马千里点了点头，萧医生也综合警方的资料写出了他对凶手的心理画像：

男性，二十五至三十五岁，中等偏瘦身材，一米七左右。童年曲折，有可能是在寄养家庭长大。受过中高等教育，有可能接触过医学，但最终从事的是艺术类工作。目前有可能处于失业状态。

性格孤僻，平常沉默寡言，一直是别人眼中的出气筒，几乎没在别人面前发过怒。愿意接触和帮助陌生人，给人的第一印象是礼貌，好接触。但不能深交，他甚至都没有带过朋友回家玩。目前单身或离异。

私家车也可以作为线索之一，按理说有私家车的人应该不会为钱而发愁。所以这辆车有可能是获赠或者继承的。

“现在我只分析到这些，有什么新的结论我再通知你。”萧医生将记录好的笔记递给马千里。

马千里接过就赶紧回去布置警力搜索本市所有对得上号的人，不过看来这个人数不会少于千人。别看萧白写了那么多，其实警方真正能用上的没有多少。理论是一回事，现实又是一回事，你不可能要求警察像了解自己家隔壁的大叔一样了解全市的每个人。

其实我连自家隔壁的大叔都不了解，开门上班，下班关门。我到现在为止都还不知道隔壁大叔姓什么，更别提他那老皇历一般的成长历程。你呢，你知道你家隔壁大叔姓什么吗？啊，你知道啊！太了不起了！那你知不知道他有可能就是连环杀人犯？

第四章

吸血鬼抛尸案件

这次偷听得差不多我就赶紧离开了，我不想再被那个萧医生挂着贱兮兮的微笑继续问："唐平，你找到让自己活下去的理由了吗？"

我决定去看看雨默，这次目的很明确——找雨默。

走进女病号楼里时，一楼的部分女病号小聚在一块儿，她们正和声唱着《让我们荡起双桨》。没有人指挥，开始只是一个人轻声哼着旋律，然后渐渐地别人也跟着哼唱了起来。

她们迷茫的脸仰望着天花板，下意识般地轻声吟唱。其实很好听，她们的声音空灵缥缈，在女病号楼里穿梭着回荡着。停下了脚步我静静倾听，无主游魂在她们的歌声中游荡，惊慌失措地相互询问着来时的方向。

让我们荡起双桨，小船儿推开波浪。

海面倒映着美丽的白塔，四周环绕着绿树红墙……

唱着唱着突然有个女孩眼泪下来了，啜泣着："我……我想回家……”

接着大家都静了下来，呆滞地望向她。护士长赶紧过去将她的脑袋轻轻地抱到胸前，像哄宝宝入睡一般安慰着：“很快就可以回家了，病好了就可以回家了……不哭……乖哦，不哭……”

然后她们继续唱了起来：“让我们荡起双桨，小船儿推开波浪……”

我向雨默的房间走了几步，又折了回来，提起那个水壶打满水。直线地走进雨默所在的那个房间，才发现她已经不在这儿，我只好一间挨一间找了起来。当我走进第六间病房时，我看到了她，她也看见了我。

护士在她的床边加了一块挡帘，她可以随时推上那块挡帘，将自己藏在阴影之中。我进去的时候，她正缩在挡帘前，双手抱腿，小下巴支在膝盖上望着门口。我的身影就这样突然出现在她百无聊赖的眼珠中。

找到她的时候，我才突然想起我还没准备好开场白，她却突然先开口了：“你来了？”

“嗯。”我答，然后走到窗台边准备给那些花儿浇水。

“护士刚刚浇过了。”她说。

“哦。”我的动作再次僵住。正当我想该用什么理由能在这房间多待几分钟的时候，她又开口了：“你每天都来给花儿浇水吗？”

“嗯。”我答。

“精神病院里也可以这么自由的？”她问。

“除了我——萧医生给我这个特权，让我想去哪儿帮忙就去哪儿。”我答。

“为什么？”她问。

“不知道。”我答。

“萧医生的医术好吗？”

“不知道。”

“你怎么什么都不知道！”她微微有点生气了。

“不知道……”我又答。

突然她又咯咯地笑了起来：“三个不知道了，你还真是一问三不知。”

我沉默着，等她的下个问题。她却把头支回膝盖上，把玩着自己的手指。就在我想该说点什么的时候，楼道里正好又传来了女病号们的歌声。

“她们的歌声真好听。”我说。

“你听不出来吗？”她膝盖上支着的小脑袋歪着看了我一眼。

“什么？”

“那是哭声……”她撇撇嘴说道，然后又把目光转回到她的小手指上。

我又沉默了，过了一会儿，我问："萧医生今天来看过你没？”

“嗯，早上的时候来过了。还是那样，让我这几天先好好休息。你呢，抑郁症是什么样的？除了你这样整天苦着脸以外，还有别的特色没？”她问。

我想了想：“没有什么特色了吧……哦，我特别想把自己弄死算不算？”

她笑了笑：“你成功没？”

我羞愧地摇了摇头：“每次……都差一点。”

她笑得更厉害了，抱腿望着我痴痴地笑。

“死后的世界到底是什么样的？”她又问。

“不知道，应该是一片空白，完全静止的空白，什么都没有。”

“那岂不是很无聊？”她试探着把脚伸到阴影和光线的交界处，这对她来说是个小小的冒险。过了一小会儿，她又把脚缩了回来。她和我不一样，她热爱生活，珍惜生命的每一分钟。而我向往死亡，我经不起死亡的宁静诱惑。

“你就这样在床上待了一天？”我问。

“嗯，我这半年来差不多都是这样。白天的时候躲太阳，晚上的时候躲灯光，我是个见不得光的人。”她自嘲地笑了笑，她的脸色很苍白，那是久不见阳光的缘故。

我想了想，说：“你下床走走吧，我帮你用挡帘遮住影子。”

她眨巴眨巴眼睛看了看我：“可以吗？”

“嗯。”我答。

“那你要保证一直能遮住我的影子哦！”

“嗯。”

于是，她终于从床上起来，穿起拖鞋。精神病院里的拖鞋都是统一尺码的，她穿在脚上显得有些大。我也小心地推着挡帘，让她的身子能完全藏在阴影中。

这是认识雨默的第二天，我推着挡帘陪她逛了女病号楼一圈。我做得很好，没有让她的影子漏出来过。她也做得很好，走得很慢，很小心。我们配合得天衣无缝，我感觉到了我和她之间的默契，这默契似乎由来已久。

第三天，雨默开始调皮了。她故意走得时快时慢，我也只能小心地猜着她的意图。她走了几步，然后停了下来，我也赶紧停了下来。她挑衅地看了我一眼，突然在走廊里狂奔了起来，我推着挡帘分毫不差地跟着。她停下，我停下。她走，我走。她跑，我追。

突然，我发现我已经成了她的影子。

她看着气喘吁吁的我咯咯地笑，笑着笑着突然眼泪就下来了："陶耀也像你一样……宠着我，护着我……却……"

我不知道该作何反应，我扶着挡帘呆呆地望着她。她抹了抹眼泪，又看了看我，说："你走吧，我的影子不知道什么时候会再杀人，我不希望你是下一个。"说着自己去抓挡帘，要回病房。

我抓着挡帘，不让她走。"我一点都不怕死。相反，我向往死亡。"我认真地说。

雨默嘴角露出一丝莫名的笑意，摇了摇头说："那是以前的你，不是现在。"

我呆住了，这句话将我猝不及防地击倒在地。我就这样在原地发呆了半个多小时，那句话在耳边纠缠着我，不肯放过我。

"怎么，你也石化了？"

我回过神来，那个人逐渐在我眼前清晰，是萧白。他不知道什么时候已经站在我面前，脸上挂着那贱兮兮的微笑。雨默也不知道什么时候已经回了她的病房。我白了他一眼，快步地消失在他的视线中。我经过雨默病房的时候也没有往里面多看一眼，因为我不敢。

第四天，我没有去看雨默，我待在自己的床上看天花板。海洛因纠缠了我几次，我没理他，他又跑到其他病房去祸害别人了。中午萧医生出去了一趟，回来的时候怀里抱着一堆灯管。

他来到我的病房门口，冲我喊了一声："唐平，来帮忙！"

我看了他一眼，这是个命令语气，容不得我拒绝。我穿起拖鞋走到他面前，他将灯管丢给我抱着，然后一起去了女病号楼的治疗室。

他将所有的灯管都在天花板上装了起来，一共十二根灯管。我不知道他想干什么，只是将灯管一根一根地递给他装好。

忙活了半个小时，灯管终于全装好，他拍了拍手，看看我："去洗把脸吧，把你那脸晦气洗洗。"

还是个命令语气，我只好去洗脸。

回来的时候，雨默也在治疗室。萧医生已经把灯管全打开了，在这么多灯光的铺照下，雨默的影子已经淡化得完全看不到。萧医生指了指门："把门关上。"

我把门关上，他半倚在办公桌上看着我们："听说过戏剧疗法吗？"

我和雨默都摇了摇头，他笑了笑："没听过更好，其实就是个游戏，一个很简单的游戏。"

他示意让雨默走到他面前，"现在我先和你示范玩一次，然后一会儿唐平来代替我。因为我没有这么多时间全天治疗，只能让他帮忙。"

雨默愣了愣："什么游戏？"

"影子游戏。"萧医生微微一笑，答道。

雨默畏惧地向后退了一步，萧医生竖起一只手指制止了她："不用担心，不是让你和你的影子玩游戏。而是我来扮演影子，你来扮演你自己。"

"哦……"雨默点了点头。

游戏开始了，开始很简单，萧医生是雨默的影子，就一直跟在雨默背后。雨默举手，他也举手。雨默走，他也走。雨默停，他也停。

就这样大概半小时过后，他突然不动了。无论雨默做什么动作，他都不动了。雨默愣了愣：“萧医生？”

萧医生阴沉地笑了笑：“我不是萧医生，现在我是你的影子。”

“是啊，你怎么不动了？”

“我为什么要跟着你动？”

“你是我的影子啊！”

“哦……我是你的影子，所以我就必须一直跟随着你。我现在就想试试不跟随着你会发生什么。”

雨默畏惧地向后退了一步，萧医生却向她走了一步：“告诉我，会发生什么？”

雨默眼中浮现出一丝恐惧：“萧医生，你……你别吓我。”

“我没有吓你，我只是想试试如果不跟随你，会发生什么。”萧医生眼中的笑意更盛，继续向雨默走去。

雨默缩到了墙角：“别……别过来，这个游戏我不玩了……不玩了！”

萧医生走到雨默的面前，就这么静静地看着雨默，良久才缓缓出声：“好了，现在换过来。你是影子，我是你。”

“啊？”雨默一愣，继而又反应过来，“哦。”

于是，雨默成了影子，萧医生成了雨默。这游戏真的很简单，不过挺好玩的，萧医生经常摆出各种怪动作让雨默模仿。比如模仿奥特曼的十字光波，比如蜡笔小新的屁股见光，再比如肌肉男的秀场动作……雨默嘟着嘴也只好跟着做。

我在长椅上忍不住笑了几声，这也是半年来我第一次开心地笑，雨默狠狠瞪了我一眼。

半小时后，萧医生指了指我：“现在换你来，相互扮演影子。十五分钟换一次角色，无论对方摆出什么动作，你们都要模仿出来。别想偷懒，我时不时会从窗口督察你们。”

说完就走出了治疗室，把门轻轻地带上。

然后我就开始和雨默玩这个“影子游戏”，虽然不知道这算哪门子治疗，不过我们玩得很开心，你可以想尽办法折腾对方。不过在想歪点子这方面，雨默要略胜我一筹，所以我经常输。

接着雨默还自行开发了这个游戏的趣味性，每输一次的人就要在脸上贴一张小纸条，而且在贴上以后当晚十二点之前不准拿下。于是从那以后，我每次都带着满脸的纸条走出女病号楼。

还好这里是精神病院，我满脸的纸条在别人看来还算蛮正常的。

三天以后，我正带着满脸的纸条静静地躺在床上等待十二点的来临。海洛因凑了过来：“唐平，你这几天怎么一直带着这些纸条躺在床上傻笑？”

“傻笑？有吗？”我答。

海洛因给了我个怪异的眼神：“你自己笑，自己都不知道？”

难道有些笑可以不用经过大脑的？我用手摸了摸自己的嘴角，没发现有什么异样。

第四天，萧医生让这个游戏换了一个方式。不再是模仿对方，而是让“影子”做出完全相反的动作。比如雨默举左手，我就要举右手。雨默右侧身，我就要左侧身。组合动作也一样，要完全相反。

游戏难度加大了，我脸上的纸条也越来越多。雨默比我要聪明得多，反应也要快得多。第一天游戏结束后，雨默没好气地看着我：“你笨死了！一次都没赢过我，你要是故意让我，我以后不和你玩了！”

“我真的很想赢啊，谁让你反应那么快的。你好歹也让让我吧，让我往你脸上贴张条子……”我无奈地说。

“真笨！”雨默重重说了一句，接着又斜了我一眼，“你看你，每次骂你的时候你就知道傻笑，又笨又傻！”

“傻笑？”我不自觉地又摸了摸我的嘴角，看来有些笑真的不用经过大脑。

我还是不知道这种游戏算什么治疗，但我们玩得很开心。萧医生也只是时不时过来督察一下我们，看一会儿就走。他确实有很多事要忙，就算是坐在办公室休息时，也是在看那些现场照片。

他在看那些照片时的表情很怪异，可以用“入迷”来形容。他还模仿尸体上的网状伤口在纸上勾画，摇摇头又点点头，我怀疑这家伙是不是疯了。特别是有次我看见他捧着一盘炒面，津津有味地边吃边研究那些现场照片。

这家伙绝对有问题！我在心里狠狠骂了一句。

也是在“影子游戏”的第四天，我回到病房时又看见马千里过来了。同样地，我也跟过去偷听。别怪我，我真的喜欢上了偷听。要是以后我有了什么偷窥症一类的毛病，肯定要归功于精神病院这个无聊的地方。

“萧医生，你这么着急叫我来，是不是有什么新发现？”

“嗯，你先看看我模仿倒五角星网状伤口画的图。”萧医生递给他几张自己的“作品”。

马千里看了看：“这个……给我看这个干什么啊？”

“我画得没他好，看起来简单，画起来复杂。我还特意练了好几天的，也不比他用利器一次性划得好。”萧医生半开玩笑地指了指墙上的现场照片。

“哎呀，我的萧医生，你别开我玩笑了行不行。你知道我都急得快疯了！”马千里抖了抖手中的“作品”，表情僵硬地说道。

“我没开玩笑。”萧医生的脸也一瞬间变得严肃起来。

马千里愣了愣，缓缓地将目光转到照片上，又回到纸片上。来来去去比对了好一会儿，才发出一声轻呼：“噢……艺术家——画家！”

萧医生从墙上取下一张照片递给马千里：“是的，包括第一具尸体，他情绪激动时划的这些网状伤口，虽然看似杂乱无章，但逐渐比对，就可以发现这些伤口的间隔距离都差不多，纵横也差不多。这在情绪激动的情况下是很难办到的，除非是从业多年养成的职业技能习惯。”

马千里接过照片，边看边点头：“嗯，对。”

萧医生的目光回到别的照片上：“当我看到第二具尸体现场照片时，从角度取景上，我怀疑过他是一名摄影师。但这些天来我通过模仿和假想，越来越觉得他是一名画家。画家也懂得角度取景，这点也符合。”

“嗯，职业习惯的确值得参考。就像以前破的一个案子，凶手每次用匕首杀人之后，还用匕首在被害人体内回绞一下。警方从这习惯推断出凶手是一名从业多年的屠户，从而很快破了这个案子。”马千里也说道。

萧医生眉头紧锁地继续说道：“我现在想不通的是为什么凶手还不潜逃，像他这种具有极高犯罪头脑的人，应该懂得及时转移才对。到底是什么留住了他？”

“他可能自信心爆棚，以为我们抓不住他吧。”马千里咬了咬牙说道。

萧医生思索了一下：“如果他真这么狂妄的话，那他应该会给作品署名才对。”

“作品署名？”马千里一愣。

“嗯，如果凶手认为这些都是他的作品，那他就应该会给作品署名。当然，这种署名是用某种方式隐藏着的。所以我连续不断地翻看这些照片，却找不到任何蛛丝马迹。”萧医生眉头紧锁地摇了摇头。

“不论怎么样，这是个非常有价值的发现，让我们搜索的范围圈一下缩小了。对了，萧医生……我问句不中听的话，这些理论性的东西到底有多少参考价值？”马千里担忧地问道。

萧医生无奈地一笑：“你也说了是理论性的东西，现在你们毫无线索，也只能从理论上逐步接近凶手了。”

马千里叹了口气：“你是不知道啊萧医生，为了这个案子，队里的弟兄和我已经好多天没能好好睡上一觉了。”

“你们最好养足精神等明天晚上，看天气预报了吗？明天晚上可能有雨。”萧医生提醒了一句。

马千里点了点头：“这当然，明天晚上我们会出动所有的警力，在重点路段设卡盘查车辆。希望能将凶手抓个正着。”

萧医生点了点头，马千里也赶紧告辞，他要赶紧回队了，加紧搜索这名“用尸体作画的画家”。

我和雨默的“影子游戏”还在继续着。这两天来值得一提的是，我终于赢了雨默一次，我在她的小鼻子上贴了一张小纸条。她对我笑了笑，因为她已经赢了太多次。

我走出女病号楼时是下午四点钟，天已经下起了毛毛雨。于是，我不禁开始回味萧白这个医生，我想用一个词来形容他，但我在脑袋里搜索了半天，竟找不出一个恰当的词。如果你跟着他查房一圈，你就会发现这家伙是个演技非常好的演员，见人说人话，见鬼说鬼话。

迎面走来一个病人问：“中央是不是要派人下来复查我的事？”

萧医生一脸严肃地回道：“中央的事，不方便在这里说。你先回房，等我一会儿和你单独谈谈。”

另一名病人看见他走来，笔直地敬了个军礼。萧医生也一挺身子，两眼爆射出一股威严的气势：“我命令你马上回房休息！正步——走！”

病人表情严峻地回了一声：“是！”然后踏着正步回到病房。

他这一路走来，要扮演很多人，除了医生还有领导、军官、儿子、慈父、教练、专家……

反正病人说什么，做什么，他都一一回应，而且反应极快，马上进入病人需要的角色。看着很有趣，但如果换了你每天都在不同的病人面前变换角色，你早就疯了。我都不知道他什么时候是真的，什么时候是假的。一个正常人在这待久了也会变得失常，他又是怎么保留他的正常的？

就在我想着的时候，他正好从男病号楼出来。看见我，他问：“游戏做完了吗？”

我点了点头，他感激地看了我一眼：“谢谢你唐平，你帮我不少忙了。”

“这样的游戏到底算什么治疗？”我说出了心中的困惑。

他整理着手中的病历，嘴角翘起一个莫名的微笑：“如果游戏能治病，那精神病院就不用开了。”

“什么意思？难道就是一个打发时间的游戏？”我一愣。

他没有正面回答我的问题，反而说了一句：“你的话多了，关心的东西也多了，看来我也可以解除你的自杀危机警报了。”

我就讨厌他这样，从不正面回答别人的问题：“还有你给我开的药，开始是氟西汀，现在还是氟西汀。”

他给了我一个“啊？”的表情，接着说道：“你想吃新药？早说啊，多开点昂贵的新药我还可以多拿点回扣呢！”

“回扣？”我又是一愣。

“医生拿回扣很新鲜吗？”他笑了笑，反问道。

当然不新鲜，但哪有医生敢在病人面前直接说这个的。我望着面前这个披着白大褂的萧白，我怀疑这家伙是不是早就疯了。

“回扣很多？”我不禁好奇了起来。

“开一盒当然没多少，一直开的话，数字也是很可观的。”他吧嗒了一下嘴巴，一脸的贪婪相。

“难怪王医生总开新药。”我回想了一下，说道。

他摇了摇头说：“王医生是个好人，说出来你别不信。他在这医院里干了半辈子，现在连套房子都买不起。他只是在对症下药的同时，拿了药商肯定会给的回扣。没有多开药，也没有滥开药，所以说他是个好人，也是一名好医生。”

“好人？”我回味着这个词，又问道，“你觉得好人的定义是什么？拿了回扣的医生还是好医生？”

“人存于世，善恶交织。没有绝对的善，也没有绝对的恶，善与恶是相对存在的。没有了黑暗，也就无所谓光明。你也一样，唐平，你有太多秘密。但我知道，你是个好人。”他望着我的眼神饱含深意。

“我都不知道你说什么。”我强笑着回道，我害怕他这种眼神，这种能看透别人思想的眼神。

他给了我一个绅士般的微笑：“我无意打探你的秘密，只是你对雨默的关注程度不得不令我好奇。”

“我只是同情她的遭遇。”我回道。

“仅此而已？”

“仅此而已。”

他点了点头，挂起了他那贱兮兮的微笑：“嗯，那就仅此而已。”

我讨厌他这种微笑，径直地从他身边穿过，向男病号楼走去。没走几步，他讨厌的声音又再次传来：“唐平，其实你和雨默可以相互治愈。”

我没有搭理他，继续走向男病号楼的铁门。在等护士给我开门的时候，我不禁又回头望了他一眼。这个男人消瘦的背影在雨中渐渐模糊，白大褂迎风托起……

“有病！”我总算找到了一个恰当的形容词。

晚上下大雨了，对面街道不时传来呼啸的警鸣声。今晚是个繁忙的夜晚，明天可能又要多一个抛尸现场。我翻来覆去到凌晨一点钟还没睡着，最后从床上起来，走到海洛因的身边问：“有烟吗？”我知道他偷偷藏了几包烟，我也知道他压根儿没睡着。

他从枕头里摸出一包硬盒云烟，连同打火机一起递给我。我点上，说了声谢谢，然后走到铁窗边看雨。

对面是女病号楼，每层楼值班室的灯会一直亮着，透过雨幕还可以看见几个值班护士和医生的影子。即使是在这样宁静的夜晚，精神病人还是潜藏着无限的可能。说不定明天会多一条值班医生被精神病人打死的新闻。

我开始玩自问自答的个人游戏。

这样的雨夜里，那个杀人狂在干什么呢？

应该和我们猜测的一样，正在布置另一个抛尸现场吧。真正在管束灵魂的是信仰与良知，而不是法律。一个人丧失了前两者，法律不过是随时可以忽视的一纸空文。为什么会有惯犯？因为惩戒不过是一条鞭子，可以鞭挞躯体，却未必能碰触灵魂。

人为什么会惧怕黑夜？因为黑夜无法操控，不能预知，潜藏着无限的可能。恐惧大部分来源于未知，如黑夜与鬼。

人为什么会惧怕死亡？因为死亡将丧失一切可能，你的人生到此宣告结束，再无后续。你必须和你留恋的、舍得和舍不得放手的东西，与放心和放心不下的人和事说永别。

死后的世界是什么样的？虽然我无数次接近死亡，但我还是对那个世界一无所知。我开始理解为什么大部分人都相信世界上有鬼魂，有地狱天堂，有轮回。人真是很矛盾的东西，他们害怕鬼魂，但他们又希望有鬼魂。因为有鬼魂代表死亡并不是真正的结束，只是另一个开始。

因为我们希望还可以重新来过。就像电子游戏，“GAME OVER”了，投一个币，“NEW GAME”又可以从头再来。

这世界上真的有灵魂，真的有地狱天堂，真的有轮回吗？如果硬要我回答的话，我只能回答：希望有，但我不保证一定有。

因为从来没有人能证明真的有，所以我们还是好好活着吧，如果人生只有一次的话。

虽然我不知道萧医生到底对我进行了什么治疗，他好像就是给了我几粒药片。还有那印象深刻的电休克治疗，我也不知道那到底起了什么作用。但我现在很明确地知道，我不想死了，我想好好活着。

也许萧医生真说对了，真正能治疗我们的不是药，也不是医生，而是我们自己。自己想明白了，想通了，病也就好了。

不同的心情看一样的东西，看到的东西也不同。如果是两个月前的我，看到这样的雨夜，可能就连心都是湿答答的，可能我会继续找新方法整死自己。而现在的我却在这里思考，思考生和死的差别，思考如何珍惜生命，思考关于未来的东西。

我又看了看对面的女病号楼，雨默的病房黑漆漆的，什么都看不到。我知道我有“罪”，只是不知道等着我的将是什么“罚”。

我将已经烫手的烟头弹出窗外，返回床上睡觉。很巧的是，我刚到床上躺好，正值夜班的萧医生来查房了。他打开门，扫了我们几眼，对着空气低声说了句：“睡觉前别抽烟。”然后关门，脚步声远去。

这家伙的鼻子比狗还灵，我在心里夸了他一句。

第二天果然又多了个抛尸现场。就像一件事你明知道它会发生，却无法阻止它发生，人也只有到了这个时候才会发现自己的无力和渺小。

精神病院里一切如常，早晨八点钟开始查房，医生下医嘱，小护士们忙进忙出。走廊里有部分恢复较好的病人正在护士的带领下做早操，医院里的睡眠时间还是挺严格的。我听萧医生说过，睡眠过多和过少都会引发精神异常。“适量”这个词在哪都有，什么东西都一样，多了，或少了，都会成为问题。

窗外的树上有几只小鸟叽叽喳喳地叫着，不知道是什么鸟，羽毛灰白相间。其实它们的叫声并不好听，但能在清晨听到这样的声音，大家还是蛮乐意的。我没看到萧医生，是陈医生替他查房。我走到值班室窗前，看见他趴在办公桌上睡着了，右手还捏着笔，办公桌上是一份他还没写完的病历。

细心的护士给他披了一块毯子，他的侧面棱角分明，神情安详得像个孩子。办公室里的护士和接班医生都在蹑手蹑脚地干活，没人发出大的声响，怕吵醒这个孩子。

我继续往走廊前方走，前方的两个病人正在神秘兮兮地说着什么。看见我过来，狐疑地看了我一眼，然后闭嘴。等我走过去后，他们又开始交头接耳。再往前，是一个胖子，他双眼呆滞地看着窗外，不知道在想什么。

走到楼梯口时，蹲着个病人。他似乎在和身边的谁争论着什么，不时摇头，不时又回骂几句。我从他身边走过时，他看都没看我一眼。他已经深陷在自己的幻觉世界里，现实中的东西和他没有多少关系。

其实要迅速区分一个正常人和精神病人并不难，注意他们的眼神。亢奋、狐疑、呆滞、忧郁、惊恐、飘忽……正常人也会出现这种眼神，但只是顺应情绪。精神病人的这种眼神却可以维持全天不变，包括你和他交谈的时候。

我走下楼梯，来到一楼。迎面走来了一张新面孔，看来是新病号。他很警惕地望了我一眼，打量了我一番，凑到我身边低身问道："朋友，你在这待多久了？"

我下意识地回道："快两个月了。"

他很神秘地观察了一下周围，确认周围没有别人后才继续说道："我来找你了解一下关于这家医院的情况，我其实是一名秘密警察，是上级派我来调查这家医院的。上级是谁我不能和你说，这个是机密。"

"哦。"我习惯性地回道，在精神病院里遇到一名"秘密警察"并不是什么新鲜事。

"你别这个表情，我没有病，我只是假装精神病。"他看见我这个表情有点生气。

"哦。"我尽量摆出一个认真的表情。千万别和偏执型精神病人较真，否则他们会迅速将你列入敌人的行列，甚至伺机报复你。

"这家医院由一个很有权势的幕后黑手操控着。表面是医院，其实是一家生化研究中心，利用病人进行各种活体实验。你听说吸血鬼抛尸案了吗？那其实就是他们研究后抛弃的尸体，杀手就是这家医院里的医生。"他很严肃地继续说道。

"郝达维，回房吃药了。"护士在不远处喊了他一声。

他压低声音赶紧说道："不能多说了，朋友你自己多保重吧。这事别告诉别人，我看你可信才和你说的。"

"嗯。"我点了点头，护士也已经走了过来，将他劝回病房。

在精神病院里，最亢奋最有趣的就数这类偏执型病人。千万别想要反驳他们的观点或者妄想，否则你会输得很惨。而且完了以后他们会摆出智者的高傲姿态，冷冷地给你丢下一句："你以为你什么都懂？其实你什么都不懂！"

你呢，换了你是我，你愿意相信他说的话吗？我差点就相信了，真的。特别是想到萧白那一脸贱兮兮的微笑时，我一直怀疑那个连环杀手其实就是他自己。他的伪善、他的冷静、他的狡猾出卖了他，我还清楚记得他揍痞三时的眼神，那是一个杀手的眼神。

我都想不起来我是从什么时候开始厌恶萧医生的，好像是从他抛弃瘦子开始吧。其实也不能怪他，但我就是禁不住地厌恶他。伪善，我讨厌伪善的人！

大厅的电视机正在播报新闻，其实我下楼就是为了看新闻来的。护士正在忙进忙出，没空管电视，所以这次我看了个痛快。很快就直播了抛尸案的第三个现场，这次抛尸地点换到了正北高速路主干道的一处分岔口，再往上两百公里就可以到达另一个城市。

现场周围已经被一队警察保护了起来，连记者也不准通过。摄影师爬到自己的采访车顶上，拍了一下远景。一样是倒立的十字架，一样是倒立的裸尸。朝阳正从小山背后探出，阳光透过树叶的罅隙挥洒在倒立的十字架背后，就像天主教壁画里十字架背后的圣光。不得不承认，这次我真的感觉到了萧医生说的“美感”。

几名现场勘察人员正忙着取证，马千里站在裸尸对面。他帽檐压得低低的，看不到他脸上的表情。其实不用看也知道，他现在脸上所有的肌肉都已经纠结到了一起。镜头一转，一辆红旗轿车飞驰而来。播报员看到车牌赶紧介绍，那是市长的车。

车停下了，身材微胖的市长从车里钻了出来，然后一堆记者就围了过去，被保镖拦下。司机朝保护现场的警察招呼了一声，几名警察也过来帮忙拦住记者。市长径直向马千里走去，马千里也赶紧迎了过来。然后两人又向林子的另一边走去，摄影师非常敬业，镜头一路追踪着这两人。

远远的他们在说什么也听不到，开始是马千里在向市长汇报什么，市长一脸僵硬地听着。然后市长表情激动地说了几句，在说着的时候，他右手抬起，用力地指了指马千里头上的警帽。很标准的肢体语言：这案子再不破，你脑袋上的帽子就不用再戴了！

我还是第一次看到市长出现在刑侦现场。不过也在情理之中，这案子搞得人心惶惶，铺天盖地的电视新闻，加上各种街头小报大肆热炒。最厉害的就是网络，数以千万计的帖子和新闻都在谈论这个案子，甚至都出现了专门的论坛。这案子估计已经惊动了省级甚至中央领导，别说马千里的乌纱帽，连市长的位置都开始摇晃了。

两人走了出来，市长开始接受采访，马千里也在一旁帮忙搭腔。记者问了一些白痴问题，这两人给的也是似是而非的答案。马千里的表情很僵硬，特别是当记者问到案情调查进展时，他为难地回了一句：这个不方便透露。

不过接下来就出现了极具戏剧性的一幕，市长清了清嗓子，接话道：请市民们放心，要维持良好的社会秩序，安心生活和工作。我们的刑警队保证会在五天内抓到凶手，还死者一个公道！

市长右手伸出五个指头：五天！

马千里愣愣地盯着他那五个指头，脸上所有的肌肉在瞬间纠结在了一起。这个表情非常滑稽，可以用一个词来表达：欲哭无泪。

五天，这是市长的保证，也是马千里的最后期限。一个查了半年都没一丝线索的案子，现在市长拍板要在五天内破案，马千里估计现在连死的心都有了。

上级和下属，就是这么一回事。上级犯错下属要担着，下属有功上级也要全占着。上级说的话就是下属说的，下属说的话还是下属说的。官场职场，各行各业不外如是。上级需要的是听话懂事的下属，简而言之就是要你的奴性，而不是你的个性！

别以为上班了你往办公桌面前一坐，一头扎进工作里就行，你还得当上司的仆人和保姆。

“小唐，咖啡。”

“小唐，把我办公室的文件整理一下，办公桌有杯垫的水印，你一起擦擦。”

“小唐，我邮箱的密码多少来着？”

“小唐，明天我要和何总去海边玩，帮我去买条泳裤。”

“小唐，那个……去帮我买盒套子，再订一间客房。”

“小唐，你连谎都不会撒吗？我老婆打电话来，你说我在办公室干什么？她一打我办公室的电话没人接……你不懂得说我正在开会吗！废物！”

“小唐，晚上去包厢记住帮我挡酒，除了何总敬的，其他人都挡下。”

“小唐，帮我把这个策划案写完，文语要像我，明天要给老总看的。”

“小唐，明天周董生日，帮我挑份好礼送给他。”

“小唐，你脑子里装的都是屎吗！哪有生日礼物送手表的，送钟——送终懂吗！”

……

我又想起了我的上司，原来我已经做了这么久的高薪奴隶。白领、金领又如何？还不如摆摊卖水果的，至少是在替自己打工。

第五章

催眠控制

很快到了中午，就在我准备去找雨默的时候，警车呼啸而至，马千里抱着公文包直奔萧医生的办公室。于是我又拐了回来，跟去看热闹。其实，我是想看看这个精神科医生怎么继续糊弄马千里。

其实郝达维说的挺符合剧情发展，也符合我的期待。如果萧白真的是杀人犯，他被抓走的那天我肯定会拍手称快。

“萧医生，快看资料，我实在是没辙了。市长限期让我们五天破案，五天，他以为办案是写报告啊！”马千里都顾不上客套了，急急递给萧白资料。

萧白揉了揉惺忪的睡眼：“我早就可以下班了，一直没走，因为知道你肯定要找我。我说马队长，你不是布置警力排查主干道的过往车辆了吗？怎么又让他给跑了？”

“他打一枪换个地方，这次是省正北高速路主干道分岔口上。那里已经是外市了，那里我们没有布置警力啊。我都怀疑他会不会抛尸完直接潜逃了。”马千里无奈地说道。

“我早上补觉，没看新闻，你先大概说说怎么个情况。”萧白打开资料，开始重点翻看新的抛尸现场照片。

“这个现场不是任何人发现的，而是凶手自己打电话报警告诉我们的，真是嚣张到了极点！”马千里咬牙切齿地说道。

“打电话通知你们？”萧白一愣。

马千里点了点头：“从一个公用电话亭拨出的，说话时用的是电脑早就合成的录音。公用电话亭没法查啊，至少有上千人的指纹和鞋印，狡猾的凶手也肯定不会给我们留下什么有用的线索。”

“这个我能猜到，我主要想的就是他这个方式……似乎想表达出某种东西。”萧白思索着点上一根烟，先给自己提提神。

“表达什么？”马千里连忙问道。

萧白没有回答，而是翻着手中的现场照片说道：“这第三个抛尸现场和第二个相似，代表他的手法和风格已经成熟化、模式化。而且他犯案的间隔这么短，可能都来不及做黑市的器官配型。我怀疑他的主要动机早已经脱离了器官买卖的利益，纯粹为作品而杀人。”

叹了口气，萧白继续讲解道：“精神病患和正常人的最大区别，就在于他们的思想和认知脱离现实，精神病案犯和正常案犯的动机区别也是如此。凶手首次犯案时，他虽然杀人又渎尸，但他的主要动机是为了钱。钱属于‘现实’利益，虽然他的行为看起来如此疯狂，但从动机而言他属于‘正常案犯’。后来他的主要动机却演变成了畸形的虚幻成就感，表明他的精神认知已经异于常人，属于‘精神病案犯’。”

“精神病，那不正是萧医生您的专业范畴吗？”马千里笑呵呵地插嘴道。

“精神病患的许多特定行为都具有象征意义，而且往往病情越严重象征行为越多。这些象征行为，对他们而言就如同律例一般必须严格遵守。比如我有一名患者，他一直以来都是穿着鞋才能睡着，贴着墙才能走路，而且他每次回到病房都会朝房门外吐一口唾沫。单看这些行为，你可能很难理解他为什么这么做。”

“是啊，为什么？”马千里也问。

“如果我告诉你他有被害妄想症呢，你是不是就能猜到他一系列象征行为的心理动因？因为穿着鞋才能随时逃跑，贴着墙才不会被敌人从背后偷袭，朝门外吐一口唾沫敌人就不会跟着他回到病房。精神病案犯也一样，随着病情和案情的发展会出现越来越多的象征行为。比如凶手这次抛尸位置在一个分岔路口，可能也正迎合他当时的心理。”

“分岔路口……”马千里思索着。

“是的，象征着他现在走进了一个分岔路口。一是遵循中国的那句老话——事不过三，从此收手，彻底隐匿。就像开膛手杰克一样，在他名声大噪的时候突然消失。二是继续杀人，一直杀到你们破案为止。”萧白朝烟灰缸里弹了弹烟灰，继续说道，“而从种种迹象看来，他似乎更倾向于前者。”

“那……那不是更没希望破案了！”马千里惊道。

“他现在打电话通知你们的这个方式，这是反社会人格膨胀到顶端的标志。这点和杰克很像，杰克当年就是通过写信给相关部门的方式来挑衅。在他看来，他的‘事业’已经到达了一个顶峰，自己已经无法再超越了。这不仅是自大的表现，而且表达出一种倾诉欲，意图毁灭自我。”

“倾诉欲，毁灭自我？”

“嗯，或许连他自己都不知道，其实他希望你们能抓住他。”萧白缓缓说道。

马千里听呆了：“这怎么可能？”

萧白点了点头：“杀人狂也是人，很多小说和电影为了表现惊悚主题，故意将杀人狂表现得穷凶极恶。其实只要是人就会有善恶，没有绝对的善，也没有绝对的恶。善与恶是相对存在的，这就是人性。”

“杀人狂也有人性？这个说法我可不敢苟同。”马千里不以为然地摇了摇头。

萧白呵呵一笑：“还记得杨新海这个杀人狂吧，当记者问他，他这辈子最感激的人是谁时。他说他感谢警察，被抓以后警察给他买过两件衣服，从小到大他没被人这样关心过。”

马千里没有说话，只是点了点头，又摇了摇头。

“这并不是一个贪得无厌的杀人狂，他已经赚到了他需要的钱，而且也通过抛尸得到了他想要的关注。无论是对现实还是对他的心理来说，都已经得到极大的满足。最关键的，他这次的抛尸和上次如出一辙，没有表现出他想进一步完善自己作品的意愿。一个足够自负的艺术家可不会拿自己当复印机使，这种自我抄袭式的重复只会令他感到厌倦。无论从哪个方面看，这都像是他干的最后一票。”萧白望着照片说道。

马千里坐在椅子上，双手用力揪了揪自己的头发说：“搞不好他抛尸完就直接开车潜逃到别的城市去了。”

说到这儿的时候萧白的脑中闪过一个念头：“马队长，他拨出电话的电话亭在哪儿？在不在市内？”

“在市内！”马千里闻言也回过神来，“难道他抛尸后又跑回市内打电话报警？也不一定，他用的是录音，可以请别人代劳。”

“不，他不相信也不放心任何人，这事只能他自己干。性格决定他的行为，这个是肯定的。”萧白确定地说道，然后又摇了摇头，“但是他完全可以潜逃的，为什么还回到这个城市呢？难道这个城市还有他放不下的东西不成？”

“难道他想告诉我们，他还在市内？”马千里似乎开始认同和学习萧白的思考方式。

萧白点了点头：“嗯，这应该是他故意给我们留下的线索的象征行为。他的潜意识其实希望你们能抓住他，阻止他。他敢给警方打电话，那他也肯定给作品署名了。”

“作品署名，萧医生你第二次提到这个词了，这名到底在哪儿啊？”马千里抱着一丝希望问道。

“别急，我这几天来不是一直在找吗。”萧白又拿起那些照片仔细翻看了起来。

马千里也跟着翻看那些照片，但半小时后依然一无所获。

“马队长，被害人的姓名你们查到没？有些杀人犯通过拼凑被害人的名字来署名的。”萧白看着那些照片问道。

马千里摇了摇头：“查不到，流浪汉最难查身份了。黑市也查了，一无所获，估计大买家并不在本市。”

萧白撇了撇嘴：“第一具尸体到现在有半年了吧，你们还查不到？”

“没人来认尸，我们对着电脑认身份证照片，眼睛都看到瞎了。找到了上百个最相像的，也不知道哪个是哪个。”马千里叹了口气。

“国情……”萧白故意拖长了这个词。

猛地萧白一拍自己脑袋：“亏我还刚说完象征行为，行为模式都给忘了。署名不一定在尸体上，电话亭……地点！马队长，地图带了没？”

马千里赶紧掏出地图，两人在地图上仔细标示了起来：四环线东郊口—西二环—正北高速路主干道。接着萧白拿起笔将这三点连了起来，顿时一个大大的“L”出现在了地图上。

马千里则在这三点之间画了个新的疑犯活动范围圈，两人盯着这地图，又对望了一眼。马千里习惯性地抬起右手揪了揪自己的头发，问道：“这个‘L’会不会是巧合？”

“这几乎是大写字母‘L’的标准横竖比例啊，而且在地图上正好处于垂直和水平，这巧合是不是太巧了点？”萧医生反问道。

马千里点了点头：“那这个‘L’又代表什么呢？”

“肯定和姓名有关系，有可能是‘L’开头的姓氏，如：林、刘、罗、李、黎……也有可能是名，如果是名的话，肯定是一个单名。”萧白回道。

马千里总算看到一丝希望：“这个可以作为排查犯罪嫌疑人的线索之一。”

就在这时马千里的手机响起，马千里一接：“什么？你确定！太好了，马上请她协助调查啊……什么？该死的，怎么这样！你等等，正好我这里有位专家。”

马千里放下电话马上对萧白急急地说道：“萧医生，我们找到了一名目击证人。昨天她开车回乡探亲，却接到公司的紧急电话，要她连夜赶回。路经正北高速路主干道分岔口时，她正好目击到了凶手抬尸体下车的一幕。她被吓坏了，往前开了五百米后出了车祸，倒没受什么伤。一直到今天交警去询问她时，她才模模糊糊地说了出来。可是什么都不记得了，就光记得她经过时看见这一幕，就是你上次说的那个什么失忆。”

“心因性失忆症。”萧白帮他补充了一句。

“对对，就这个！她就除了记得看见过这一幕，其余的什么都忘了，连凶手的车是什么车都忘了。这个你能帮她回忆不？”马千里焦急地问道。

萧白点了点头：“可以试试，她还记得结果，说明只是局部失忆。如果她接受催眠暗示的程度高，我就可以通过催眠帮她找回记忆。”

“太好了！”马千里激动地抓起手机，“马上将她送到精神病院来，这里有位专家可以帮她。”

马千里收好手机，想了想，也问道：“萧医生，催眠术真的有这么神奇？”

萧白一脸哭笑不得的表情：“这个问题你让我怎么回答？就好比你问我精神科医生算不算医生一样。”

马千里干笑了几声：“我也是好奇嘛。催眠术听很多人讲过，却从来没见过，所以一提起来就觉得很神秘。这个算不算行业机密，到时候我可以在一旁观看不？”

萧白点了点头：“当然可以，你还要负责记录相关口供。不过最好忽略掉部分催眠细节，以免引起别人的困惑或误用。”

“那些网上流行的什么催眠录音呢，是不是真的？”马千里突然想起来。

萧白点了点头："我听过一些，那是语言诱导法，可以算是最古老的一种。催眠术发展至今，已有不下二十种主流创新，特别是专业人士的个人创意催眠，更是数不胜数。"

"你的意思是那些网上流行的催眠录音确实是真的？"马千里反问道。

萧白笑了笑："我没这么说，而且我也不推荐别人去尝试这种单方面的录音式催眠。"

"为什么？只要真的能让人睡着不就行了？"

萧白的表情严肃了起来："不，这是个误解，催眠不是让人睡着，而是让被催眠者在眠游状态下的潜意识活跃起来，与催眠师保持互动和沟通交流。所以催眠其实是双方面的，在催眠时催眠师会密切关注和保护催眠者的潜意识活动，出现任何突发情况时都能及时地给予暗示和引导。而网上流行的那种催眠录音就是一种单方面的催眠。无论那些录音是不是真的，没有催眠师在旁保护和引导，便隐藏着各种有可能发生的隐患。"

萧白担忧地皱了皱眉头，接着说道："我就接过这样的病例，患者因为失眠去买了一些促进睡眠和回到前世的催眠CD。开始确实很不错，她的失眠有了起色。但随着这样的尝试越来越多，她开始出现幻觉和妄想，说她经常看见房间里有鬼。"

"天啊……这么可怕！"马千里倒抽一口凉气。

"当她被送到我这儿时，由于她长期尝试这种催眠，敏感度极高。我甚至只需用最简单的握手催眠法就可以让她迅速进入催眠状态。后来经过半年的药物配合催眠诱导矫正，才终于让她恢复过来。所以催眠不可儿戏，我更不推荐这样的单方面催眠，滥用催眠术的后果是很可怕的。”萧白的眼神里透出深深的担忧。

“那是不是每个心理医生和精神科医生都会催眠术啊？”

萧白摇了摇头：“国内的心理学和精神科其实都还处于起步阶段，催眠术更是如此，这也是我们的‘国情’。在这所医院里，拥有催眠治疗师资格证的只有两个，一个是我们主任，另一个就是我。”

“看来我还真是撞上好运了，不然我都不知道该上哪儿找一个催眠师去。”马千里嘿嘿笑了几声。

萧白叹了口气，继续说道：“虽然这些年精神卫生行业确实有了不小的发展，但技术力量和从业医生个人素养参差不齐却是个大问题。国内的很多精神科的医生太过于仰仗药物，而忽略了应该配合的心理和行为治疗。”

接着他又自嘲地笑了笑：“当然，这一切都和待遇分不开，也就是钱。无论是国家对这行投入的，还是最终发到医生手里的工资……”萧白摇了摇头，继续说道，“别说医生素质了，现在想找个精神科医生都难。我的同学毕业后只有不到五分之一真正从事精神卫生行业。而这五分之一在从业几年后，又有五分之二因为受不了这份工作的辛苦和压抑，离开了这行。”

马千里也叹了口气：“你们院长和我说过，这医院里的医生和护士全都在超负荷工作。他不是不想多招医务人员，是不能啊。医生的压力大，医院的压力更大。”

萧白嘴角带出一丝忧伤的微笑，望着天花板缓缓说道：“或许……有一天我也会顶不住，离开这行。”

两个人同时都沉默了，他们在这一瞬找到了彼此身上的苦楚，彼此缄默。

老半天后，马千里看了看表，自言自语了一句：“怎么还不来。”

又望向萧白，笑着说道：“萧医生你继续说说催眠吧，被催眠后的人到底是一种什么状态？”

“是一种由潜意识所主导的精神状态，在这个状态下，被催眠者会在催眠师的引导下去探知和挖掘自己的潜意识。我这么说你可能很难理解，等一会儿催眠时你自己体会吧。”萧白微微一笑，回道。

“听着确实有点玄，那催眠会不会醒不过来啊？我经常听别人这么说。”马千里有点畏惧地问道。

萧白爆发出一阵大笑，然后又自觉这样有点失礼，轻咳了几声才说道：“对不起……不过这确实是以讹传讹的胡说八道。催眠师可以通过指令唤醒被催眠者，也可以不唤醒。因为任其催眠状态持续下去，就会进入自然的睡眠状态，睡够了自然就会醒过来。”

“这个过程可以逆转吗？就是说将一个睡着的人催眠。”

“可以，这个过程也可以逆转，这种方法称之为睡眠性催眠术。”

“那像电影和小说里出现的那种，利用催眠术控制别人去犯罪的有没有？”马千里提到了自己的老本行。

萧白的脸色也凝重了起来：“虽然没有那么夸张，但不可否认，这在理论上是可行的。这种方式又称之为催眠后暗示，比如你在催眠状态下给被催眠者一个指令：你醒来后，我一摸鼻子，你就去打开窗户。”

“然后被催眠者醒来后，就会执行这个指令？”马千里的表情很认真，这和他的老本行相关，所以很慎重。

萧白点了点头：“是的，而且当你问他为什么去打开窗户时，他自己也不知道为什么，只会回答说自己觉得屋内有点闷。”

“那如果给一个指令：你醒来后，我一摸鼻子，你就开始杀人。他也会杀人？”马千里接着问道。

萧医生摇了摇头：“这就涉及一个前意识和潜意识的冲突问题，比如你看到别人抱着一大笔钱，潜意识会想：把这些钱抢过来变成自己的多好。然后前意识马上回应：不行，这是犯罪！而前意识再传达到意识层面的时候，这条信息已经被过滤掉了。所以可能连你自己都意识不到自己刚刚有过抢钱的念头。”

萧白接着说：“就像你的这个假设，开窗户和杀人是两个完全不同意义的指令，执行催眠师指令的正是潜意识。当这个人醒来后，催眠师摸鼻子时，被催眠者去开窗户，因为前意识觉得这条信息可以放行。换了杀人就不一样了，这条信息会直接被前意识过滤掉，从而阻止犯罪行为的发生。”

“很形象的比喻，连我这个外行人都听懂了。也就是说，前意识是理智、道德、法律的代言人，专门负责过滤和调节潜意识的想法。”马千里似有所悟地点了点头。

“嗯，所以假设催眠师真发出这条指令的话，有可能因为前意识的强烈抗拒而让被催眠者突然醒来。即使催眠成功结束后，催眠师摸了摸自己的鼻子，被催眠者可能会觉得浑身一阵莫名的躁动和不安，却什么也没做。更不会出现像小说和电影里那种，被催眠后去杀人的情节。因为在清醒状态下，意识和前意识占主导作用。”

“也就是说通过催眠控制别人犯罪是完全不可能的？”

萧白又微笑着摇了摇头："并不是完全不可能，比如我给你一个前意识可以接受的暗示：你醒来后，你会觉得这次催眠治疗的效果非常好。所以你必须要付双倍治疗费给我，才能表达你的感激之心。"

马千里哈哈一笑，凑到萧白面前："萧医生，你小声地告诉我，这事你干没干过？"

"别忘了我也是人，我也有前意识。潜意识也许会有这种念头，但前意识不会允许我这么干的。"萧白也嘿嘿一笑，回道。

"难怪萧医生你对催眠这么慎重，这真是一个不可儿戏的学科。"马千里郑重地说了一句。

萧白也点了点头："所以催眠治疗师和医生一样，一定要有高尚的职业道德和自律自觉。这都是游走于灵魂和生命健康边缘的行业，不可儿戏。"他又重重地重复了那四个字"不可儿戏"。

马千里想了想又问道："什么才是催眠的关键？我印象中的催眠好像就是把人哄睡着。"

萧白竖起一根指头摇了摇，说道："那是平常影视和小说造成的一种误解，也是部分初学者易犯的错误。其实催眠的关键不是让对方闭眼睡着，而是抓住对方最专注和最放松的一瞬，进入他的潜意识，催眠双方在瞬间接通，共振，互动。这个瞬间很短，不会超过一分钟。这一分钟你抓住了，就能催眠成功，否则你只能耐心等待下一次机会的出现。"

"不太明白，萧医生你能形象比喻一下吗？"马千里困惑地说了一句。

"就像武侠小说里的高手过招一样，一招致命。高明的催眠师也是如此，哪怕就是在喧嚣的街头，只要能抓住这一瞬，就可以让对方马上进入催眠状态。”

“这么厉害！”马千里惊声道。

萧白呵呵一笑：“这只有极其高明的催眠师才能办到，这就是我提过的创意催眠。不用烦琐的哄睡式言语，甚至不用言语。只要给予对方足够的暗示，再抓住这个瞬间下达指令，就能催眠成功。”

“催眠针对什么样的人呢？我听说聪明和意志坚强的人很难被催眠，是不是真的？”

“催眠针对所有人，只要是心智正常的人就可以被催眠，但存在能达到的催眠深度的个体差异。催眠针对的现实目标其实就是大脑，脑神经系统越发达的人越容易被催眠。相反如幼儿或者老人就很难被催眠，因为他们的脑神经系统功能状态不佳。所以从这点上来说，恰恰是聪明、想象力丰富、专注力高的人容易被催眠。”说到这儿，萧白笑了笑，“老师和我们说过，他最喜欢的催眠对象就是士兵。因为士兵执行指令的准确性极高，可以快速地接收他发出的暗示和引导。”

“稍息、立正、向左转……”马千里也笑道。

萧白点了点头：“所以说催眠的关键并不是哄睡，而是在对方最放松而又极致专注的瞬间进入对方的潜意识，让对方将潜意识的控制权交给催眠师。”

“那我不配合你就行了嘛。你让我想睡床，我就偏偏去想饭桌，我看你怎么催眠我。”马千里打趣道。

萧白给了马千里一个狡黠的微笑：“催眠师当然遇到过这样的人，所以也就出现了误导法催眠术。借着你的逆反心理，给予和目的相反的暗示，让你不知不觉间被催眠。”

“好家伙，连这种催眠术都有。”马千里赞叹了一声。

“人的思想中有三大防线，逻辑防线、情感防线、道德防线。催眠师要做的就是突破这三大防线，瞬间进入和接通被催眠者的潜意识，这就是催眠。”萧白说完后，又点起了一根烟。

马千里又看了看表：“这些家伙怎么办事的，还没来。”然后又想了想，问道，“那这个证人的记忆怎么通过催眠找回来呢？”

萧白深吸了一口烟，吐出，缓缓说道：“她的心因性失忆症并不是真正的失忆。而是因为大脑无法接受突如其来的惊吓，为了保护个体的心智，将这段记忆埋在了潜意识的深处。催眠可以唤醒她的潜意识，探索她埋藏在潜意识里的记忆。”

“潜意识里的记忆清晰不，我怕到时候得到的供词还是差不多，就白白浪费这么一个证人。”马千里担忧地问道。

萧白没有正面回答，反而问道：“马队长，你有没有经历过一种情境。你想起多年前的一个同学，但是他的名字到嘴边了就是叫不出来。然后又努力想了想，终于在一段时间后想起了这个名字。”

“有啊，当然有，经常的呢！”马千里马上回道。

“其实这名字就一直埋在你的潜意识里，你喊不出来，并不代表你真的忘记。否则你后来是怎么想起来的？所有的记忆都归潜意识保管，无论你记得的，或暂时想不起来的。”萧白弹了弹烟灰，说道。

“也就是说，通过催眠让潜意识活跃起来，可以得到最完整最清晰的记忆片段？”马千里惊喜地问道。

萧白又挂起了他那贱兮兮的得意微笑：“清晰和完整到你不

敢相信，我接过一个被试者，让他回忆到小学时，他可以喊出全班 60 名小学同学的名字。”

马千里一拍大腿：“太好了，这下有希望了！”

这两人在屋里谈了近半个小时，我也在外面听了半个小时的催眠理论课。想不到催眠还真有这么多学问，以前我还以为是骗人的。马千里问的那些问题虽然有点可笑，但估计换了我也一样会这么问。

因为影视和小说把催眠夸张成神话了，也歪曲了。但是说了半天为什么那个证人还不来，急死人了都。

我等着看催眠呢！我心里呐喊了一句。

汽车的声音从楼下传来，主角终于闪亮登场了，我趴到走廊的窗前往下看。一个三十岁左右的白领丽人从警车里钻出，长发及肩，身着宽白衣、黑长裤、高跟鞋，职业白领的打扮。长得比较风韵，身材保持得很不错，并不显胖。她在刑警的陪同下从我眼底钻进了男病号楼。

很快就传来了他们上楼梯的声音。我不用回避，只要站在窗前呆滞地望着天空就行。在精神病院里有这个好处，一切不正常都可以在别人的眼里诠释为“正常”。

马千里和萧白也迎了出来。马千里先是瞪了陪同的刑警一眼，小声地斥骂道：“怎么现在才来！”

刑警无奈地回道：“没办法，办出院手续时耗了点时间。”

马千里没有再理他，而是堆起满脸的微笑对着妇人说道：“这位就是刘淑芬女士吧，麻烦你了，感谢你给我们提供了这么重要的线索。”

“应该的，应该的。”刘淑芬也点头微笑回道。

“哦，这位就是萧医生。”马千里介绍道。

“你好！”刘淑芬微笑着打了个招呼。

“你好！”萧白也礼貌地点了点头。

我开始注意到萧白从走出房门到现在，表现得非常严肃和自信，一脸的不苟言笑。连平时贱兮兮的招牌式微笑都没出现过，大有一名专业精神科医生的派头。难道这就是他想给被催眠者的第一印象？

三人进到萧白的办公室，刑警也下楼返回车内把车开走，因为马千里还有另一辆车。

“一路上累坏了吧。”萧白微笑着朝刘淑芬说道，边说着边看了一眼身边的椅子。

刘淑芬在椅子上坐下：“是啊，虽然坐车，但感觉还蛮累的。”

“昨晚的经历把你吓坏了吧？”萧白又问道。

刘淑芬眸子里透出深深的惊恐，深吸了一口气：“差点把我吓死，这一辈子都没见过这么恐怖的事……”

“没事了，现在没人能伤害到你，你在这里很安全。”萧白安慰道。

刘淑芬冷静了下来，点了点头，然后又看了看萧白：“萧医生，你是准备对我催眠吗？要不是为了协助警方破案，我一点都不想回忆起昨晚的事。”

萧白认真地点了点头：“放心吧，这催眠不仅是帮你回忆起事情经过的细节，而且能起到安定心神的作用，让你以后不被这段可怕的回忆所影响。昨晚你在医院肯定没睡好吧，噩梦连连，而且噩梦里都是魔鬼和血。”

刘淑芬惊讶地望向萧医生："萧医生你怎么知道的？确实如此！"

"这是创伤性经历的闪回，即使你大脑已经想不起细节，可是却不由自主地用想象、回忆、梦境的形式重复体验这种创伤。催眠可以让你快速摆脱这种不良影响，从这段可怕的经历中走出来。"萧白认真地解释道。

"太好了！可我以前没试过催眠，不知道行不行呢。"刘淑芬担忧地说了一句。

萧白微笑地点了点头："从你受惊吓的程度上看来，你很敏感，这是催眠成功的先决条件之一。而且你的受暗示性也非常高，从刚刚到现在我给你的三个暗示，你都准确无误地接收了。所以你十分适合接受催眠，这次的催眠肯定会很成功。"

"暗示？什么暗示？"刘淑芬困惑道。

"第一，我说路上累坏了吧，并看椅子，你马上就坐到椅子上。第二，我说昨晚吓坏了吧，你马上恐惧并深吸气。第三，我说没事了，这里很安全，你很快就冷静了下来。"萧白解释道。

"这个就是暗示？我一点都没察觉到呢。"刘淑芬惊讶道。

萧白呵呵一笑："能察觉到的就不是暗示了，是指令。好了，你先去洗手间一趟，排尿干净，然后去治疗室找我。"

刘淑芬点了点头，起身去厕所。萧白也去治疗室进行催眠前的必要准备，他从抽屉里掏出一个医用小电筒。还准备了两份纸笔，一份递给马千里笔录用，另一份放在睡椅的旁边。他将睡椅面向墙壁，然后对马千里说道："一会儿你在睡椅背后的办公桌上笔录。有什么需要你就写字告诉我，尽量别开口说话，更别抽烟。"

马千里点了点头，萧白也走到窗前将窗帘全部拉上。

该死的，拉窗帘我还怎么看啊，只能听了。

我在走廊上差点没气死，最可恶的是这时候他竟然走到门前，冲着我甩了一个贱兮兮的招牌式微笑，然后才返身回到屋内。

迟早有收拾你的一天！我在心里狠狠骂了他一句。

过了一会儿，刘淑芬也进了治疗室，将门关上。我也赶紧走到窗前，竖起耳朵倾听这神奇的催眠。

一直都是萧白的声音：

刘女士，请坐。

这里有纸和笔，从现在开始，你不用说话，直到我让你开口说话。但如果在催眠过程中，你感觉到有什么不适或者有什么要求，你可以写给我看。

在催眠正式开始之前，我希望你能先做一个放松练习。你的神经已经紧绷了一整天了不是吗？即使我让你立刻放松下来也是不可能的。

我来告诉你一个放松的诀窍，呼吸。倾听你自己的呼吸，利用自己的呼吸将你的紧张情绪带出去。来，跟着我的声音来，将你的精神集中在我的声音上。

吸……呼，吸……呼，吸……将宁静和轻松吸进自己的体内，呼……将体内的紧张和压力呼出来。吸……呼……每次呼吸都让你的神经更松弛，让身体的每一块肌肉更放松。吸……呼……你做得很好，我看到你的神情已经开始松弛下来了，继续……吸……呼……

天啊，这还是萧白的声音吗？这声音如此宁静平和，温柔得又像一个男人正在爱人的耳边说着绵绵情话。我在窗外听呆了，这声音带着一个男人独有的磁性魅力，如同带着魔法一般，让人无法抗拒。

就这样大概过了十分钟之后，萧白才继续说道：

很好，你做得很好，此时此刻你身体的每一块肌肉，每一根神经，每一个细胞都已经放松了下来。你的情绪已经彻底稳定下来了，现在我们来做个小游戏，一个简单的小游戏。

我手中有一根看不见的线，你看不到它，但你能感觉到它。来，拿着这根线，好的……你已经拿到了，抓紧这根线。这线的一端在你那儿，一端在我这儿……我正在牵引着这根线，好……你做得非常好……是的，就是这样……嗯，配合着我……是的，你做得棒极了……

这游戏大概过了五分钟，然后萧白的声音才继续说道：

现在，想象我手中有着无数根线……这些线牵引着你身体的每一块肌肉，每一根神经，每一个细胞。好，看着电筒投射在我手掌中的灯光……注意我手势接下来即将发生的变化……这是橘黄色的灯光……跟随着我的声音，将你全身的注意力和精神集中在这儿……忽略周围的一切，忽略所有的东西……忽略你自己……打开你温暖的回忆和想象力，跟随着我的声音来……

橘黄色的光是最温暖、最舒适的光……看着这光，回想一下，在过去的某个时间，某个地点……有一个让你感觉到无比快乐的场合。就在我说着的时候，有一个场景在你脑海里一闪而过……对，跟随着我的声音，去追寻它……接近它……它越来越近了……是的……越来越近……你仿佛看到了什么，又感觉到了什么。

好的，你已经来到了这幅图像的面前……周围的一切使你感到无比的幸福……现在，请你在这幅图像的中心画一个圈，把它打开，走进去。现在，你是不是感觉到了加倍的温暖和幸福呢？对，你感到幸福极了！

好，现在，立刻再画一个圈，再走进去……就这样不断地做下去，一遍接着一遍，再画一个圈，再走进去……每做一次，你就感觉到倍加温暖和幸福。画一个圈，走进去……一遍接着一遍……再画一个圈，再走进去……一遍接着一遍……你做得非常好，你心中的幸福越来越多了……再画一个圈，走进去……

我不知道治疗室内发生了什么，因为我只听到了声音。但就在萧白复述了几次上面的语言后，刘淑芬已经进入了催眠的状态。我估计可能和那个“手势”的暗示有关系。配合着“线”和“手势”的暗示，在刘淑芬最放松也是最专注的时候，一把将她“拉”入了催眠状态。

原来这就是催眠，多种暗示和方法可以综合应用。并不是只能靠哄宝宝一样的言语，或者老土的摆锤。前后大概也没有超过三十分钟，特别是正式催眠开始后，不到十分钟就已经将刘淑芬导入催眠状态。

催眠并不是让一个人闭上眼进入催眠状态就完成了。在后面，萧白又一步步通过暗示和引导，将刘淑芬的催眠状态加深，这当中又经历了十几分钟。在这段时间内，我连连打了几个哈欠。这次不是不耐烦的哈欠，而是被感染的哈欠。

就连在外面偷听的我也都差点被催眠了，萧白此时的声音带着可怕的宁静和诱惑，深沉而又平和，让人无法抗拒。你会相信这个声音是真诚的，你会心甘情愿地跟着这声音一直往下走。

我要是个女人，估计会在这一瞬爱上这个磁性而又充满诱惑的声音。我第一次听到萧白这种语气、这种声音，如同带着魔法一般的声音，将你一步一步拉入更深的催眠状态。

从开始到现在，都是萧白一个人的声音，刘淑芬没有开口说过一句话，直到萧白确认催眠已经进入非常深的状态。后来我问过萧白，他说那是第四级催眠状态。催眠分为四个阶段等级，分别是：浅睡状态、深睡状态、强直状态、眠游状态。

当到达了第四级眠游状态时，就是催眠最深的阶段。到达这个状态时，被催眠者将服从催眠师的暗示和命令，甚至可以在催眠师的控制下张眼观看，步行，说话。就像一个梦游的人，所以叫作眠游状态。

影视和小说里的那些催眠犯罪，大概指的就是这个阶段。但远远没有那么夸张，因为这个状态和清醒的人有很大区别。就像一个半睡半醒的人，显得很呆滞，你一眼就可以看出来。更不会像电影里那样，动作灵敏地去杀人犯罪。

萧白确认刘淑芬已经到了这个阶段后，终于开始让刘淑芬开口说话。

萧：你现在可以开口说话了，告诉我你的名字。

刘：刘淑芬……

萧：现在你在哪儿？看到了什么，想到了什么，感觉到了什么？

刘：在一个很舒服的地方……窗外有海，我在温暖的床上……海浪的声音一声接着一声传来……我感觉到无比的惬意和舒适。

萧：你能看到你自己吗？

刘：是的……我看到我披散着头发，穿着宽大的睡袍从床上起来，走到窗户前……我知道这是哪儿了，这是我上次去三亚度假时入住的海景酒店……我看到外面的大海了……蓝色的大海……好美……

萧：很好，你先静心享受这一段美好的时光，直到我的声音再次响起。而当你听到我声音的时候，你的催眠状态会更深，更深……

就这样过了大概十分钟，萧白的声音终于再次响起。

萧：刘淑芬，回来，跟随着我的声音来。

刘：我一直跟随着您……

萧：请你现在从一数到五。

刘：一、二、三、四、五……

萧：你数错了，这里面没有四。听我指令，这些数字中并没有四，请你再来一次。

刘：一、二、三、五。

萧：三和五之间的数字是多少？

刘：三……五，没有啊！三和五之间……没有数字……

萧：很好，这个测试的成功，说明你已经进入了催眠的最深阶段。听我指令，三和五之间的数字是四，四又回来了，现在请你再数一次。

刘：一、二、三、四、五……

萧：好的，打开你潜意识中最完整的记忆。现在我们把时间转到昨天白天，昨天白天你在哪儿？

刘：在乡下，我开车回乡看我爷爷……爷爷他喜欢在乡下待着，我叔叔负责照顾他……

萧：好的，白天的时间很快过去了，黑夜降临。你的手机突然响起，谁的电话？

刘：是我们公司老总的电话，说明天有个临时会议，让我筹备会议内容……急死我了，怎么不早说呢……明天也是我的假日啊。讨厌死了，总是这样突然开什么会……

萧：你怎么办？

刘：只好连夜开车回公司了……不！我不想要回忆这段……前面有危险……不要！

刘淑芬的声音突然紧张了起来，似乎想逃离什么。

萧：握着我的手……是的，你握到我的手了。我会一直在这段回忆中陪着你，保护着你。这只是回忆，没有任何危险，你将这段回忆隐藏起来更危险。你必须去面对这段回忆，才不会让这段回忆继续影响你接下来的生活。

刘：好……我……我试试，你会一直陪着我对吗？

萧：是的，我会一直陪着你面对这段回忆，不让你受到任何伤害。现在，告诉我，车行驶到哪儿了？

刘：前面都是黑暗……我最讨厌在夜间开车了，只能靠路牌认路……上高速路了，是省正北高速路主干道。我还在……还在开车……我有不好的预感……似乎有什么东西正在等着我……

萧：我会一直陪着你，这只是回忆，你很安全。继续……往前开……

刘：嗯，一路上还算顺利……主要已经上了高速路了……不怕迷路……我也松了口气，继续往前开……

萧：感觉到我的手了吗，我一直陪着你，你很安全。去吧，跟随着我的声音，在我的保护下，去挖掘这段你不敢面对的回忆。

刘：是……就是这儿……就是在这儿，我隐约看到前方在主干道的分岔口处……停了一辆车……谁这么没公德心……在高速路上停车，会出车祸的……所以我小心放慢了一点车速……

萧：就是这样一刻，这一刻的时间突然间慢了下来！雨滴连续不断地洒落在车顶……你听到声音了吗？风吹得雨滴微微倾斜，你看到了吗？

刘：听到了，也看到了。

萧：雨滴一滴一滴从车船滑落，雨刷在来回摆动着。空调出风口传来了车外空气的细微味道，告诉我，那是什么味道？

刘：是泥土和青草的味道。

萧：好的，就是现在，前面的车越来越近……越来越近……你看到了什么？不用害怕，我会一直陪着你，你很安全。

刘：车旁……有一个人……不，不是人……它披着外黑内红的斗篷，它肩膀上扛着一个用透明塑料袋包裹着的尸体……是……它是吸血鬼！它冲着我笑了……露出了它尖长的獠牙……太可怕了！我在这一瞬都被吓呆了，我下意识地加大油门……快速地逃离了那里。

萧：不，这世界上没有吸血鬼。没有吸血鬼，那是捏造的东西。听我指令，这段回忆中没有吸血鬼。将你的回忆再倒回去，记住，没有吸血鬼，你恐惧的吸血鬼并不存在。现在，让回忆暂停在你和那辆车擦身而过的一瞬。告诉我你看见了什么？

刘：高速路的分岔口、路旁的树、分岔口的车还有高速路的护栏……

萧：还有什么？

刘：没有了……就这些。

萧：很好，你做得很好。现在让记忆继续暂停，将注意力集中在那辆车上。告诉我那是一辆什么车，什么牌子和型号的车？

刘：是一辆长安铃木新奥拓，我下属也有一辆差不多的，很便宜很常见的车。

萧：看得到车牌吗？

刘：没有，太黑……看不到，我也忘记看车牌了。

萧：他的车牌有没有用东西遮掩住？

刘：没有，虽然没看到车牌号，但我知道那车牌没有被遮掩住，这个我有印象。

萧：车是什么颜色的？

刘：不知道是土黄色……还是黄色……太黑……看不到。

萧：相信你自己，你看得到，也分得清。再仔细看看你的回忆，到底是什么颜色？

刘：是……土黄色！是的，我看到了……是土黄色！

萧：车子有什么不同的地方吗？比如窗户破损、刮花的地方？

刘：没有……车很干净，保养得很好，和新的一样。哦，车胎上的淤泥比较多……

萧：好的，刘淑芬，现在注意听我说。这世界上没有吸血鬼，所以你无须对捏造出来的吸血鬼感到恐惧。你记忆中看到的是凶手和被害人，但你也无须恐惧。因为他只是假扮吸血鬼，而且他最终会被抓捕归案，你无须对他感到恐惧。记住，你无须感到恐惧，听到了吗？你无须感到恐惧。

刘：好的……我无须感到恐惧……

萧：很好，再继续复述我的话——我无需感到恐惧。

刘：我无须感到恐惧……

萧：再复述一次。

刘：我无须感到恐惧……

萧：很好，现在我们再回到暂停的回忆中，还原这段回忆。回忆中有你无需感到恐惧的凶手和被害人，他们已经被还原到了车旁。现在告诉我，你看到了什么？

刘：凶手……扮成吸血鬼的凶手和尸体……

刘淑芬的声音还是有点颤抖。

萧：记住，你无须感到恐惧。

萧白又再次下了一个加强暗示型指[illegible]

刘：是的，我无须感到恐惧……

萧：好的，现在告诉我，凶手长什么[illegible]

刘：他化装成了吸血鬼，穿着西式礼服，[illegible]了一件外黑内红的斗篷。他的脸……是铁青色的……他还戴了[illegible]的假牙……

萧：他多高？什么身材？

刘：一米七左右，中等偏瘦的身材。

萧：他是一直站在车旁，等着你路过吗？

刘：是的……从远处我就看到他了，他好像就是一[illegible]站在车旁，仿佛在等我看到他一样。

催眠到这时，萧白停顿了一下，仿佛在思索着什么。

萧：你能看清他的脸吗？

刘：看不清，当时太黑，而且他化了很浓的吸血鬼妆……

萧：很好，现在你将这段回忆不断地在你眼前回放。记住，你无须感到恐惧，因为没有任何东西能伤害你。一直回放，回放到你能坦然面对和接受这段回忆为止。

刘：好……

大概五分钟后……

萧：就像将同一个片段回放几百次一样，你已经开始觉得这段记忆有点很乏味，并没有令你恐惧的地方。

刘：是的，有点乏味，并没有我之前想的那么可怕……

萧：你之所以对这段回忆这么恐惧，是因为你后来出了车祸。然后你将看到的回忆和车祸联系在了一起。你在记忆和自己会被伤害之间画了个等号，也就是可怕的记忆＝车祸＝自己会被伤害。

刘：是的……我认为这会伤害到我。

萧：那你已经明白过来了，你知道了你恐惧的原因。这等式其实是错误的，再可怕的记忆也只是记忆，并不会伤害到你。

刘：是的……记忆并不会伤害到我。

萧：所以你无须感到恐惧。

刘：我无须感到恐惧。

萧：你做得很好，你已经能坦然面对和接受这段记忆了。在坦然和接受之后，是淡却。淡却这段记忆，它只是你的一段记忆，并不会伤害到你，更无法影响你的生活。

刘：是的，它只是记忆……并不会伤害到我，更无法影响我的生活。

萧：你已经能接受和面对这段记忆，并淡却它了吗？

刘：是的……我已经做到了……已经不会再感到恐惧了……

萧：很好，你做得棒极了！现在我给你一个奖励，将你带回那段温暖和幸福的回忆中，重温和享受那段回忆。

刘：好……我很喜欢那儿……

萧：来，跟随着我的声音，回到你催眠开始的地方，那个温暖的地方……你已经听到了海浪的声音……海风轻轻地拂动你的发梢，温暖和幸福的感觉迎面而来。是的……你回来了……你回到了这个温暖舒适的地方……你在静静地享受着……享受着幸福和欢乐……

刘：我回来了……好喜欢这儿……好舒服好惬意的感觉……

萧：好的，就是这儿，慢慢享受这一段快乐的时光。你想在这停留多久，就停留多久。你在这儿很幸福……很安全……任何东西都无法打扰到你……

刘：嗯……我感觉到比过去更幸福……这梦幻一样的地方……更完美……

萧：好的，好好享受吧。我们的催眠到这儿也结束了，我不唤醒你，你自己可以在这段温暖的回忆中进入最深最甜的睡眠状态。在你自然醒来后，你会记得催眠中发生的一切，包括所有我和你说过的话。醒来后，你觉得现实中所有的一切都充满了希望，所有不好的一切都已经成为过去。你觉得这是最幸福最开心的一天，你可以充满自信地处理生活中所有的问题……

然后又过了十分钟，萧白可能在确认刘淑芬有没有其他异样。在他确认刘淑芬已经进入了最深最舒服的睡眠状态后，才和马千里蹑手蹑脚地走出房门，轻轻地把门带上。

萧白和马千里又回到了办公室。

马千里压抑不住心中的暗喜，一进门就欢呼道："土黄色的长安铃木新奥拓，这条线索太有价值了！往车管所打个电话，然后再配合我们掌握的情况筛选嫌疑人，估计明天就能拿到所有重点嫌疑人的名单！”

“别忘了刘淑芬说的，那车胎上有很多淤泥。器官的配型和摘取也都需要时间，他这么谨慎的人应该不会把被害人直接囚禁在自己家。一直在市里和高速路上跑肯定不会带上多少淤泥。我估计他有两个窝，一个是在市里，另一个是在城郊或者乡下，城郊的窝就是他作案和动手术的地方。”萧白提醒道。

“嗯，分析得有道理。”马千里点头道。

“还有，刘淑芬刚刚提到，凶手用透明塑料袋全身包裹着被害人的尸体。看来他做的反侦查十分到位，估计你们很难在车和他的身上找到什么罪证，只能逐一盘查。”萧白又说道。

“这个，你不是说凶手希望我们能抓住他吗？那是不是我们一盘查，他就坦然地承认他是凶手了？我们以前倒也遇到过这样的犯罪嫌疑人。”马千里问道。

萧白摇头一笑：“我说的是他的潜意识希望你们抓住他，并不是他自个意愿希望你们抓住他。所以即使你们真找到了他，也会经历一段不短的抗拒和否认期。”

“啊？我还以为我们可以跳过审讯直接拿下呢。”马千里有点失望地说道。

萧白思索了一下，点上一根烟，又把目光转到那些现场照片上，说：“我对他越来越有兴趣了，特别是刚刚刘淑芬提到，他故意等人路过看到他抛尸。这明显是他的潜意识渗透到了意识层面的行为表现，我真的想不通他为什么一而再再而三地做足了反侦查工作，还化好妆把戏演足了，却又故意留下线索给我们。”

马千里也陷入了沉思之中：“这凶手确实古怪，难道是他对自己的杀人罪行感到悔恨，一种另类的投案自首表现？希望我们阻止他继续杀人？”

萧白摇了摇头说：“他将尸体作为自己概念中的作品，一名艺术家不会为自己的作品感到悔恨，只会觉得自己做得还不够完美。而且我说过，这应该是他最后一次杀人，所以也不是希望你们阻止他继续杀人。”

“那到底是什么原因驱使他这么做呢？”马千里困惑道。

“偶尔故意留下线索，打电话通知你们，可以诠释为反社会人格对权威的挑衅，可以诠释为自信心膨胀。但在最后一案时故意等待目击者，毫无保留地留下线索，如果刘淑芬看清了车牌号，估计你们现在已经抓住他了。这对他这样反侦查能力极高的犯罪天才来说，是几乎不可能犯的错误。这些象征行为唯一的解释就是他想毁灭自己，等同于自杀。他确实表现出希望你们能阻止他的意愿，但并不是阻止他杀人。”

“那是什么？”马千里愣道。

萧白沉默了，走到窗户边，举起烟狠狠吸了几口才缓缓说道：“马队长……你相信杀人狂也有人性，也有爱吗？”

马千里把头低下，接着又摇了摇头，说：“我真的很难接受这种说法，在我们警方的世界里，无法容忍任何罪恶存在。恶就是恶，善就是善，界限分明。”

萧白叹了口气：“我这么说的原因是因为除了爱，我找不到其他的解释。”

“爱？杀人狂的爱？”马千里脸上写满了匪夷所思。

“爱是这世界上最难以琢磨，最难以理解的东西。就连弗洛伊德都无法完全解析爱，因为爱可以违背一切常理，打乱所有逻辑和规律。心理学有各种流派，他们解析和研究出了人类的各种心理规律和行为，除了爱。有些人以为他们解析成功了，但很快他们就被打败了，因为爱没有规律，也无法定义。”萧白叹声道，眼神中透出一股莫名的忧伤。

“我还是无法理解和接受……杀人狂有爱，有人性这种说法。”马千里为难地摇了摇头。

萧白回到办公桌前，将烟头在烟灰缸里摁灭，才继续说道：“这么一个丧心病狂的人还能保留着这最后一丝人性，希望你们能阻止他，唯一的解释只有爱。而且这是一份很奇特的爱，以伤害形式表达的爱，也只有你们能阻止这种伤害。”

马千里低头回味着这句话，最终还是摇了摇头：“我依然还是无法理解萧医生你的话。算了，等抓到他时一切自会明了。有这么多线索同时在手里，破案的曙光近在眼前了！”

萧白也微微一笑：“嗯，快回去筛选犯罪嫌疑人吧。”

“谢谢萧医生，你真是帮了大忙了。我这顶破帽子估计也能保住了，破案后我一定要好好请你吃上一顿！”马千里感激地说道。

萧白脸上又挂起了那贱兮兮的招牌式微笑：“请客倒不必，就是奖金……”

马千里哈哈一笑：“放心吧，奖金少不了你的。上级对这个凶手设置的悬赏奖金是五万，只要能抓到这个凶手，我将举报人和线索提供人都填上你的名字，全是你的！”

萧白贪婪地吧嗒了一下嘴巴，挑了挑眉毛：“那敢情好。”

马千里起身告辞，萧白也挥手送客。我在门外看着萧白那副贪婪相，心中狠狠唾弃了他一番：你就没见过钱！平常还摆着一副道貌岸然的伪善样，呸！

萧白送马千里出门，回身时又看了我一眼。我正在一脸呆滞地看着天空，在精神病院里，我的这个表情非常正常，毫无破绽。

他却突然走到我身后，嘴巴凑近我耳边，小声地说了一句："我就是没见过钱，我就是喜欢钱，怎么地吧？"

然后转身回了办公室，给我留下一个贱兮兮的猥琐背影。

你大爷的！难道他能听到我的心声不成！？

"嗯，当然能，所以你以后少在心里骂我。"他又背对着我加了一句，然后轻轻地把办公室的门关上。

我被吓坏了，快步走回自己的病房。我开始相信精神科医生真的会读心术，这些变态估计连你在想什么都一清二楚。后来我一想不对，这些东西都是有章可循的。首先他肯定知道我一直在偷听偷窥，这点毋庸置疑，我只是想不通为什么他一直放任我这么做。

我在心里唾弃他的时候，虽然我没说出来，但神情肯定表达出了一些鄙夷。他这种变态肯定能轻松解读微表情，一看就知道我大概在想什么。所以他才很大胆地凑到我耳边说了刚刚第一句话。

我听到这句话的时候，肯定会吓一跳，肯定会想——难道他能听到我的心声？

于是，他也就顺应着我的心理回了第二句话。这些其实都是可以预测的，而且是有章可循的。

你大爷的，吓死我了，我还以为这家伙真能听到别人的心声呢。不过心理学确实很神奇，我刚摸到点门道就已经觉得其味无穷了。

接下来一切如常，我又去和雨默继续玩了那个“影子游戏”。虽然我还是搞不懂这游戏对雨默的病情有什么帮助，不过我开始相信萧白的职业能力。在见识过他的催眠和心理解析理论后，我开始觉得这个医生不单是在混饭吃，确实是在治病。

其实他开的药来来去去主要都是那几样。我主要是氟西汀；海洛因主要是碳酸锂；僵尸，也就是那个能摆一天造型的家伙，主要是利培酮；唯一经常换药的就是麻痹性痴呆的胖子，萧白经常给他换药，可能他这类病人的用药需要灵活一些。

几粒药片能把精神病治好？之前我不信，但我现在开始愿意相信。因为似乎在不知不觉间，我不想死了，我仿佛对周围的一切有了兴趣，甚至开始想自己的未来。海洛因虽然还是经常那么兴奋，但他这段时间似乎稳重了许多，也不再像以前一样打机关枪似的说话。僵尸最近也懂得自己动了，甚至有一次我看到他在整理自己的床铺。胖子说话也正常了许多，开始懂得简明扼要地回答问题。

这一切都在以看不见的缓慢速度发生着，只有从开始一步跳到现在才能发现这些改变。我不知道萧白除了给药片之外，在背后还对他们进行了什么样的治疗，但某些东西确实有了新的改变，实质性的改变。我们的精神和灵魂正在一点一点地被修补，被治愈。

做完游戏，我又全输了，一次都没赢过雨默，因为我在想别的东西。我分心了，让原本已经很厉害的雨默更厉害。当我带着满脸纸条回到男病号楼的时候，刘淑芬已经醒了，她睡了整整四个小时。

萧白送她下的楼，这两人从我身边走过。刘淑芬一直在赞叹着：“催眠术太神奇了，这种感觉真是棒极了。从来没有睡过这么甜美、这么舒心的觉。醒来后觉得浑身充满了力量，就连车祸、公司的事都可以坦然面对和处理。我从来没有像现在这么乐观地看待过这一切。”

我看到了她眼中对萧白的仰慕和崇拜，我能猜到接下来要发生的事，而且我没猜错。

再后来刘淑芬开始疯狂地倒追萧白，她迷上了萧白的声音和催眠。隔三岔五就送水果过来给萧白吃，接着发展到送烟，送衣服，送巧克力……

我也终于看到了萧白痛苦的神情，心中一阵暗爽。其实刘淑芬确实算是一个很优秀的女人，无论是外貌身材，还是气质修养，她还有一份非常好的工作。萧白拒绝她的唯一理由就是：他已经有女朋友了，而且感情很好。

有女朋友这点我可以相信，但是感情很好，我持怀疑态度。因为在精神病院的两个多月来，我从没见过他女友来找他，也没听他接或打过一个和女友有关的电话。我很想看看萧白的女友，这到底是一个什么样的女人，让他能拒绝刘淑芬这种接近完美的女人。

萧白最后是怎么摆脱刘淑芬的？这个我不清楚，反正他这种精神科医生肯定有的是办法处理这种感情纠葛。刘淑芬来找萧白的次数渐渐少了，趋于正常。不过我依然能看到刘淑芬眼中的火苗，是那种只要萧白点一下头，她就能马上点燃浑身热情的火苗。

我想见见萧白的女朋友，我想看看这到底是一个什么样的女人，有着怎样的魅力，竟能牢牢地拴住这么狡猾、这么不安分、这么无耻的萧白。

第六章

萧白的精神世界

今天我有点躁狂，并不是我的抑郁症出现了躁狂抑郁双向化，是因为今天是雨默的生日。雨默的家人不在这个城市，我想帮她好好过一个生日。萧白给我的自由特权只限定于精神病院内。

我要出院去买礼物，买蛋糕，还得去求萧白。我在病房里来回踌躇地走着，我真的不想去求那个伪善的家伙，还得忍受他那一脸贱兮兮的微笑。一直临近中午，我才下定决心去试试。他要不答应，我就找机会翻墙出去一趟。

我来到他办公室门口，他也刚忙完，正捧着饭盒吃饭。精神病院里有食堂，但为了防止意外，也就是怕我们趁机“越狱”，所以病人的饭都是在病房里吃的。到了吃饭的点，食堂的师傅们就会带着饭菜过来，让我们自己捧着饭盒去打饭吃。部分不能自理的病人，还得靠护士一口一口地喂饭。

医生和护士倒是可以去食堂，但是为了图省事，也为了能时刻监护病人，就在楼里和病人一起吃了。他们确实挺辛苦的，从上班到下班，神经就没一刻松懈过。护士最辛苦，还得给病人喂完饭，自己才能吃。

我敲了敲门。

“请进！”他含着满口的饭菜含混不清地喊道。看到是我，又挂起那贱兮兮的微笑：“今天这里没节目偷听偷看哦，看官您进错场了。”

我忍！孙子，要不是有事相求，谁来你这儿找不痛快！

我心中默念了一万个“忍”字，才缓缓说道：“萧医生，我能不能出去一趟？”

“去哪儿？”他目不转睛地看着面前的电脑，问道。

“出院一趟，就几个小时……”我用哀求的语气说道。

“去干什么？”他又问，眼睛还是在看着电脑。我估计没戏，这家伙早就看我不顺眼了。

“去干什么？”他看我老半天没回话，以为我没听清，又问了一次。

“不干什么，就是……出去一趟。”我吞吞吐吐地答道。

“不干什么那出去干什么？”他又吞下一大口饭菜，不紧不慢地回道。眼睛还是在专注地看着电脑，不知道在看什么色情暴力的玩意儿。听到他这句话，我就知道没戏。

“那算了……”我说了一句，转身走人。我还是一会儿看准机会翻墙出去吧，好过看这家伙的脸色。

“别算了啊，难道你想一会儿穿着病服逛街？到时候我们还得去抓你，多麻烦啊是不是？”他放下饭盒，一脸贱笑地望向我。

我停下脚步，愣在那儿。这家伙不知道什么时候又猜到了我的心思，既然他猜到了，我也就走不了了。估计接下来他会取消他给我的“自由特权”。

他咽下饭菜，缓缓说道：“唐平啊，你别老是什么事都埋在心里，你哪来那么多小秘密啊？你就说你想出去干什么，我看看情况不就结了嘛。你不去尝试，怎么就知道一定不会成功呢？”

“我……我想出去给雨默买生日礼物，今天她生日。”我老实说道。

然后他望着我的眼神愈加有深意，嘴角的笑越来越贱，越来越贱！

我压住涌上胸口的恶心劲儿，问道：“行不行啊？”

“当然……不行！”他拖长语调，挑着尾音干脆利落地答道。

孙子！迟早有我收拾你的一天！我压着心头的怒火，起脚转身。

“去哪儿啊？”他又加了一句。

我没好气地看了他一眼：“回病房，还能去哪儿！”

“你这样穿着病服怎么出去啊？去保管室那儿换衣服，趁着中午休息时间我可以陪你出去一趟。”

“啊？”我一愣，“不是……要办手续的吗？”

“有我陪着你就不用。”

“哦……”

我换好了衣服，萧白也脱下白大褂，陪我去签字领了我的钱物。

走出精神病院的大铁门，我浑身一轻，终于看懂了瘦子那个一溜烟跑走的背影，那是自由的味道。萧白脱下白大褂，也显得年轻了许多。走出精神病院的那一刻，我看到他的脸一下舒展开来，似乎一瞬放下了许多负担。

他看了我一眼："先去哪儿？我只有两个半小时的休息时间哦。"

"先去蛋糕店定蛋糕吧，然后再去挑礼物，回来正好领蛋糕。"我答。

他贱兮兮地笑了笑："你考虑得还挺周全。"

能出来我心情极好，他的贱笑我也就忍了，没再搭理他，朝最近的一家蛋糕店走去。我第一次发现这喧嚣的城市如此有魅力，我就像一个刚进城的农民，看什么都觉得新鲜。汽车、拥挤的人群、高楼、林立的小店……这一切如此熟悉，久违的熟悉。我发现这个城市变美了，比两个多月前美得多。也可能不是城市变了，而是我看待事物的眼光变了。

"公交车来了！"他说。

"走着去吧，我想走走。"我说。

萧白没有再说话，只是默默地跟在我身后，盯着我微笑。

走了十几分钟，我们来到了最近的一家蛋糕店，定了一个大型的巧克力蛋糕。雨默喜欢吃巧克力，我知道。

买个大点的蛋糕到时可以分给同房的病人，雨默的人缘会好得多，她后面的日子也会快乐得多。其实我挺会替别人考虑的，这点萧白倒是真没看错我。交了定金，也写好了准备画在蛋糕上的祝福语，下一步该去挑礼物了。

该挑什么礼物好呢？雨默会喜欢什么样的礼物？我思索着。

"先买花吧。"萧白道。

你明白我为什么讨厌他了吧，和这种人在一起，你的隐私权形同虚设。

我给了他一个厌恶的眼神。就在这时候，一声尖叫声传来：“救命！救救我的孩子！”

萧白几乎是下意识地立马转身向声音的方向飞奔而去，就像听到指挥官命令的士兵，没有一丝迟疑，这已经成为他的一种本能反应。

我也跟着他一同向店外跑去，不过在跑出店外的那一刻我的辩证唯物主义再次发作：这似乎是电影里演烂的桥段，正好有人出事，正好有个医生。然后医生成功救人，欣欣然地接受嘉奖，围观的人群热烈鼓掌。故事到此结束，医生的背影在镜头面前逐渐放大，放大，最后拍到他毅然的眼神，他轻描淡写地说上一句——这是我应该做的。

这种桥段我都看腻了，这次又有什么不同？

果然，店外十几米处已经围了一圈黑压压的人群，近到身前时萧白大喊一声：“让开！我是医生！”

人圈马上就自动闪出了一个缺口，萧白如离弦之箭，直达目标。

一个母亲半蹲在地，怀中抱着自己的孩子，焦急的脸上已经蓄满了无助的眼泪。孩子七岁左右，此时脸已经憋成了猪肝色，两只小手紧紧地按着自己的喉咙。

萧白飞奔过去一把夺过她手中的孩子，平放在地：“吞了什么东西！”

“口香糖，是口香糖！他不知道怎么把口香糖吸到喉咙里去了！救救我的孩子！救救我的孩子……”母亲无助地哀求着。

“是气管，不是喉咙。”萧白边说着，在孩子身旁单腿跪下，双手平放到孩子的上腹部，“孩子！把嘴张开！把嘴张开！”

但那孩子已经陷入了惊慌失措的恐惧状态，由于咽部神经的紧张紧咬牙关，任凭萧白怎么喊都不听。萧白用海姆立克手法（异物卡喉紧急抢救法）按压了几次孩子的上腹部，都没能将那块该死的口香糖挤出来。

“小刀！谁有小刀！”萧白大吼一声。孩子的手足已经出现了痉挛，时间来不及了，最多再过几分钟这孩子就会因为窒息而休克，最后是死亡。这种情况下只能用气管切开手术进行抢救，就是从下颈部刺穿气管，给肺供氧。

人群中挤出一个男人，急急递了一把袖珍型瑞士军刀给萧白。萧白接过，打开，来不及消毒了，用小刀在自己的衣服上刮了两下。然后深吸一口气，左手按住孩子的锁骨处，食指和中指在下颈部正中打开一条罅隙，右手执小刀迅速刺入！这整个动作几乎是同时完成，没有一丝多余，没有一丝顾虑。那一瞬我觉得他像一名剑客，真正一招致命的剑客。

孩子的母亲看到这情形惊叫一声，昏厥了过去。萧白置若罔闻，只是用小刀一挑，将切口加大道：“孩子，吸气！呼吸！”

那孩子的胸口有了起伏，我听到了从那微小的切口中传来的尖锐的呼吸声音，那是生命的声音。萧白维持着这个动作，打量了一下四周，目光落到了我身上：“笔！拿你的笔给我！”他朝我喊道。

我一愣，才发现自己手中还抓着蛋糕店里的圆珠笔，赶紧递给他。他没有接，因为他两只手都在把握着那个孩子的生命。“过来，帮我压住孩子！”他又喊道。

我赶紧过去，两手取代了他的左手，按住孩子的头部和锁骨。

我第一次感觉到生命在我的指间流动，这是一个孩子的生命，一个稍纵即逝的生命。

原来这就是生命，原来这就是作为一个医生抢救生命时的感觉。我的手掌下正托着一个弱小的生命，一份责任。我正托着所有关心这孩子的人的希望，这希望就像一个气泡，不知道什么时候就会爆裂，消失。

我刚刚的想法没了，我知道这不是演烂的桥段，这更不是电影。电影可以喊“Cut！”，可以重拍。演员可以死去，然后到后台微笑着卸妆。

这里不能，只要萧白有一丝迟疑，动作有一点差错，这个孩子的生命就会永远逝去，这个像气泡一样的希望就会永远消失。这里没有人能喊“Cut！”，也没有再来一次的机会。

萧白腾出左手，夺过我手中的圆珠笔，用牙咬着笔头，左手将圆珠笔的下半截拧了出来，这样他就得到了一个临时的气管接通器。

“谁还有小刀，帮我将这个笔管下面的笔洞扩大一点。”萧白朝人群喊道。另一个男人赶紧走了过来，掏出小刀将那笔洞扩大，然后递还给他。他又将那半截圆珠笔管在身上擦了擦，这就是他现在唯一能做的“消毒”。然后他又抬起头，冲着周围的人圈吼了一声：“散开！别围着，把空气放进来！”

人圈赶紧扩大开来，每个人都非常自觉地向后退去。

他看了一眼孩子，孩子脸上的猪肝色已经渐渐化去，胸口有节律地一起一伏，但是切开的切口里正冒出连串的带痰血泡。

“孩子，听叔叔的话，一会儿我喊你停止呼吸时，你马上停止呼吸。叔叔要帮你把喉内的血和痰吸出来，不然会堵住气管，听明白了吗？不要说话，明白就眨两下眼睛。”萧白一字一句地说道，因为这时候孩子非常紧张。

孩子眨了两下眼睛，萧白给了一个奖励的微笑：“好孩子！”

然后又等孩子呼吸了一分钟之后，开始说道：“我倒数三声，你停止呼吸，3……2……1！”说完头凑到孩子的切口处，用嘴将血痰吸了一口，吐出，再吸一口，吐出。

“好，呼吸！好孩子，呼吸！”萧白说道，孩子连忙喘了几口气。

“好孩子，你做得很好！你做得很好！再来一次，叔叔要帮你做气管接通，一样是倒数三声，你停止呼吸。听明白了吗？明白就再眨两次眼睛。”

孩子又眨了两次眼睛，萧白点了点头：“好孩子！真乖，来，准备，3……2……1！”接着将那截笔管贴着小刀插入孩子的气管，然后将小刀抽出。

“好孩子，呼吸！呼吸！”萧白做好了这些，连忙对孩子说道。

孩子又连忙喘了两口气，萧白摸着孩子的脑袋，将头凑近孩子说：“好孩子，看着叔叔的眼睛，不要动。听叔叔说，不要吞咽，不要咳嗽，不要说话。听叔叔的口令，让呼吸平稳下来，呼……吸……呼……吸……好，你做得很好！看着叔叔的眼睛，注意看着叔叔的眼睛……叔叔的眼睛里藏了一个小秘密……看到了吗？看到叔叔眼睛里的小秘密了吗？对，就是这儿……打开叔叔眼睛里的小秘密……你就看到一片七彩的魔法森林，这里有国王、公主、王子，还有可爱的小精灵……找到了吗？对，你找到了……来，走进来，走进这片魔法森林……”

开始我没意识到他在干什么，我以为他在讲故事。直到孩子痛苦的表情渐渐舒展开来，小眼微微闭上，嘴角翘起了微笑。直到萧白说了那句：“跟着叔叔的声音来，走入更深的催眠……走到魔法森林的最深处，这里堆满了快乐的糖果……剥开糖果……里面又有一个糖果……再剥开，又有一个……”

三分钟，这次只有三分钟。三分钟之内，他将一个痛苦万分、气管被切开的孩子带入了无痛的催眠状态。我亲眼见证了这一奇迹的发生，换是以前的我，我会用“可怕”这个词来形容他的催眠术。但现在，我用了“奇迹”，他用他的奇迹抹去了孩子的痛苦。

周围有人帮忙打了急救电话，二十分钟后，救护车终于来了。孩子的母亲也已经醒了过来。医生和护士从车上下来的时候，看到眼前的情形都呆住了，直到萧白冲着他们点头一笑：“我也是医生。”

“这……孩子休克了吗？”医生问道。

“不是，是催眠状态。你们带局麻剂了吗？”萧白问。

“带了！”

“好，我来唤醒他，醒来后你给他注射。送医院先做伤口消毒，再换气管套管。他气管里堵着的是口香糖……”

医生连连点头，萧白说完了才帮孩子解除了催眠，将孩子送上车。周围的人群也逐渐散去，并没有人像电影里一样鼓掌，甚至没人和萧白说一声谢谢。孩子的母亲醒来后就一起上了车，可能她来不及道谢。

救护车飞驰而去，留下了一个护士，她在一旁详细询问和记录萧白的工作单位、家庭住址、电话……最后还要求萧白掏身份证查验了一下。

“对不起啊……萧医生，这个东西我们医院得记，不然以后有什么责任或麻烦……”最后临走时护士歉意地说道。

萧白理解地点了点头，给了她一个职业的微笑。

萧白看了看自己的衣服，自己的白衬衫已经被血染红了一大块。他看了我一眼：“我得回家换件衣服。”

“嗯。”我点了点头。

“你以前做过这个手术？”我问。

他苦笑一声，然后又点了点头：“我上学时在兔子的身上做过。”

我愣住了，替那孩子擦了把冷汗。看他那么没有一丝犹豫，干脆利落的动作，我还以为他已经做过很多次同样的手术了呢！

“对了，那个护士说什么责任？”我困惑地问道。

“法律责任。”他答。

“救人还有法律责任？”我愣住了。

他呵呵一笑：“现在没有，但孩子的家长追究起来就有了。”

“不会吧，你救了她的孩子啊！她不会这样恩将仇报吧！”我惊道。

他没有回答，只是给了我一个职业微笑。

“就算追究起来，你有什么责任？”

他想了想说：“我给你讲个故事吧。”

故事发生的地点一样是在马路边，一样是异物卡喉，一样是孩子。不同的是，故事里救人的是一个医学院大三学生。他毅然地冲了上去，用一根钢笔管做了这个气管切开手术。他成功救下了这个孩子，但由于当时马路边的环境和条件，这孩子的伤口送到医院后出现继发性大出血和感染。医院进行第二次手术后这孩子的命是保住了，却从此成了发不出声音的哑巴。

事后，孩子的家长将这个学生告上了法庭。法庭判定该学生无行医资格，构成非法行医罪，对孩子有赔偿责任。被判处有期徒刑三个月，缓期两年执行，并被判处赔偿原告两万元。

这事成为舆论热炒的话题，这学生在学校里也被同学在背后指指点点，暗中议论。一个月后，这名学生神情呆滞地从学校最高的顶楼跳下，摔死在希波克拉底的塑像前。

警察来时，看到他右手紧紧地握着。

掰开，里面是曾经救过孩子的那根钢笔管……

听完这个故事，我沉默了。

我知道他为什么用这种方式自杀，因为他想带着那根钢笔管去问希波克拉底，自己到底错在哪儿了？什么时候救人也成为一种犯罪？

而如果换了我是那个学生，我该怎么做？不救，孩子肯定会死，但我没事。救人，无论能不能救活这孩子，我都犯下了非法行医罪。我是救，还是不救？

“这个故事是真的？”我问。

他无奈地看了我一眼：“这个故事每天都在发生。现在法律上能勉强支持我救人的只有一条民法——紧急避险，能告我的却有无数条。就我刚刚的情况而言，我首先已经构成了非法行医罪。如果在救助的过程中出现什么意外，我还得加上一条自信过失罪。别以为我在危言耸听，像这样救人却反成被告的事，在医界举不胜举。法律不完善，让更多的人懂得了袖手旁观。”

叹了口气，我想了想，问：“你不是有医生执照吗！”

“我是精神科医生，不是外科医生。”他又给了我一个职业微笑。

“如果对方起诉你成功的话，你将受到什么惩处？”我问。

“看法庭怎么判了，吊销医生执照，获刑和赔偿，都有可能。”他一脸无所谓地答道。

“既然知道这些，那你为什么还去救人？”我又问。

萧白嘴角又带出一个职业微笑，他抬起头仰望天空良久，才缓缓说道：“因为我知道，医者的天职高于一切，包括法律。”

这是他的第四个职业微笑。

我冷笑一声：“别说得你们这么伟大，见死不救的医生不是一个没有吧？”

他叹了口气，说：“那是因为他们已经麻木了，这世界教会了他们置身事外的好处，教会了他们袖手旁观。”

“你很热爱自己的工作？”我问。

“热爱？一点也不，我从小就不喜欢医生。当了精神科医生之后，我更不喜欢自己的这份工作。”他答。

我一愣：“那你为什么要当医生？”

“这是我母亲的遗愿，她希望我当一名医生。所以，我成了一名医生。”他的眼神带出了一丝忧伤。

“遗愿？”我又是一愣。

“我母亲是动手术时因为主刀医生走神，手术失败过世的。临终前，她告诉我，让我长大以后要去当一名医生。”他说。

“这……”我不知道该说什么，因为我无法理解这个故事。

“这是我母亲的智慧。她知道我以后会恨医生，恨所有的医生，所以她教会了我怎么把恨变成爱。”他说。

就在说这话的时候，他的脚步停下了。

“到了，前面就是我家。”他一指前面的一座民宅。

平顶房，二十世纪九十年代的建筑，很简陋的装修，房子很难看，但是很大。他敲了敲门，因为他没有带钥匙出来。门开了，我愣住了，因为开门的是瘦子，那个从精神病院门口一溜烟跑掉的瘦子。

瘦子看见我还是蛮高兴的：“唐平！你怎么来了！”然后才看到萧白的衣服，“萧医生，你流血了！”

“不是，是我刚刚路过市场猪肉摊时擦到的血。”萧白笑着答道，然后指了指我，“你们叙叙旧吧，我去换件衣服。”

我进到屋里，才发现这房子有五室一厅，真是很大的房子。但只有一间房是萧白的，其余的几间都有上下铺的床。包括瘦子在内，一共有八名精神病人，而且其中七个我一点印象也没有。

我和瘦子随便谈了几句，他的精神状态好了很多，还懂得问我什么时候出院，海洛因和胖子怎么样了。聊了几句，他又去忙了，他已经在这个房子里当起了护士，照顾比他更严重的病人。

我决定去问问萧白，我怀疑这家伙是不是已经疯了。

我来到他房间的时候，他已经换好了衣服。他的房间很乱，真的很乱，书、药品、衣服……横七竖八地分堆挤在他房间里。唯一整齐的是他睡床旁边的柜子，那里整整齐齐地摆放着一个小花盆，小花盆里栽培着白兰花。花开得很美，看得出萧白没少用心养着那盆花。

白兰花的旁边是一张大幅照片，照片里那个稚气未脱的女孩在冲着我笑，但那是一张黑白遗照……

萧白理了理衣服，看到我正在盯着那张照片。“这是我女朋友，苏雪。”他说。

这不是哀伤的语气，这是介绍女朋友的口吻。

我曾经无数次在脑海里猜想萧白的女朋友是一个怎样的女人，有着怎样的魅力，只是我从没想过那竟是一个已经死去的人。

“放心，我没疯。”他看到我呆在那儿，笑了笑说道，“我知道她已经离去。”

他没有用和“死亡”相关的词，仅仅用了一个“离去”。

“苏雪最喜欢的就是白兰花。她说白兰花最娇气，不耐寒也不耐热，怕干燥又怕潮湿。她和我说她就像白兰花一样娇气，所以我要很小心地宠着她才行。”萧白深情地边说着，边用水杯接了半杯水，小心地沿着小花盆浇水。

“她是怎么……离去的？”我斟酌了一下用词，觉得还是用“离去”比较好。

我和她是同一所大学毕业的，我们从大三就开始相恋，她学的是高级护理。毕业以后，我们一起来到了这所精神病院工作。我是医生，她是护士，原本这应该是一个好故事。

但从业不到一年，我已经受不了精神病院里的辛苦和压抑。我说过我不喜欢医生，我更不喜欢这份工作。我想离开，苏雪却想留下，她也劝我留下。我想不通像她那么娇气的女孩为什么突然比我还坚强，能对每个病人微笑。

我说我先离开一会儿，就一会儿，我要为我们以后的生活做打算。她也没有再强留我，她也知道我说的是实话。在这个城市里，想要为婚礼铺好红地毯，靠精神病院里那点微薄的工资是远远不够的。

然后我去了一家大型集团公司，开始为我们的未来打拼。我学的心理学派上了很大用场，无论是在职场还是在人事公关，我都游刃有余。不到半年，公司老总就看中了我的综合管理能力，派我去另一个城市管理分公司。一年之后，我已经挣够了我们准备结婚的钱。

我去买好了钻戒，我想给她一个惊喜。就在我去领钻戒的那一天，我收到了她出事的消息。她在医院里值夜班时，太累睡了过去，就这样被一个狂躁状态的病人用花盆砸破了脑袋。

她说过的，她就像白兰花一样娇气，要小心地宠着，保护着，照料着。

我只是离开了一会儿，就一会儿……

萧白望着柜子上的照片，深情地说着，仿佛是在和女友说着绵绵的情话。

“然后……你就回到了精神病院？”

“那里有她的味道，偶尔也能看到她的身影。我每天回到家，都会和她说今天发生的事，开心的，不开心的，有趣的，乏味的……我知道她听得到，她知道我回来了。”萧白微笑地说着，带着浅浅的忧伤。

“你回来了，可是她已经离开了不是吗？”我叹息了一句。我终于明白为什么精神病院里的护士都倾慕于萧白，却又和他小心地保持着距离。因为她们都知道，这个女人在萧白的心里已经无可替代。我也终于明白了他揍痞三时那种冰冷的眼神，在那个时候，他真的能杀人。

萧白的手在照片上摩挲着：“我知道你想说什么。其实我明白的，总有一天我会再接受一段新的感情，会娶妻生子。我只是希望在我能彻底忘记苏雪之前，让她在我心里多住一段时间。”

“你不恨那个病人吗？”我问。

“我恨我自己，我恨自己为什么不小心地看着她。”他答。

这一刻，我看到了真实的他。他在病人面前有着一个睿智、冷静、宽容的职业形象，就像一个打不倒的巨人。即使是在精神病院里那么压抑的环境下，还能谈笑风生，玩弄他那接近刻薄的幽默。但现在我看到了他的痛、他的伤，他只是一个有血有肉的普通人。

就像我的父亲。以前我很叛逆，什么事都和他对着干。因为他在我心目中一直是那么高大，那么不可打倒。直到有一天，我看到了他花白的头发和微驼的背，直到我发现他已经悄悄老去，我才知道自己应该长大了。

我们任性，仗着还有人娇纵。

我打量着这个乱七八糟的屋子，还有那个干净整洁的柜子，照片里的那个女孩还在冲着我笑。我可以理解萧白为什么回到精神病院，但我无法理解他为什么会全心全意去扮演这个爱心泛滥的角色。

“那瘦子呢？你把大街上每一个精神病人都带回来？”我问。

他摇了摇头活：“我并不是神，我救不了这么多人。遇到了，看到了，我就会带回来。没看到的，我也不会去找，我会假装他们不存在。我告诉我自己，他们不存在。”

“从什么时候开始的？”

“从我回到医院之后，第一次抛弃的病人，是个精神分裂症患者，伴有抑郁性假性痴呆。他家人跨越了好几个城市，就是为了把他丢弃给医院。只交了第一次的押金，后面再也没出现过，连联系电话都是假的。医院申请不来他的医疗救助金，最后也只能放弃他。”

“医院怎么能抛弃病人！医院的医德良心哪儿去了？”我怒骂道。

“医德良心？”萧白苦笑一声，“医德良心如果能换来他们的救助金，哪家医院会抛弃他们？”他叹了口气，开始讲述这些不为人知的事。

你知道我们替每个被家属抛弃的病人跑了多少地方申请无保救助金？但民政部门说他有监护人，不予通过。他确实有监护人，但是我们上哪儿找他的监护人去？

精神病院的收入你也看到了。你觉得在这城市里一个每月一千五百元工资的主治医生，和民工有什么差别？我们医院对于延交医疗费的病人期限是一年。一个精神病人一年最少花销两万元的医疗费，这些钱全是医院自己垫着。

我们的工资经常延发，更别提奖金。因为入不敷出，因为资金回笼接不上支出。甚至是家属前脚刚交完费，后脚财会部就赶紧拿着这笔钱先给特困职工当工资发。我们没有太多抱怨，因为我们知道医院为什么资金困难。那是被家庭抛弃了的病人，那是他们的最后期限和希望。

一年，这是我们整个精神病院医务工作者的仁慈，也是我们唯一能消费得起的仁慈。我们能做的，就是在一年之内，让病人的病情尽快好转，好转到能有自理能力。无自理能力的，即使是在一年之后，我们医院也还会继续收治他们。到时候你去四楼看看吧，那里大多数都是医院自己垫钱养了几十年的病人。也就是这些病人，一直压着医院的财政运转。院长经常说这所精神病院其实已经是一所福利院，却没有福利院的待遇。每年市里划拨下来的补助，还抵不上这些空白支出的百分之三十。

所以我们主管医生要负责自己的“欠债大户”，挑出无自理能力的，让医院继续养着。有自理能力的，说好听点是让他们“回归社会”，说难听点就是“遗弃”。瘦子其实是被我遗弃的，我才是罪人，你可以怪我。瘦子是我四选一选出来的，我必须得放弃一个，否则会让脆弱得已经达到极限的医院彻底崩溃。

瘦子是精神分裂偏执型，最难医治、最不配合治疗的一种。他是如何抗拒治疗的，你也看到了吧。也就是他的极端反抗，让我一年都没能让他完全恢复过来。但偏执型精神分裂有一大优点，就是有大部分认知和完全的自理能力。这也是我选择他的原因，至少出去后他能照顾自己。

你说王医生总开新药拿回扣，为什么？因为回扣是药商给的，不会给医院增加负担，这也是作为精神科医生唯一能“黑色创收”的地方。而且这个“黑色创收”的面很小，因为抗精神病药物非常单一，有回扣的新药屈指可数。

我说王医生是个好医生，因为他对症下药，因为他没有多开和滥开多余的药。因为他也和我一样，经常给这类病人垫医药费，用的就是这笔“回扣”。是不是很好笑？劫富济贫，多有武侠味道。

别的医生不敢提回扣，但我们的精神科医生很乐意提，因为我们觉得这很幽默，这是我们的黑色幽默。

那个被抛弃的病人，我是两天后在路旁看到他的。他蹲在地上，看着前面的小吃摊吞口水。其实我想假装不认识的，我捂住脸从他面前走过，但是他一句话就把我留住了。他认出了我，他喊：“萧医生，医院什么时候开饭啊？我饿……”

我请他吃了一顿，我告诉自己，就这一顿。我拼命告诉自己，就这一顿饭，不能再多了，你的良心只有这么一点，只有这么一点！

匆匆付完钱我就走了，回到家门口时，我才发现他一直在跟着我。他手中还抓着那个一次性饭盒，呆呆地看着我。我从来就不认为自己有多善良，但是他的眼神扎得我的心很痛。

我狠狠地摔上门，洗澡，看电视，睡觉。在床上翻到半夜，我发现我睡不着。我打开门，看见他在我家门前睡着了，蜷缩着身子，在冷风中瑟瑟发抖。我喊醒了他，让他进了我的家门。那时候，我想，只要找到他的家人就行了，找到他的家人就没我事了。

我费尽心思地让他想自己家的电话或者地址，他想了半天，终于迷迷糊糊说了一个电话号码。我打了过去，一个男人接的，有可能就是他哥。我报了他的名字，问对方是不是他哥哥。电话那边沉默了一会儿，最终回了一句："没有这个人，你打错电话了！"

我知道我没打错，我听到他内心挣扎的声音。但等我第二次再打这个号码时，那个电话已经被注销了。电话那头传来了语音小姐甜美的声音："对不起，您所拨打的号码是空号，请确认后再拨……"

这就是我的第一次，然后就有了下一次，再下一次……

听到这里，你觉得他们的遭遇该怪谁？怪医院？怪民政？还是怪家属？

现在已经有医保了，精神病也在医保范围内。可即使是这样，还是有家属不断地跨城市抛弃精神病人。甚至家属就在本市，我们将病人送到家门口，敲了半天门，他们也不开门。我们能怎么办？没有一家救助站、收容所、福利院愿意收这样的精神病患者，也没有一家单位愿意接收这样的病人去工作，让他们真正去回归社会。

要是能有一家专门的精神病福利院就好了，可是没有，没有啊……

像你这类充满“正义感”的人听到这些事后会在网上、新闻上骂医院，说医院的良心被狗吃了。可你们做过什么呢？估计你们在路上看见这些疯子，也只会吐一口口水。不是吗？你们做过什么呢？我们是该骂，连我们自己都想骂自己，可我们能怎么办？我们只是这座发展中城市的一所精神病院，一所已经摇摇欲坠的精神病院。

即使是真正无保无家属的病人，要办一个无保医疗救助金，我们也要跑断了腿才能办下来。他们这些有家属的，就像一个足球大家相互踢着，逃避责任。

我们市还算好的，据说有些城市直接将街头游荡的精神病人和流浪汉抓起来，然后抛弃到乡村去。因为他们“影响市容”，所以将他们丢到不“影响”的地方去。任他们听天由命，任他们无家可归，任他们老死在街头巷尾。

每次医院抛弃病人，我们都会给他们一点钱，这是我们最后能消费得起的仁慈。回医院的车上，男的会呆滞地抽着烟，女的会在一旁抹眼泪。谁也不愿意去做这事，我们是医务工作者，我们信誓旦旦地宣誓过要救死扶伤，可我们现在在干什么？不是我们不想履行承诺，而是我们不能。我们不能，你明白吗？

所以这事我包了，我来负责抛弃病人，我来当罪人。他们在精神病院里已经够辛苦够压抑了，不能再让他们增加心理负担。其实我很希望有人能去告发我，那样我就可以进监狱，可以不用再面对这一切。是不是很可笑？我，一个精神科主治医生，这辈子最大的梦想就是能进监狱。

每次抛弃病人，我都会选在我家附近。那样他们就有可能找到我，那样我就无法拒绝他们。我并没有多善良，所以我需要给自己一个理由，也给他们一个理由，我只有这样逼自己，才能一直这么做下去。

其实单纯养一个精神病人比在医院花费少得多，抗精神病药物大多很便宜，特别是我直接从药商那儿买的话，更便宜。主要是伙食和杂费的花销比较大，我算过一笔账，每人一个月五百块足够了。所以我开始的时候还请了专人照顾他们，但随着我带回来的病人越来越多，我才发现这是一个天文数字。而且也请不来人了，没人肯干这么辛苦的活儿，我也开不起更高的工资。

我这儿的条件很简陋，只能保证药物和一日三餐的供应，但对他们来说已经是天堂。你见过大街上那些蓬头垢面、衣不蔽体的精神病人吗？他们双手抓着垃圾桶翻来的食物，幸福地冲着天空微笑，微笑得就像个孩子，什么都不懂的孩子。高贵的路人掩着鼻，驱赶着，唾骂着……他们依然还在微笑，其实他们不傻，但他们只能微笑。因为如果他们不微笑，而是发怒，那会换来路人的一顿毒打。所以他们只能继续微笑，微笑得像个孩子。

令我开心的是很多病人顺利回归了社会，我跑了不少地方帮他们找工作。刚开始我以为说他们是精神病人，会得到更多同情，结果没一家敢收。后来我开始懂得帮他们隐瞒病情，教他们隐瞒病情。他们也做不了多好的工作，一般都是蓝领以下的底层工作。

他们很自觉，有工资以后都搬出去租房子住，腾地方给新病人。有时间就回来帮忙照顾病人，病人也相互照顾着。就像无家可归的孩子，他们突然懂事了许多，他们开始相互照顾，相互看护，相互治愈。在我看来，这是个奇迹，就像看到一个孩子突然懂事了，这种喜悦是难以言喻的。

我很累，每天下班后还要回家继续上班，几乎每天晚上我都要忙到十二点过后才能睡觉。但看着一个个的病人顺利回归了社会，我就觉得很欣慰。我的付出有了回报，不是钱，是良心的慰藉。这两年内，我就将我以前的积蓄花了个精光，那是我准备和苏雪结婚买房子的钱。

“我想苏雪会同意我这么做的，她比我要善良得多，换了她肯定也会这么做。”萧白的拇指在那张黑白遗照的脸蛋上摩挲着。

我终于看懂了他的贪婪，他对金钱的渴望。他确实需要钱，但不是为了他自己。他一再重申自己并没有多善良，我知道他说的是实话。只有懂得反省自己并没有多善良的人，才会去做更多的善事，来面对良心的责骂。

他放下苏雪的相片叹了口气，继续说道：“我曾想过离开这行，去找一份高报酬的工作，不然我很快就要养不起他们了。但我又放不下医院里的那些病人。”

“你知道为什么精神科的医生和护士都还坚持在那个岗位上吗？甚至是刚来没多久就闹着要辞职的小护士，最终也会留下来，而且一留下来就不肯走了？”他看着我，问道。

我摇了摇头，我只是又想起了他说过的那句话：“能走就快走吧……别回头。这里是泥潭沼泽啊，一旦深陷其中，想走也走不了了……”

以前我以为是萧白玩弄他的心理学，哄那些护士留了下来。现在看来不是，应该不是。但是我真的不懂，为什么那点微薄的工资能留住她们？她们每一个都有着无限的前程，为什么要将自己的前程囚禁在精神病院里？

“因为她们已经找到了自己生命的意义。”他认真地说道。

然后他突然站了起来，举起握拳的右手，一字一顿地念道：“我，萧白，庄严宣誓：健康所系，性命相托。我志愿献身医学！我决心竭尽全力除人类之病痛，助健康之完美，维护医术的圣洁和荣誉！恪守医德，救死扶伤，不辞艰辛！执着追求，为人类身心健康奋斗终生！”

“这是我的毕业誓词，我还记得。”他嗤鼻一笑，然后继续说道，“宣誓……多可笑的东西，一段跟着别人念的话而已，谁会把它当真啊？我在念这段誓词的时候，还在想着，终于毕业了，我要赶紧找一份好工作。到时看看能不能托关系，找一个福利好工资高的医院，要是能多拿回扣和红包就更好了。”

“可是等我来到这家精神病院之后，我才发现我正在一丝不苟地遵守我的誓言，兑现我的承诺。这所精神病院太干净了，我甚至都找不到违背这段誓词的方式。我正在做一名真正的医生，真正在治病救人的医生。我说不清这种感觉，但我知道这感觉有多真实，多神圣。

“护士们也一样，她们也找到了这种感觉，找到了自己生命的意义。她们在那里燃烧生命，照亮病人灵魂归来的路。所以她们都是我心目中的天使，真正的白衣天使，落入凡间的精灵。”

萧白深情地说着，然后微微一笑，他笑得很忧伤，他说：“我会给每个新来的护士讲一个故事，地藏菩萨的故事。地藏原是高高在上的神，却自愿落入凡间变成了人，堕落于地狱六道，拯救苍生。众佛不解，问她为何？地藏说：‘众生度尽，方证菩提；

地狱未空，誓不成佛！’我只给她们讲了这个故事，我告诉她们这里是地狱，是泥潭沼泽。她们可以离开去奔赴自己光明的前程，或者留下，成为苦地藏。然而……她们都听懂了，留下了，不肯走了。”

我也听懂了。

没有黑暗，也就无所谓光明。没有平凡，也就无所谓伟大。它们对立着，却又相互依存着。

众生度尽，方证菩提；地狱未空，誓不成佛！

护士们听懂了，因为她们在这里找回了自己的誓言，兑现着自己的承诺。健康所系，性命相托！她们为了伟大神圣的誓言而甘于平凡，她们平凡着，微笑着，因为她们知道已经找到了自己生命的意义。

是的，她们是落入凡间的精灵，是精神病院里的白衣天使。

萧白看了看表，笑着说道：“走吧，去买礼物，别耽误时间了。”

我没有回过神来，我还停在他的故事里，不肯走。我以前认为人都是自私的、伪善的、暴虐的，直到现在我看到了这些，听到了这些，我才知道我错了。其实人都是怯懦的，不敢正视自己的良心，所以才一再说服自己，要麻木，一定要麻木。麻木了就不用再面对自己的良心，麻木了你就能过得更好，得到更多。

其实萧白从一开始就是个普通人，他更不想当这个英雄，他知道当英雄要付出多大的代价。但是这群被抛弃的精神病人需要这么一个人，他们以为他就是这个人，所以一路跟随着他、纠缠着他。

萧白唯一的弱点就是还不够麻木，所以他还有那么一点良心，就是那么一点就足够了。所以他停下脚步，请顿饭，打开了门。所以第一次，下一次，再下一次……他并不想当这个人，但是不知不觉间他已经成了这个人。这就是人的善，一旦开始，就无法停止。我开始相信一句话：人之初，性本善。

萧白说他并不是神，他救不了这么多人。可他不知道的是，在他说这句话的时候，他已经是这群病人眼中的神，也只有神才有这种拯救世人于水火的悲悯宏愿。所以我从不认为那些躲在深山禅寺里拼命修炼参禅的道士和尚，有一天能终成正果。不见人间疾苦，何以悟道？不救落难苍生，堪敢称神？

所以我知道萧白那句话的潜意：我要是神多好，那样我就能救更多的人。

“唐平！”他又喊了我一声。

就在他喊醒我的一瞬，一个念头从我脑海里一闪而过。因为业务需要，我自修过一段时间的法律，有个想法正在我的脑海里逐渐成形。

“哦，萧医生。我去和瘦子说几句话，说完我们就走。”我赶紧回答，然后快步走到另一个房间，拉着瘦子到一旁说了几句我准备好的话。

然后我们就去为雨默买好了花，还有礼物，礼物是一个毛绒小熊。我记得雨默说过，她以前床头就一直摆着这个小熊。接着我们又领好了蛋糕，然后赶在两点以前回到了精神病院。我们先藏着这些，等晚上再给雨默一个惊喜。

就在快到五点的时候，110 警车就开进了精神病院，一个垂头丧气的警官押着瘦子和那七个精神病人从车里出来。他们八个病人大踏步地走进男病号楼，浩浩荡荡，脸上却是压抑不住的欣喜——他们回家了！

萧白看呆了，警官垂头丧气地指了指后面的八个宝贝：“这群家伙不知道怎么了，集体去砸了市政府宣传栏的玻璃，还把市政府大闹了一通。市长都快气疯了，但无论问他们什么，他们都只有一句：我们是精神病人！”

“萧医生，你有他们的病历证明吗？”警官问。

“有！有有！”萧白赶紧去将他们的病历都拿出来给警官看。

警官看完了无奈地点了点头：“那我就不再送回去，直接放你们医院了。按我市肇事精神病人的规定，他们属于强制医疗的范畴，我们会负责申请划拨相关的治疗费用。”

“好，好好……”萧白说话都结巴了，连连点着头。

我第一次看到冷静的萧白说话这么结巴，我知道他为什么结巴，那是高兴的。

警官走了以后，萧白马上去安排他们的病房和床位。我看到他在那儿忙着、笑着，像个孩子一样地傻笑着，那是发自内心的笑。护士们也笑着，她们笑着，笑着，泪流满面。她们抹了抹眼泪，继续笑着……

你知道吗？人在最高兴的时候也会流泪的……

萧白忙完了一切，才回过神来，他看到了我在这里享受地看着。

“你教瘦子他们这么做的？”萧白问。

我点了点头：“既然申请不了无保，那就去肇事吧，反正一样可以进精神病院。”

“你不怕警方查出来，告你教唆精神病人肇事？”他傻笑着问。

“别忘了，我也是精神病人。”我得意地回道，然后我又愣住了，“按理说，这个你应该比我懂的，为什么不这么做？”

他摇了摇头，说：“我当然懂，我只是怕他们不是被送来精神病院，而是偷偷被抛弃到乡下去，我冒不起这个险……”

我语塞了，原来我刚刚做了一件这么危险的事。连我自己都没发现，我差一点就将瘦子他们推进火坑。不过还好，总算是成功了。还好，我们有一个负责的市政府。真的，我从未像现在这样感激我们的市政府。

从那以后，市政府宣传栏的玻璃窗经常碎。我们一听到消息就会笑，因为我们知道，他们又可以回家了。这里就是他们的家，这里有真正爱他们、保护他们、治疗他们的人。

法律规定是死的，人是活的，所以法律也可以很灵活。我知道我在犯罪，我犯了教唆精神病人肇事罪。如果这算犯罪的话，我很荣幸我能犯这个罪。我会为我的罪感到极大的光荣，我愿意为我的罪微笑着接受审判和惩罚。

法律规定是公正的，这点我毫不怀疑。但法律是合情合理的吗？就像这些被家属抛弃的精神病人，他们无法从民政部门那里申请来无保医疗救助金，却可以通过犯罪来获得强制医疗。我真的很想问一句：这样的法律和规定算不算在教唆犯罪？

如果答案是肯定的，那我再请问一句：法律都能犯罪，为什么我不能？

如果答案是否定的，那我也请问一句：如果这样不算犯罪，那我的罪还算不算罪？

你可以说我在狡辩，诡辩。但我不是在逃避我的罪，相反，我很愿意承认我的罪，因为我认为能犯这个罪，是我的荣幸。

其实我并不是在质疑法律，或者在教唆犯罪。我只是希望法律能更完善些，社保和公益机构能更健全些，给他们一个安生之所。我只是希望能有更多的人来关注这个群体，这个被社会刻意忽视和抛弃的弱势群体。

后来萧白的那个“私人医院”还在继续开着，作为一个临时安置处。在“砸玻璃”之前，先安置治疗一段时间。等他们懂得怎么执行这个“任务”时，再放出去。我真的很感谢我们能有这么一个负责的市政府，他们并没有推卸或者逃避责任，而是原原本本地将他们送回了精神病院，给予强制医疗。

我从未像现在这样敬爱和感谢过我们的市政府，真的。

虽然萧白还是一样的辛苦，但压力比之前小多了，他也不用再为钱发愁了。

还有萧白救过的那个孩子，他父母后来并没有找萧白的麻烦。人都是有良知的，我相信这点。不过那孩子的父母也没有向萧白表达过谢意，可能是忘了，也可能是太忙。不过萧白并不在意，真心帮人原本就不求酬谢。

下班后萧白并没有回家，因为现在他所有的病人都在医院里了，他不用急着赶回去加班。萧白和我，还有那八个刚回家的宝贝，一起去帮雨默过了生日。

生日，这是母亲最痛苦的日子，也是你呱呱坠地的日子。所以在你庆祝生日的时候，千万别忘了感谢你的母亲。别忘了她是怎样付出自己的骨血，铸造和养育了你。也是从想到这点开始，我再也没出现过自杀的念头，否则我第一个对不起的就是给予我骨血和生命的母亲。

自杀同时也是谋杀，有罪的，很深的罪，连死都无法逃脱的罪。因为你如果自杀成功了，你的罪将会降临到关心你的人身上，他们要替你接受审判和惩罚。

雨默很开心，她许了个愿，吹灭了蜡烛。我们开始分蛋糕吃，她将一块巧克力奶油刮到了我的鼻子上。我又从鼻子上刮下来，放到嘴里。

“甜的！”我说。

然后雨默就咯咯笑了起来。

“有什么好笑的？”我问。

“因为你很好笑嘛。”她答。

“哦。”我说。

她笑着笑着，眼泪下来了，她看着我，郑重地说了一句：“谢谢！”

我赶紧递了纸巾给她。

“谢谢！”她又再说了一次。

我知道人在最高兴的时候会哭，只是不知道她的眼泪是因为高兴，还是又想起了她的丈夫陶耀。

最可怕的情敌是死人，因为你永远无法将他打败，萧白就是一个最好的例子。他回到精神病院，只是因为这里还残留着苏雪的味道，还能看到苏雪的影子。他为了苏雪，谢绝了一切暧昧，囚禁着自己的感情来赎罪。我不知道苏雪还会在萧白的心里住多久才肯真正离去，萧白到什么时候才能宽恕自己。

我也不知道我和雨默的故事会是怎样一个结局。我很茫然，我甚至都不知道我对雨默的感情算不算是爱。为什么命运会安排我在这里和雨默相遇，为什么要让我再次遇到她，难道真的有命中注定吗？

茫然。其实我们每个人都有过这种时刻，不知道接下来会出现什么发生什么。可能这才是活着的乐趣吧，未知的一切在前面等着我们，等着我们去发现，去改变。

以前我很喜欢找人替我算命，是为了验证算命这个东西准不准。现在我已经不敢了，我怕真的有这么一个人，精准地算出了我的一生。那我活下去还有什么意思，还有何乐趣可言？

茫然，就是未知、待定。享受茫然，享受这未知的一切，享受这种感觉，我似乎已经开始懂了。

第七章

心灵缉凶

第二天早上查房的时候，萧白递给我一条云烟。“少抽点。”他说。

我愣了愣，随行的护士和病人也看呆了。哪有精神科医生给病人送烟的，还送得这么明目张胆。我开始佩服这家伙的行事风格，这家伙的行事风格只能用一个词来形容——疯癫，无章可循。我怀疑他其实早就疯了，就是披着白大褂，看着和我们不同而已。

“拿啊！愣着干什么？”他又加了一句。

“哦。”我下意识地接过，他则转身继续去别的病房下医嘱。

海洛因、僵尸、胖子的目光聚集在我身上。别人我还能理解，僵尸这家伙为什么也在看我，难道这家伙真的好转了？

我也看了看他们，然后摸向那条云烟，这时候我才发现这条云烟里有五盒早就被萧白掏走了。果然，连送人东西自己也要拿一半，名副其实的吝啬鬼！算了，好过没有，我掏出一盒，打开，摸出一根。

“给我也来根！”海洛因高兴地说道。

我刚递给他一根，门口的护士就清咳一声，指了指海洛因：“不准抽烟！”

海洛因指了指我，愣道：“为什么唐平能抽，我就不能？”

“萧医生给他烟，他就能抽，没有为什么！”小护士干脆利落地回道。然后又扫了我几眼，其实她也不懂萧白为什么给我送烟。但她知道，萧白的治疗方法是出了名的怪异，也是出了名的疗效迅速。别的医生最少三个疗程才能拿下的病，他一个疗程就能八九不离十，而且预后也是出奇的好。

“疯疯癫癫的小白……”就是小护士们在背后叽叽喳喳谈论萧白时经常出现的句子，这句子里透着十足的暧昧。当然，所有护士都知道苏雪在他心里的位置，所以她们都小心地和萧白保持着一段心理距离，等待着他能宽恕自己的那一天。

海洛因沮丧地将那支烟递回给我。我小心地看了小护士一眼，试探地把烟点上。小护士眨了眨眼睛，说：“去窗户边抽，别熏到别人。”

“哦。”我走到窗户边，她也闪身去了别的病房。

我喜滋滋地深吸了一口烟，特权……这种享受特权的感觉真好！开始是院内自由，现在是抽烟，萧白就像这里的土皇帝，掌握着我们每个病人的生杀大权。

精神病人不准抽烟，一是出于对病人的情绪和疗效考虑，香烟不仅有兴奋作用，还能加快部分抗精神病药物的代谢，影响疗效。二是出于安全考虑，病房里都是窗帘、床单、被褥、木柜，一点就着，得提防着部分喜欢玩火的“孩子”。一柄汤匙都能让瘦子加工成武器，更何况打火机和烟头。

海洛因垂头丧气地看着自己的拖鞋，他藏着的烟刚好抽完了，他两脚的脚指头正相互缓慢地搓着。突然我又有个想法，难道萧白送烟感谢我的同时，还可以起到刺激海洛因这个躁狂症的目的？

天晓得，这家伙的大脑太复杂，谁也不知道他在想什么。倒是他经常猜中我的心思，这真不公平。

我将玻璃窗再推开一点，享受早晨清新的空气和浑浊的烟。男病号楼二楼的窗户开始有玻璃窗，因为能上二楼的病人，都是已经开始恢复的病人。对了，不知道我什么时候才能上三楼呢？

外面树上的鸟儿还在叽叽喳喳地叫着，我依然还是不知道这些鸟儿的名字。反正它们一到清早就会叫，比闹钟还准时。我觉得那些鸟儿有点像披着白大褂的萧白，羽毛灰白相间。它们卖弄着自己毫不动听却也不令人讨厌的歌喉，挨个把我们一个个从沉睡中唤醒。

不过我觉得像萧白这种经常走进别人精神和思想的人，估计自己也不会好受。我记得在一本书上看过，无论是心理医生还是精神科医生，想要治疗病人，就得先将患者的遭遇在自己的身上假想、重演、回放过一遍。这样才能知道患者的症结所在，从而找到治疗的突破口。

萧白其实就是实验室里的一只小白鼠，不断地给自己注入病毒，得到抗体。然后才能拿这抗体去治疗病人。也就是说，这家伙每治疗一个病人，就得让自己发一回病。他干了这么多年，接手的病人没有上千也有几百了吧，换了我估计早就疯了。

我缓缓吐出一口烟，看了一眼正从门口走廊路过的萧白。

他呢？嗯，可能他已经疯了，只不过他掩饰得很好而已。

萧白刚查完房，马千里又来了，闲得无聊的我继续跟去看热闹。

“萧医生，救命啊！”马千里一到办公室就夸张地喊道。

萧白抓了抓脑袋：“我说马队长啊，那么多线索给你了，还抓不到人呢？”

马千里从包里掏出一叠厚厚的口供，递给萧白说：“全市地毯式搜索筛选下来，有嫌疑的超过三百人。再在这三百人里挑出嫌疑最大的二十三人。光是这个已经耗费了我们一天一夜的时间，我昨晚都没合过眼。”马千里揉了揉满布血丝的眼睛。

萧白同情地看了他一眼：“我给你们的心理画像呢？也符合？”

“符合啊！连名字中带L都符合，你要知道现在失业的画家遍地都是，谁现在还有空欣赏那些高雅的艺术啊？”马千里指了指那些口供，“这是他们的口供，萧医生你看看能不能从心理角度分析一下？”

萧白随便翻了几页，就丢到一边：“连一个指纹、一根头发都没给你们留下的凶手，你觉得能从他口供中找到什么破绽？他自己早就在心里假想过无数种你们会提的问题和答案。就算我能帮你分析，这么厚的一大沓口供，你想我分析到什么时候？过完这个月吗？”

“是啊，今天已经第三天了，急死我了！后天就到期限了，该死的五天！”马千里焦急地说道。

正说着，护士过来敲了敲门，说：“萧医生，许云清回来复诊了。”

“好，让他稍等一会儿。”萧白答应道。

马千里一听更焦急了：“萧医生啊，你能不能先放下手头的事，先帮我找凶手？”

萧白沉吟了一下，说：“这样吧，你把这二十三个画家近期的代表作都搬到我办公室来。”

“画？”马千里愣了愣。

萧白点了点头：“看一个艺术家的作品，可以看到他内心想表达出的东西。而且他们的画是早就画好的，不像现在的口供一样，经过了层层伪装和掩饰。注意，是近期的，最好是第一具尸体之前一段时间的。”

“哦！”马千里点了点头，然后又连忙说道，“其实，我是想来问萧医生你能不能直接催眠他们，套出线索。”

萧白苦笑了一声：“他们现在这么抗拒，别说催眠，只怕让他们自己睡一觉都难。”

马千里叹了口气：“要是能直接催眠多好。”

萧白摇了摇头说：“马队长，哪天你体验一下催眠就知道了。且不说个体不同，能达到的催眠深度也不同。而且即使是在最深的催眠状态下，被催眠者还是有部分清醒的意识和意愿，除非你能从逻辑上骗过他。否则，他不想回答的问题，你也问不出来。”

马千里听到这个回答，又沮丧地揪了揪自己的头发：“那，就把他们的画都给搬来给你看？”

“嗯，就这样吧，我还要接诊呢。”萧白点了点头。

马千里快步走出办公室去布置任务，萧白也示意了一下护士，开始接诊。

马千里的动作还是挺快的，几个小时后，警车就一辆一辆地接踵而至，开始往萧白的办公室搬那些犯罪嫌疑人的画。中午的时候，萧白的办公室里已经充满了艺术气息。摆满了各式各样、风格各异的画。

马千里估计还是忙着审讯，看能不能有新的突破，没有再出现。

萧白忙完了一切，端着午饭，开始一幅一幅地欣赏这些画。他看着看着，突然喊了一句："要看就进来看吧，别在窗户那探头探脑的。"

我走了进去，他没有理我。只是边往嘴里塞午饭，边继续看那些画。

"其实我可以帮你，我以前是策划总监助理，公司广告宣传画筛选和制作也归我负责。"我说。

他微微一笑，吞下一口饭，说："你看的是画，是艺术。我看的是他们的内心，你帮不了我。"

"从一幅画去看一个人的内心，这话是不是大了点？"我问。

"我承认这带有片面性，但这话并不大。"他答。

我不以为然地摇了摇头："难道心理学还兼职研究画？"

他点了点头说："当然，听过图形心理学吗？"

"还真有？"我一愣。

"当然有，而且已经有了近百年的发展史。从画的整体、作画过程、画的内容，包括线条粗细、画面大小、位置、用笔力度……逐一分析，综合解读一个人的内心世界。"他目不转睛地边看画，边答道。

我双手抱臂，拭目以待，看看他怎么去解读这些艺术家的内心。

过了十分钟，他终于吃完饭，点上一根烟。

“给我也来根。”我说。

“不是给你送了嘛。”他答。

吝啬鬼，一根烟也要计较。我从口袋里摸出烟盒，自己点上，然后指了指左手边的一幅乡村画说：“这画能看出什么来？”

“这幅画过分强调地面，占了全画面的一半，说明该作者缺乏安全感。主要景物都在左侧，说明他留恋过去。看这棵线条单调的枯树，还有落叶，说明这是一个抑郁的人，而且缺乏自信。乡村画，总体说明他厌恶现在的都市紧张生活。”他边说着，边看了我一眼。

“也就是说，该画的作者和你差不多。”他不忘加了一句来恶心我。

“我又不是连环杀人犯。”我白了他一眼。

“嗯，所以他也不是。”他笑道。

我又指了指另一幅山川风景画：“这幅呢？”

“全画没有什么突出表达的东西，这家伙单纯就是一个画手，为了职业在画画。主要景物靠右，说明他憧憬未来。山用的是浅绿色，川下还不忘添加了嫩草，说明他对未来充满了希望，这是一个热爱生活的人。山川怡情，这也是一个懂得享受生活的人。”他拿过烟灰缸弹了弹烟灰回道。

“这幅呢？”我又指了另一幅，画的是个铁路隧道的入口。隧道在一座山峰底下，山峰挺拔突兀，处于画面的正中，铁路从画面一直延伸到隧道里。全画用的是深色，主要是黑和墨绿。

他撇了撇嘴："这是个以自我为中心的人，全画表现出强烈的男性器官崇拜和征服意识。这家伙如果是个罪犯，那肯定是个强奸犯。"

"这幅呢？"我又指向另一幅人物画，画的是侠盗佐罗。全画突出人物，佐罗右手执剑，雄姿配着斗篷面罩，显得愈加有气势。

萧白没有回答，而是神色顿时凝重了起来，双眉一锁。走到那幅画前一看就是大半天，双眉愈锁愈紧，最后又翻过画背看了一眼作者签名。

"怎么了？"我困惑道。

良久，萧白才深吸了一口气，答道："他很有可能就是我们要找的人！"

"为什么？画侠盗佐罗，不是恰好说明他有正义感吗？"我愣道。

"不，佐罗对抗的是当时社会的上级阶层，代表着他强烈的反社会情绪。人物画面很大，表现出一种攻击性倾向。最主要是佐罗的剑，你还记得佐罗的招牌记号吗？"他反问道。

"当然，在警察的身上用剑划Z字。"我说道，接着反应过来，"尸体上的那些划痕……"

他点了点头："还有他用地点标出的L字。再看他在画后面的签名，笔迹精细有序，这是一个非常细致的人，心思缜密、冷静、智商极高。画风粗犷，下笔粗重，签名却精细有序，这也是一个很矛盾的人。就像他的人格结构，回避型人格面具下潜藏着反社会人格。"

我也走过去，看了一眼那个签名——罗七。

“罗七……这名有点耳熟，在哪儿听过……”我咀嚼着这个名字，回味着。

“你认识？”萧白一愣。

“罗七……罗七……”我猛地一拍脑袋，“我想起来了，以前我们公司的一个画手就叫这名，不知道是不是这个罗七。”

“太好了！他以前的性格是怎么样的？”萧白连忙问道。

我开始在大脑里搜索有关这名字的一切：“他在我下属的广告制作部门，我也只见过他几面。是一个很内向的人，好像有点自卑，沉默寡言，对人彬彬有礼，但是很少和别人交往。公司办聚会他很少去，即使是去了，也是一个人在角落静静地坐着。工作什么的倒是很认真，也很勤恳，是个很安分的人。”

“你们公司后来是不是辞退他了？”萧白问。

我叹了口气：“你要知道，在我们广告策划这行，需要的不是勤劳肯干的苦力，而是一个充满创意的大脑。他的画没有什么特色，来公司半年，没有一个重要方案用过他的画。确切地说，辞退他是我下的决定，公司养不了这种古板的人。”

萧白思索了一下：“你们辞退他的时候，是不是说了什么狠话？”

我摇了摇头：“这个我就不知道了，是我上司负责通知他的。我上司是个对下属非常刻薄的人，说话从不顾及别人的感受……”

“罗七……”萧白念叨着这个名字，自言自语地说道：“罗，声母L；七——7，L倒过来，就是7……难道真的是他？”

“就在他被辞退后的第三个月，出现了第一个吸血鬼抛尸案。”我又补充道。

萧白点了点头，快步走到那一叠口供前，翻到罗七的背景资料介绍，我也凑过去看了一眼。

罗七

男，三十二岁，原中专医护学校毕业，后参加成人高考考入艺术大学。学成后主要从事绘画类工作。为人老实，做事勤恳，但十个月前被某公司辞退，待业至今。虽极少和别人交往，但邻里一致认为这是个老实人，别人有事，他也愿意帮忙。

罗七两岁那年，母亲因车祸去世。自从母亲过世后，父亲天天喝酒麻醉自己，稍有不悦就打骂孩子出气。六岁那年，他父亲因为饮酒过量，脑溢血过世。

而后他转由祖父母抚养，性格内向，自闭。从小就不善与人交往，但学习稳定，属于成绩不好也不坏的类型。二〇〇八年，祖父母相继过世。他变卖了继承的遗产，自购了一辆土黄色手动舒适型长安铃木新奥拓，以方便上下班用。

目前单身，住在庭院里小区 352 号。在住处和车上没有发现重大疑点和线索，询问时也应答如流，神情无异。

萧白沉吟着，“这资料越来越符合了，但还差一点东西，我一直在找的东西。”

“什么东西？”我困惑道。

“爱！”萧白认真地回道。

我冷嗤一声，也就这家伙天天爱不离口，连杀人狂都不放过。

他没有管我反应如何，只是又走回去看那些画，继续筛选嫌疑人。

两个小时过后，萧白边看画边对着背景资料参考，一共挑出了三个重点嫌疑人，他拿起手机给马千里打了电话。

“马队长，你们今天重点审问这三个人，分别是罗七、刘天健、赖雷。要是到了明天，还套不出线索的话。直接将这三个人送我这来，我来给他们做心理评估。

“嗯，对！你就说你们警方怀疑这名凶手是一名精神病人，所以送他们来精神病院做精神鉴定。你说只要精神鉴定确认他们精神状况很好，就可以排除他们的嫌疑了。

“你们的重点是在罗七，我觉得他的嫌疑最大。

“你们搜他房子没多大用的，从器官配型到最后摘取器官需要不短的时间，他肯定还另有一个窝来囚禁被害人。这家伙心思缜密，车他肯定也洗过的，估计不会给你们留下什么重要线索。

“嗯，好，就这样。”

萧白放下电话，看了看表，然后又看了我一眼：“你怎么还不去陪雨默做影子游戏。”

“还做？都快两个星期了，天天做游戏，这到底算什么治疗？”我不耐烦地回道。

他又挂起了那一脸贱兮兮的微笑：“不是说过了吗，那是戏剧疗法。哦，对了，我让雨默写了剧本，你们按着雨默的剧本来玩这个游戏。”

“剧本？”我一愣，看来这游戏还真没完没了，现在连剧本都有了。

萧白看我一脸的无奈，接着说道：“单一恐惧症，最常用的是系统脱敏疗法和暴露冲击疗法，但这种行为疗法是治标未治本。雨默的恐惧症很特殊，她真正恐惧的对象其实并非影子。”

“可她现在害怕的就是自己的影子啊，你让她消除对影子的恐惧不就行了？”我不解地问道。

萧白摇了摇头：“如果我只从影子下手来消除她的恐惧，那等我消除了她对影子的恐惧之后，接下来她就会出现新的恐惧对象，而且比现在更严重。那样只会加重她的病情，想要真正治好她，就必须从根源着手。”

他望向我，郑重地说道：“相信我，这个游戏对雨默的病有极大的帮助。精神病不是伤风感冒，几粒药就可以治好。也不是我说几句开悟的话就能让她明白过来的，这是一个相对长期的治疗和领悟过程。”

“玩游戏来治病，这算哪门子治疗。”我无可奈何地说了一句。

“这是——萧白疗法！”他贱兮兮地回道。

我还是一如既往地厌恶他那张贱兮兮的脸，那张脸真的很欠揍，特别是当那张脸再配上微笑的时候。

到了女病号楼的治疗室，雨默果然写了剧本，而且是厚厚的一叠。

“我们……从哪儿开始？”我目瞪口呆地翻着雨默的剧本，感觉天地在旋转。

雨默看着我的神情得意地笑了笑：“就从我六岁那年开始吧！”

“哦……”我表情僵硬地回道。

不出所料，马千里始终还是没能从那些犯罪嫌疑人口中套出任何线索。即使有明确目标——罗七，但罗七就像一个气定神闲的禅师，微笑着回答所有的问题。不知道马千里有没有动用“潜规则”，不过估计也没用。换了我也不会承认，一旦承认了那就是死罪。

我还记得罗七以前的眼神，像小猫一样，无害的、胆怯的、害羞的眼神。我也从没想过，有这种眼神的人有一天会变成杀人狂，而且如此嗜血。

当第二天马千里带着那三个重点嫌犯来做测试的时候，我又从窗户边看到了罗七。他并没有太多改变，包括着装和脸上的表情，但是他的眼神中多了一种东西，一种我不知道该用什么词来形容的东西。

他们被带去萧白的办公室，那里准备了三张坐椅和萧白准备好的测试题。他们目前只是嫌疑人，还没有任何直接证据表明他们就是罪犯，所以他们没有戴手铐，刑警们也只是跟随着。罗七从我面前走过的时候，我低下了头。他并没有认出我来，可能也是因为我穿着病服的原因。

萧白走到我旁边，也看了一眼他们的背影，问：“哪个是罗七？”

“走在中间那个，但是他眼神中多了一种以前没有的东西。不是疯狂，之前我以为他的眼神应该会变得疯狂，但我现在看到的不是疯狂。”我摇头说道。

萧白的眼神很锐利，紧紧盯着那个背影：“是自信和满足，对吗？”

“对，这是他从未有过的眼神，仿佛突然从小猫变成了狮子一样。就像狮子那样自信，带着满满的成就感俯视着自己的领地。”我感慨道。

萧白点了点头：“你可以这么理解，那些尸体就是他心中的艺术作品，而且他的作品得到了那么多的关注。这是他作为一名画家、一名艺术家最想得到的东西，这也就是他拥有自信和满足的原因。”

我倒吸一口凉气，我从未想过罗七的心理会扭曲到这种地步。或许我们每个人都需要别人的认同吧，哪怕只有一个，有一个人认同都好。

我想起了有几次我退他画稿时的情形。

我走到他的办公桌前，将他的画往他桌面上一丢，说：“罗七，你这画不行，又被刷下来了。”

他没有说什么，只是呆呆地看着桌面上自己的画稿。那眼神很空洞，就像灵魂一瞬间被抽干了似的，他缓缓地拿过那份画稿，打开。就这样呆呆地看着，看一天。

我其实还算客气的，最可怕的就是我们策划总监直接给他退画稿。他会拿那份画稿直接砸到罗七脸上：“你画的什么垃圾玩意儿！这是画吗？这是画吗？房地产广告你就去画大厦，旅游广告你就去画飞机，公司广告你就去画公司……你有没有自己的意境，你是画手还是照相机？你这照相机是不是太贵了点？还得月薪三千养着！”

罗七一样没有说什么，只是缓缓地将那些画稿拾起来，然后低着头挨训。我知道那是什么感觉，那是无人赏识的孤独，极其可怕的孤独。

我曾经很希望罗七能回骂一句，能反击，能挣扎一下。但他没有，他只是把头埋得越来越低，呆呆地看着自己的画稿。他是别人的出气筒，也是一个越吹越大的气球，这个气球一直攒着别人和自己的愤怒，从来没有释放过。这个气球总有一天会爆炸的，而且爆炸时的威力很可怕，会惊醒所有的人。

所以记住，如果你身边有这样的人，请你善待他。哪怕他做得不好，做得不够，请你礼貌一点，委婉一点。否则你就是在培养一名杀人狂，虽然他现在看起来就像只谁都可以欺负的小猫。

也许你不能代表所有人，也许你做不了那么多。也许等到他拿着刀开始屠杀，或者举起机关枪在办公室里扫射的时候。也许他会想起当初你曾经善待过他，也许他会放你一马，也许。

萧白等那三名嫌疑人在椅子上坐好之后，他也走进办公室，点头微笑说道："三位好，我是萧白，一名精神科医生。马队长请我协助办案，因为我们怀疑这名罪犯的精神状况有问题，极有可能是一名精神病人。请三位认真解答你们桌上的测试题，这是一套测量精神状况的评估量表。"

那三名嫌疑人翻开自己眼前的量表，先大概扫几眼。那上面大部分都是选择题和判断题，只有最后几道是问答题。

萧白继续说道："这些题其实正常人都可以回答，只有精神状况不正常和智力低下的人才无法解答。解答完这些题，我看过结果之后，就可以排除嫌疑，离开这里。"

三名嫌疑人点了点头，开始起笔解答那些题。

马千里和萧白也走到门外，开始小声讨论。

"萧医生，这到底行不行啊？"马千里的眼睛满布血丝，看得出他昨晚又没睡。

萧白回望向正在答题的那三个嫌疑人，把目光固定在罗七身上，说："行不行，得看接下来发生的事了。其实你们一直没能套出他的口供，原因不在你们不够努力或者审问技巧有问题，而是你们没找对方向。”

“找对方向？这个我们真的是什么办法都用上了，让警员演戏，说已经抓到黑市的买家，买家已经招供了。结果他们的反应都是微微一笑，问：那我是不是可以走了？”马千里无奈地说道。

萧白微微一笑：“马队长，你们就好比用枪去制止一个想自杀的人一样。你们在用死去威胁一个想死的人，你觉得这有用吗？他从一开始就有了死的心理准备，现在更是抱着必死的决心和你们反抗。除非你们能找到他犯案的直接证据，否则就是关他一辈子，审问他一辈子，他也不会认罪的。”

“可就是找不到啊，他们的车，特别是罗七的车，连坐垫都翻出来检查了，找不到一丝血迹。那应该从什么方向下手？从什么方向才能突破他的心理防线？”马千里急急地问道。

萧白目不转睛地盯着正在答题的罗七，开玩笑道：“有两个方法，一个就是严刑逼供，让他觉得生不如死，让他觉得死了好过活着受罪。等到他有这个想法的时候，他就会认罪了。”

马千里很无语地看了萧白一眼：“我说萧医生啊，你就别开我玩笑了好不好，你看我都急成什么样了。”

“那就只剩下第二个方法了，从他关心的东西下手，也就是从他还留着的那一丝人性下手。这一丝人性让他一而再再而三地控制不住自己，给你们留下线索。这一丝人性就像一根导火索，只要能找到、点燃，就可以炸开他那牢不可破的心理防线。”萧白认真地回道。

马千里摇了摇头：“这个我们也懂，但他已经没什么重要亲人了，好像也没什么关心的东西。”

“不是没有，而是你们没找到。否则他不会这样再三地留下线索，希望你们能阻止他。”萧白肯定地说道。

“他希望我们能阻止他，那为什么不直接认罪呢？”马千里难以理解地摇了摇头。

萧白还是在盯着罗七，回道：“是他的潜意识希望你们能阻止他，而非他的意识。我上次和你说过潜意识和意识的关系，他们之间隔了个前意识。潜意识的很多想法并不能直接传达到意识层面，他自己也不能感知察觉到自己潜意识中的想法。他并不知道自己也希望你们能阻止他，明白吗？”

马千里揪了揪自己的头发，这些心理学理论确实是让他头疼：“我明白没用啊，怎么才能让他明白呢？”

萧白点头一笑，回望向马千里：“关键就在于找到他现在心目中最重要的东西，这东西肯定是存在的。而且一直在他的潜意识中挣扎着，甚至渗透到了意识层面，让他想毁灭自己。”

马千里寻思着，回想着：“这到底是什么东西呢？我把他九族都翻遍了，好像没有他在乎的人和事啊。”

“所以我一直在和你提这个杀人狂的人性和爱，这就是突破他心理防线的导火索。”萧白微微叹了口气，说道。

他们谈到这儿的时候，我好像想到了什么，关于罗七以前的一些事。我凑了过去，对他们说道：“我……我想起了一些事，不知道有没有关系。”

马千里看见穿着病服的我一愣：“这位是？”

“哦，他以前是罗七的同事，叫唐平。什么事，你说说，说不定真有用。”萧白介绍着，又问道。

“是这样的，以前罗七在公司的时候受尽别人的气，除了一个女同事杜依月。杜依月是个很有同情心的姑娘，她每次都安慰和鼓励罗七，她是公司里唯一一个不把罗七当笨蛋的人。”我回想着说道。

萧白闻言一惊：“这姑娘现在在哪儿？”

我叹了口气，摇了摇头：“就在罗七被辞退后的第三个月，杜依月也消失了，打她手机一直是关机状态。再后来的事我就不知道了，因为过一个月后我也被辞退了……”

萧白望向马千里，马千里顿时会意，赶紧拨了个电话：“我是老马，立刻查一查在案的失踪人口里，有没有一个叫杜依月的姑娘！”

五分钟后，马千里缓缓放下手机望向我们：“杜依月于二〇〇九年四月中旬不明原因失踪，她家人报的案，失踪时间应该就在凶手第一次抛尸前后。”

我们都惊呆了，萧白的脸色顿时凝重了起来，低头思索着什么。

马千里叹了口气，说道：“会不会杜依月已经……”

萧白回望向办公室里正在答题的罗七，眼神深邃而忧伤：“杜依月，就是他在黑暗中的最后一缕光。”

半个小时以后，三名嫌疑人已经将量表上的题答得差不多，但都被最后三道问答题给难住了。

这三道题分别是：

1. 有一个医生正在陪女朋友吃西餐，吃到中途他突然想起了什么惊叫了一声，疯掉了。他女朋友起来想拦住他，被他一把推回椅子上，女友顿时死去。请问这是怎么回事？

2. 有一个人被追杀，所以他躲到了一个很安全的房子里。

房子是封闭的，结实的房门上有一个小拇指大小的洞，当有人敲门的时候可以向外窥探来人。但第二天，人们发现他的脑袋被削断了。门绝对没有打开过，只在那个窥探的小洞发现了一些轻微的摩擦印。请问凶手是怎么办到的？

3. 昂歌和舒竹在夜间被人杀害，警方抓到四名嫌疑人。寇清浅说当晚他通宵上网，聊QQ的网友可以证明；谭落说他当晚一直在家，妻子可以证明；诸葛爽说当晚他在公司值班，保安可以证明；武修文说当晚他一直在酒吧喝酒，酒保可以证明。请问他们谁的嫌疑最大，为什么？

办公室里那三名嫌疑人支着腮帮，眉头紧皱地看着这些问答题。

外面的马千里也看着这三道问答题抓了抓脑袋：“萧医生，这……这算推理吗？我看了半天，一点头绪也没有，答案是什么？”

萧白摇了摇头：“前两道是自由发挥，没有标准答案，是为凶手那个充满想象力和犯罪天才的大脑设的。而最后一道是特地为他而设的，他可能答不了前两道，但最后一道肯定能答出来，因为那是他最熟悉的行为模式。”

“别说前两道，最后一道我也答不上来，光凭这种口供怎么找最大嫌疑人？”马千里无奈地苦笑道。

萧白微微一笑：“因为你不是凶手，我相信凶手能答得上来。”

又是一个小时过去了，就在其余两人还在埋头苦想的时候。罗七站了起来，望向萧白，说：“我答完了。”

萧白点了点头，走过去接过他的量表仔细计算评估了起来。

罗七的心理测试综合得分非常古怪，他的内心极其矛盾，情绪却稳定得可怕。心理测试题中藏着一些测谎题，罗七的得分极高，表现出强烈的掩饰欲。行为表现平和，内心却有着极强的攻击性。

九型人格测试结果表明，罗七属于标准的六号人格。这是一个非常矛盾的人格，他既是权威的顺从者，也是反抗者；多疑，内向而又偏执，是被害妄想狂；内心恐惧，却能以恐惧为动力去做可怕的事；他善良时连小动物都不肯伤害，残酷起来却可以发动一场大屠杀；回避，自我保护意识极高；表现得顺从别人，其实内心极其固执；内心易怒，在别人面前却表现得很和善；从不在别人面前发火，却在背后将愤怒转移到他人身上；这种人在最矛盾的时候，会用毁灭自我的方式来逃避现实。

六号人格，最有名的代表人物正是希特勒，是一个既矛盾而又容易走极端的人格。

六号人格还有一大特色，就是拥有强大的想象力和可怕的专注力。这类人智商极高，怀疑一切，谁也无法走进他的内心世界。六号人格的另一个著名代表人物却是福尔摩斯，所以六号人格可以是恶魔，也可以是天使。

而萧白说过的回避型人格和反社会人格，一静一动的矛盾性格表现，正是六号人格的最好诠释。

萧白算完这些心理测试得分，深吸了一口气，继续看他答的那三道问答题。

罗七的答案：

1. 医生曾经为女友动过手术。吃西餐的时候，他看着餐刀猛然想起当时动手术的时候，自己大意把手术剪忘在了女友的肚子里，一下儿把自己吓疯了。女友被他推回椅子上的时候，那把手术剪刺穿了内脏，所以她就这么死了。

萧白解释：此题考查嫌疑人丰富的想象力，关键词——手术剪。三人都是画家，能一下联想到手术器械的非凶手莫属。

2. 凶手将一条细长柔韧的钢丝从门上的洞内伸了进去，一直伸到在屋内门前形成一个倾斜的大圈，然后将那条钢丝的两头绑在了汽车上。在黑夜里敲门，那个人没开灯就直接走到门前窥探，正好走到那个大圈内。这时候汽车加大油门开动，钢丝圈迅速缩小，瞬间把那人的脑袋拉断。

萧白解释：此题考查嫌疑人的天才犯罪头脑和高超的智商，关键词——钢丝、汽车。能想到钢丝可以说明智商高超，而如果还能联想到汽车非凶手莫属。

这是在考查一个人的惯性思维，每个人在想问题的时候，总会从心中最熟悉最重要的东西想起。凶手无论是作案还是抛尸，都离不开汽车。现在他最担忧的也正是警方从汽车上找到什么线索，汽车在凶手心中占有极高的分量。其实萧白这两道题都在挖掘嫌疑人心中最重要最熟悉的东西。

3. 诸葛爽嫌疑最大，关键不在供词，而在名字。

舒竹和昂歌

竹（zhu）+ 歌（ge）= 诸葛

舒（shu）+ 昂（ang）= 爽

萧白解释：凶手的“L 标志”行为模式。如果答题人是凶手，则很快可以摆脱误导，将目标转移到名字上。此题专为本案凶手而设，给凶手一个最熟悉而又有点不一样的谜题，让他去破解。

“我可以走了吗？”罗七看了看萧白，问道。

萧白缓缓抬起头，注视了罗七良久，突然单刀直入地反问道："L= 罗，倒立后是 7，对吗？"

罗七那张看似怯弱的脸竟没有丝毫异样，冷笑一声回道："难道我爹妈给我取个名字也有错？你们抓不到凶手，就拿我顶罪？"

我在窗外都看呆了，我从未见过罗七这样的自信和冷静，与之前我认识的罗七简直判若两人。我开始理解萧白说过的那个词——人格转变。

萧白微微一笑："你知道我在说什么？"

罗七一愣，才发现自己已经落到了萧白的言语陷阱中，警方从未向外界透露过这个隐含着的 L 标志。罗七眼中闪过一丝不易察觉的惊慌，强笑道："我当然不知道你在说什么，你不是说答完这些题就可以走了吗？"

"还记得你六岁以前的事吗？那个喝醉后的父亲摇摇晃晃地走回家，推开门看到你还不睡觉，不明就里就是一顿毒打。你忘不了对吧，甚至直到现在，你还经常从这个噩梦中惊醒。"萧白没有回答问题，却继续说道。

罗七眼中的不安已经显露于面，却继续强笑道："从我资料里看来的吧？"

萧白同情的目光注视着罗七："每天睡觉的时候，你都紧紧地盯着房间的大门。那种透骨的恐惧感紧紧地包围着你，就连在梦中都不肯放过你。为什么所有人都针对我，为什么没人懂得欣赏我的作品，为什么所有人都把我当笨蛋？为什么！"

萧白的用词从"你"瞬间转化到了"我"，一字一句地勾画着罗七的内心世界："还记得我第一次作案，那是我的处女作。

多么幸运啊，他的器官竟然有符合的客户。但是摘取器官的，我的麻醉药量没控制好，就在我哆哆嗦嗦地准备开刀的时候，那人突然醒了过来！他开始是躲着我，接着向我扑来。我慌乱中抓起剪刀，向着他的颈动脉扎去……血！我从来不知道一个人的血有这么多，他的血喷射而出，洒满我的全身。我恐惧地躲到角落，看着他倒落在地，抽搐着死去。”

“我过了好一会儿，才敢上前……我……我杀人了，我真的杀人了！对了，器官……赶紧！当我手忙脚乱地做完这一切，呆呆地看着这具已经被掏空的尸体时，我突然不再恐惧了！原来我这么强大……我心底涌起了一阵说不清的感觉，是……是权力在握的感觉，我有权主宰生命！我就和上帝一样，有着主宰生命的权力！”

萧白入神的声音仿佛是在讲述自己的事一般。罗七的眼神惊慌着迷离着，他已经被萧白的声音带到了内心深处的回忆中。马千里也看呆了，这两天的审讯，无论他们旁敲侧击，甚至演戏设局，罗七都不为所动，脸上连一丝惊慌都没有过，现在萧白短短几句话就已经将他那张厚厚的微笑面具打得粉碎。

“第一次抛尸我也很害怕，还好我以前经常看刑侦片，我一连准备了好几天，终于盼来了雨夜。我的反侦查做得太好了，连我都佩服我自己，没有给警方留下任何直接证据。可……可令我没想到的是，后来满世界都是关于这个案子的报道，就连我慌乱中用手术剪扎的那两个伤口都演变成了吸血鬼的牙印！我害怕这案子闹大而引火烧身，可是我心中浮现起了一股从未有过的感觉……是关注，是我作为一名艺术家渴望的关注！这……这是我的成就，这是我的作品！

“我就这样躲了半年，但随着时间一天一天过去，我已经不再恐惧。我甚至故意经常在警察局门口逗留，试探，他们竟一点都不怀疑我。原来我这么强大……他们其实都是纸老虎，他们就只会高高在上张牙舞爪。好，我就来拆你们的台，我要让全世界都知道你们只是纸老虎！你们都看不起我，我现在就让你们知道谁才是真正的强者！

“本来我只想做一次就罢手的，但半年过后，我耐不住了。已经没有人再报道我的案件，对我的关注没有了，我要让你们重新关注我。不是说吸血鬼吗？好，我满足你们，我用撒旦教黑弥撒来让你们感受真正的死亡艺术！我已经完全消除恐惧了，我现在充满了自信和满足，就连我都快认不出镜子中的那个人了！我开着车挑选街头的流浪汉时，我甚至都能谈笑自若地和他们攀谈。我一边冲他们和善地微笑，一边打量他们的体格，我需要一具健壮漂亮的尸体。

“终于，我挑到了一个，开车到他身边问路。然后很随意地拿出吃的咬了几口，假装不喜欢这个口味，然后说送给他，其实那吃的里面我早就下好了麻醉药。第二次我有经验多了，一切都非常顺利。抛尸的时候我也非常轻松，我已经不再惧怕死亡，包括自己的死亡。我还帮那群笨蛋们找到了最美的背景和视角，希望他们拍照的时候能注意一下美感，别白费了我的一番心血。”

听到这儿的时候，罗七脸上竟浮现出一丝笑意。他已经完全被萧白的声音和言语俘获了，他的眼神变得疯狂。

我终于看到了他眼中的疯狂，令我恐惧的疯狂。

萧白继续说着：“但等我杀完第三个人的时候，我感觉到了无趣。我已经达到了一个艺术家的巅峰状态，似乎在狗尾续貂。

而且不知道为什么，我突然很想被抓住，我心中似乎有什么东西在呼唤着我。那是什么……是一个名字……是一个女人……是我在黑暗中的最后一缕光芒，那光芒微弱却又如此温暖……为什么我会变成这个样，我不想的……我不想的……我对不起你，你在我最痛苦的时候给了我希望，我却这么对你。对不起……”

萧白说到这儿的时候，罗七的眼中闪着悔恨的泪光。那也是我第一次看到罗七的温柔，此时他的眼神温柔得像一个痴情的男人。

也就是这时候，马千里的手机响起，罗七也被这手机铃声一把惊醒，向马千里望去。马千里掏出手机，走到墙边小声接听：“嗯……对，怎么样了？嗯……找到他老窝了？好！太好了！什么？姑娘！那姑娘叫什么名字……杜依月！她怎么样？”

“你们……你们把杜依月怎么了！”罗七闻言瞬间从萧白的言语中惊醒过来。

马千里放下手机冷笑一声，反问道：“她不就是你绑架的吗，还问她怎么了？”

“你们放了她！人都是我杀的，和她一点关系没有！”罗七咬着牙说道。

马千里朝两名刑警一示意：“铐上，带走！”

罗七此时突然从上衣口袋里掏出他的钢笔，一把摘下笔帽，竟露出藏在钢笔中的半截小型雷管！他大吼一声：“都别动！这是我在黑市买的自制雷管，一按笔头就会爆炸！威力和手榴弹差不多！”

所有人都愣住了，谁也没料到他还有这么一招。马千里小心地打量了一下他手中的雷管笔，知道他所言不虚。现在黑市上什么稀奇古怪的东西都有，且不说自制和走私的枪械武器，就连一些特工的精细装备都卖。

“你想怎么样？”马千里咬了咬牙，问道。

“你们都退出去！把……”他扫视了一圈，目光停留在萧白的脸上。

萧白微笑着点了点头：“我来当人质吧，我的身份还算比较重要。当然，马千里比我更有价值，不过他是一名警察，搞不好他会趁机反制你。”

罗七愣了愣，又点了点头：“把他留下，你们都退出去，半小时内给我把杜依月带来！我要见她，我要见她最后一面！”

马千里为难地看了萧白一眼，萧白露出一丝贱兮兮的微笑，朝马千里点了点头，说道：“马队长，就按他说的办吧，我的命交给你了。”

我真的想不通这个家伙脑子里都在想什么，都这个时候了，还能挂上他那讨厌的贱笑！真的，有那么一瞬，我很希望罗七能引爆那根雷管，炸死这个不知死活的家伙！

马千里无奈地一挥手，让所有人都退出去。

等人都退出去后，罗七将办公室的所有窗帘都拉上。然后挟持着萧白走到门边，冲着门外的马千里冷冷说道：“记住，你们只有半个小时的时间！半个小时后，不论你们说什么我都会引爆雷管，反正我早就不想活了！”然后一把将门锁死。

这是谁也没想到的结局。开始一切都在萧白的意料之中，他和马千里早在外面商量好了一切。确定罗七是凶手后，先由萧白来逐一击溃他的心理防线。然后等萧白隐含着提到杜依月的时候，马千里再接这个假电话，让罗七以为他们真的找到了他的老窝。

这个计划的关键点就是在杜依月这儿，萧白知道现在罗七心里唯一有分量的就是杜依月，杜依月才是最终能炸开罗七心理防线的导火索。但罗七非常冷静，智商也极高，直接提出杜依月他是不会上当的。

所以萧白负责先扰乱他的心神，在他迷失在自己内心世界的时候，马千里再猝不及防地一把带出杜依月。

果然，罗七上当了，但谁也没想到罗七竟还留着这么一手，一下将局面逆转了。其实这也不能怪马千里，之前罗七只是众多嫌疑人之一，并没有直接证据证明他就是凶手。所以也没有对他进行严格的搜身和戴上手铐，即使是搜过身，也想不到那支钢笔竟暗藏玄机。

马千里在罗七关上门后，举起右拳狠狠地捶向自己的脑袋，该死的！现在我上哪儿找杜依月去！这家伙又警觉得很，窗帘都拉上了，他知道该怎么防范狙击手！

“完了……完了……这次萧医生是真的完了！”马千里低声地哀号了一句，还不忘狠狠揪了揪自己的头发，让他脑袋上的鸡窝更蓬松一点。

十分钟后，两名狙击手迅速到位，一个潜伏在对面的女病号楼，另一个在萧白办公室对面的一间病房角落埋伏好。我在旁边听到马千里给他们下的命令：不用请示，只要有任何机会能一枪击毙罗七，立即出手。

然后马千里开始在走廊里来回踱步，我知道他在想怎么让罗七开门，这样狙击手才有机会动手。

萧白的办公室里发生了什么，谁也不知道。窗帘掩盖住了一切，甚至都听不到说话声，我怀疑罗七是不是已经先把萧白宰了。

二十分钟后，马千里终于停下脚步，右拳在左掌上击了一下。这是一个想到办法，下决定的动作。

马千里深吸了一口气，走到办公室的门边，酝酿了一会儿才起声说道："罗七，杜依月已经在来的路上了，大概五分钟后就能到达。你能不能先把门开开？我必须先确认一下萧医生是不是没事……"

说了半天，里面一点回应也没有。

马千里继续揪了揪自己的鸡窝头，试探着又喊道："罗七，你听到没……罗七？"

"我说马队长，你别扯你那鸡公嗓了行不行？我差点没被你害死！"

马千里愣住了，这是萧白的声音。

"罗七……我……我想看看萧医生，这样光听声音，我不知道他是不是真的没事啊……"马千里想了想又说道。

"叫你的狙击手把枪收起来，别一开门就直接崩了我。"还是萧白的声音，而且口气十分无奈。

马千里又是一愣，想了想，摊开右掌心朝两名狙击手的位置比了比，又一握拳。这是一个示意狙击手停止射击和保持警戒的动作。

接着萧白一下就把办公室大门打开了，泰然地走了出来，边走还边不忘抖了抖自己的白大褂。这家伙没有丝毫被挟持的迹象不说，还一脸不满地瞪了马千里一眼。

"萧……萧医生，罗七呢？"马千里两眼圆瞪，吃惊地问道。

萧白不耐烦地将那支雷管笔丢给他："自己看去。"

马千里走到办公室门口，朝里一看，整个人都呆住了。

过了好一会儿，他才回过神来，朝外面的刑警招了招手。大家小心地凑过去，也都呆住了。只见罗七像根木头一样站在办公室里，双眼微闭，一动不动，就像被点了穴一样。

萧白走到窗边深吸了几口清新空气，才继续没好气地说道："刚刚催眠进行到关键时候，你的公鸡嗓突然响起。我的胆都快被你吓破了，还好没吵醒他！"

"催眠？这么紧张的情况下……也能接受催眠？"不光马千里，所有人都惊呆了。

"当然可以，人在最紧张和最焦虑的时刻，同时也是最容易受暗示影响的时刻。关键就在如何给予巧妙的暗示，最高明的催眠不是哄睡，而是击晕！这就是我提过的创意催眠，抓住个体最放松同时也是最专注的瞬间，抢夺潜意识的控制权。"萧白认真地解释道。

马千里佩服地点了点头："那我们现在直接将他带走了？"

萧白笑了笑："别急，我还可以帮你们一个小忙，直接让他说出老窝的地址，省下你们审讯的时间。"

"太好了！找到他老窝，就有大把的直接证据，就算他不认罪也不行了！"马千里激动地拍手道。

萧白将食指放到唇边："嘘……小声点！"

马千里连忙捂住嘴，然后左右摆了摆手，让刑警们散开。我注意到罗七的那幅画已经移到了他脚下，虽然不知道萧白是怎么将他催眠的，不过估计过程和这幅画有关系。

萧白深吸了一口气，缓步走到罗七面前，开始深化催眠：

“跨在马上的佐罗，在黑夜中驰骋……穿过一座关卡，又穿过一座……他的身影在黑夜中逐渐远去，越来越小……越来越小……在另一头，他却又迎面而来，这身影越来越大……越来越大……越来越清晰……”

“你可以开口说话了。”萧白下了一个指令，接着说道，“告诉我，你的名字。”

“罗七……”罗七缓缓回道。

“佐罗为何如此焦急地在黑夜中飞驰……噢！原来是要去找他最心爱的女人艾丝美拉达……艾丝美拉达被关在一个房间里，已经两天两夜没吃东西了……她已经快饿晕了……佐罗心急如焚……这个房间在哪儿呢？罗七，告诉我，这个房间在哪儿？”

随着萧白的暗示，罗七的脸色也变得焦急了起来：“在……在新坪村……入村左拐的一套老式平房里……房门是绿漆大铁门，贴着两个倒福字……”

马千里赶紧掏笔记下。

萧白舒了口气，继续说道：“很好，现在请你将双手负背。”

罗七缓缓地将双手交结到后腰处，马千里也会意地赶紧上前掏出手铐铐住他。

萧白等马千里做完这一切后，才继续说道：“罗七，记住我从一开始就说过的话。我手中有一把枪，枪里有催眠子弹。当这粒催眠子弹击中你的时候，你马上就会陷入催眠状态。记住我手中的这把枪，将这句话紧紧地刻在你潜意识的深处，一辈子也不容忘却！一辈子……”

“现在，罗七，告诉我，我手中有什么？”萧白问。

“有一把枪，枪里有催眠子弹……”罗七缓缓地答道。

“好，现在我即将唤醒你。你醒过来后，会忘记催眠过程中发生的一切，会忘记这一切……直到我命令你想起……会忘记这一切，直到我命令你想起……现在跟着我的声音来……我倒数十声，你将恢复到完全清醒的状态。十……九……你越来越清醒了……八……你更加清醒了……七……醒来后你会忘记催眠过程中的一切，直到我命令你想起……六……你更清醒了，身体的知觉已经逐渐恢复……五……”

当萧白倒数完十个数的时候，罗七睁开了惺忪的睡眼。他用力眨了眨眼睛，然后才突然吃了一惊似的，惊愕地望着眼前的马千里和萧白。他挣扎了几下，才发现自己已经被铐住了，他茫然而又惊愕地从每一个人身上扫过，然后又看了看自己的脚。

是的，他根本就不知道发生了什么。他只记得刚开始萧白拿过那幅画和他说了些什么，然后后面就是大片的记忆空白，仿佛眨眼间就变成了这样。

马千里看着罗七的表情，同情地笑了笑：“罗七，其实你应该拿我当人质的。下次记住，抓谁当人质也别抓精神科医生，特别是这个叫萧白的。”

罗七愣了愣，他好像明白马千里什么意思，又好像不明白。他现在脑子里是大片的模糊和空白，他现在就像一个还没完全睡醒的人，大脑迟钝得很。

马千里摆了摆手，两名刑警将罗七押上警车，带走。

“萧医生，你真是帮了大忙了，我这顶破帽子可算是保住了！”马千里非常激动，大有想冲上去狠狠亲上萧白两口的劲头。

萧白又挂起了他那一脸贱笑：“那个，奖金……”

“你的，全是你的！包我身上，少了一分你找我算账！”马千里拍着胸口保证。

萧白满意地点了点头，一对弯成月牙的眯眯眼里填满了贪婪。

德性……小人得志！我心里暗骂了他一句。

“那萧医生，我们先赶去罗七的老窝了，取证和救那个姑娘。”马千里急急告辞道。

萧白低头一沉吟，似乎想到了什么：“等下，马队长……你们救杜依月的时候，最好警惕点。要是她反过来攻击你们，你就直接把她带我这儿来吧。”

马千里一愣：“这怎么可能？我们是去救她。”

萧白摇了摇头：“只是说万一，万一真这样的话，你就把她带来我这儿吧。”

“哦。”马千里郑重地点了点头，接着便告辞飞赴罗七的老窝。

萧白走到走廊的窗户边，目送警车远去，不知道在想什么。

“当时你很有把握能催眠罗七？”我过去，问道。

他掏出烟盒点上一根烟，摇了摇头：“没有，一点把握都没有，当时我手心里全是冷汗。”

我微微一怔：“那你怎么敢这么做？”

“机会只有一次，我得试试。”他说。

“你这个疯子！”我无语地摇了摇头。

他望向我，给了我一个意味深长的微笑，说：“你不去尝试，怎么就知道一定不会成功呢？”

这是他第二次对我说这句话，我不知道他在暗示什么。

“那如果失败了呢？”我又问。

他夹起烟深吸了一口，缓缓吐出：“记住，别从一开始就认输，那样只会让你输得更快。入局时要带上你最自信的微笑，即使是真的输了，也要笑着认输。人生中的每一局，输给谁都没关系，千万别输给你自己。”

我好像听懂了一些，又好像什么都没听懂。这家伙其实一直在说废话，他说的话和没说一样。

你这个死装逼犯！我在心里唾骂了他一句。

他好像又听到了我的心声，回过头来瞟了我一眼，给了我一个贱兮兮的微笑。

第八章

破译灵魂的密码

果然，两个小时后马千里又拐回来了，带着杜依月。

一下车就直奔萧白的办公室，推开门就喊道："萧医生，还真被你说对了。这姑娘像疯了一样，一听说我们抓了罗七，竟向我们扑来……还好你警告过我们，才没有出什么事。"

萧白眉间一紧："她呢？"

"我们为了防止她闹事，给她带上了手铐……我脖子这都被她用指甲抓了一道。"马千里抬起脖子给萧白看。

萧白叹了口气，喊过一名护士："你叫上几个男护，将杜依月带去女病号楼局部约束。看看她愿意吃东西不，局部约束后给她先喂点容易消化的食物，我一会儿再去看她。"

护士点了点头，正要离去，萧白又喊住："注意安全，她现在的情绪非常紧张，别让她伤害到自己。"

护士又应了一声，快步离去。

“萧医生，这到底怎么回事啊？这姑娘是不是被吓疯了？”马千里摸着脖子，咧着嘴问道。

萧白深深叹了口气：“她应该是患上了斯德哥尔摩综合征，又称人质情结，是比较罕见的一种心理误区。在长期的被挟持的期间，人质对加害人产生好感、依赖，甚至爱上加害人的一种情感错爱。”

“斯……什么摩？还有这种病？”马千里愣了愣。

萧白点了点头：“斯德哥尔摩综合征是很罕见，但不是完全没有。”

“怪了，我还真是第一次见到这样的人质。”马千里难以理解地摇了摇头。

萧白介绍道：

一九七三年八月二十三日，两名劫匪抢劫了瑞典首都斯德哥尔摩市的一家银行。警方及时赶到，包围了这家银行。这两名劫匪挟持了三名银行职员，与警方对峙长达六天之久。

在这六天里发生了不可思议的事，这三名职员竟然对劫匪产生了好感，甚至保护劫匪对抗警方。一直到劫匪向警方投降几个月后，这三名被挟持过的职员还都一致表明不痛恨劫匪。不仅拒绝在法院指控劫匪，还帮劫匪筹措法律辩护的资金。

更令人匪夷所思的是，其中还有一名女职员竟然爱上了劫匪。无论家人和医生怎么劝都没用，最后与劫匪在服刑期间订婚。

“这一事件引起了无数心理学家的关注，这种诡异的心理转变也依据城市名被称为斯德哥尔摩综合征。杜依月正是走进了这种心理误区，才会反过来攻击你们。”萧白叹息道。

马千里错愕地张了半天嘴巴，才回过神来：“还有这种病，真是第一次听说。那她什么时候能恢复过来？我还希望她能出庭作证呢。”

萧白摇了摇头：“这是一种奇特的心理误区，只能以心理引导为主。短期内很难恢复过来，目前只能先安抚她的情绪，你们通知她的家人没有？”

“通知了，正在赶过来。”马千里点了点头。

“嗯，见到家人后她的情绪很快就能安定下来。我还没看过她，不知道她现在已经达到了什么程度，我估计她肯出庭做证的希望不大。不过你们在罗七的老窝找到的罪证，应该也足够了吧？”萧白又问道。

马千里点了点头：“都是多亏了萧医生你帮忙，那是罗七他二大爷的老宅。他二大爷没有继承人，口头遗赠给他了，所以我们查不到。在他的房间里还找到了一堆和刑侦有关的书，看得出他做了不少功课。”

“那屋子里是什么样的？”萧白问道。

“是乡下的一套老式平房，位置很偏僻，周围也没有人家。两室一厅，有个大院子和一个地窖。其中一个房间被他改装成了手术室，地窖就在那间手术室的正下方。那间手术室里还有一个卫浴间，卫浴间的水管上挂着一副带有血渍的锁镣，估计被害人平时就被囚禁在卫浴间里。”

马千里叹了口气，继续说道：“杜依月则被关在地窖里，地窖里干净整洁，没发现有暴力搏斗过的迹象。罗七每次都是半夜回去，然后把车停在院子里，院子门一关，谁也不知道里面的事。我问附近的村民，他们还说那所房子没人住呢。”

萧白也叹息道：“生活能逼疯一个人，能把他内心的魔鬼释放出来，变成另一个连他自己都不认识的人。”

“不是还有你们这些守护心灵的天使在嘛。”马千里笑道。

萧白摇了摇头，他没有再说什么。他眼神中带出一丝无助和悲悯，还有他那深不见底的忧伤。

我不懂他为什么会有这种眼神，难道他同情罗七，同情一个杀人狂？

“就那个斯……什么病？难道杜依月以后就一直是这个样子了，爱上一个伤害过自己的人？”马千里还是记不住那个名字。

萧白摇了摇头：“我也是第一次接触这样的病案，我会尽量引导她早日走出这个误区的。”

“这病太不可思议了，竟然会爱上一个伤害过自己的人。”马千里啧啧称奇，脸上挂着一个大大的问号和感叹号。

萧白知道马千里想了解一下这个怪病的形成原因，于是缓缓解释道：

并不是每个被劫持者都会患上斯德哥尔摩综合征，它的出现有几个重要的条件。

1. 人质切实地感受到加害者能直接威胁和决定自己的生死。

杜依月被绑架的期间，可以看到罗七的每一次犯案。这就是一个强烈的暗示表达——他随时也可以取她的性命。

2. 在被挟持期间，加害人表达出对人质的一些关心暗示和略施恩惠举动，这些暗示和举动被人质接收和注意到。最关键的一条是在被挟持的过程中，人质没有受到严重的直接伤害。

人质在那种可怕的环境中，最需要的就是自我安慰。于是人质将这些好的暗示在自己心中无限放大，用以安慰自己。当这些暗示放大到超越自己受到的伤害，这时候她的潜意识就会得到一个自我安慰的概念——他这么做其实是逼不得已的，他不会伤害我的——他是个好人！

也就是说，杜依月被挟持的这半年来，罗七并没有伤害过她。

3. 被挟持过程中，人质与外界信息完全隔绝。终日只能见到加害人，受着加害人思想和看法的影响，由恐惧逐渐转化到认同。

杜依月被锁在地窖中长达半年之久，这点完全符合。而且罗七负责着她的食宿，这就在她的潜意识中形成了一个主人的概念。

4. 人质确认自己完全无法被解救，也就是彻底地绝望。只有放弃了被解救的希望之后，才会开始努力适应和安于这种人质生活。这点在监狱中比较常见，刚入狱的罪犯会拼命抗拒，甚至想尽办法越狱。但经历过无数失败后，他就会开始适应和安于这种监狱生活。

还是和时间有关系，半年确实是一段不短的时间，足够让杜依月在那个地窖里彻底绝望。

5. 和人质的性格有关系，这其实是最重要的一条，这就是为什么斯德哥尔摩综合征罕见的原因。被绑架了几十年，依然反抗加害者，最后能成功逃脱的人质也不少见。

所以说罗七绑架的恰恰是杜依月，换了另一个人可能就不会是这个结果。

说斯德哥尔摩综合征罕见，其实也并不罕见，在历史上的各种集中营、战俘营、监狱、邪教、传销、各类挟持事件中均有出现。当一群人同时处于这种环境的时候，这种心理转变会在群体中放大。

社会心理学指出，群体的影响力是极其强大的，甚至是可怕的。并非一堆人在一起就能形成群体，比如一个公司的上百名员工。虽然他们在一起工作，但如果他们对彼此没有认同感，他们也就没有了群体的概念，在同一个部门的几个人反而容易形成小群体关系。而如果是在类似于犹太人集中营这类环境的时候，他们彼此生死同命，在这种环境下他们会迅速地形成一个群体的关系。

当这个群体关系形成的时候，群体的影响力也随之出现，特别是表现在群体压力上。个体为了免于被群体孤立，在不知不觉间开始顺从和迎合群体，包括在心理上，达到惊人的一致。

比如，很多人在加入邪教前，都有自己的个性和想法。但一旦个体认同了这个群体之后，就会迅速从众。变成这个群体中的行动一致的木偶，连思想和心理都达到惊人的一致。群体犯罪也是如此，一九八三年呼伦贝尔盟血案就是最好的例子。十九岁的洪杰一个人，一顿饭就将刚认识不久的七个孩子带上了犯罪的道路，一夜之间杀了二十七个人。

斯德哥尔摩综合征也就在这种群体中如鱼得水，迅速地传播开来，这种群体性的影响散播被称为：斯德哥尔摩精神症候群。

比如之前那个例子中的三名银行职员，他们就是在同命运共生死的条件下迅速形成了群体关系，三人也就出奇一致地同时患上了斯德哥尔摩综合征。

萧白解释了大半天，马千里才点了点头，说道：“确实诡异啊，想不到连人都可以被驯服。”

“畏强凌弱是所有动物的天性，人说到底也只不过是动物之一。”萧白脸上带着一丝无奈。

马千里呵呵一笑：“你这当医生的也敢说这种话？”

萧白叹了口气，看了马千里一眼，问：“舍弃了人性，人和动物还有什么区别呢？”

“我可没时间和你探讨这些哲学问题。”马千里抓了抓脑袋，然后告辞道，“那杜依月交给你了，我继续回去把这案子办完。可算是心中大石头落了地，今晚也能好好睡个觉了。”

萧白微笑着点了点头，起身送他出门。

我也走到他办公室门口：“我……想去看看杜依月。”

萧白略一沉吟，点头道：“嗯，一起来吧。她认识你，在她亲人赶来之前，你可以帮忙安抚她一下。”

我跟着萧白走向女病号楼，我的心中一直在想杜依月会变成什么样。一个被锁在地窖中大半年的姑娘，还能是什么样呢？必然是衣衫褴褛，蓬头垢面。

但当我看到她的时候，我呆住了。因为她的极端反抗，护士没有给她换上病服，她还穿着原来的衣服。那是一件最新款的灰白相间欧式宽松毛织长褂，她的脸色也很好，并没有雨默长期不见阳光的那种苍白。如果我没看错的话，她好像还画了淡妆。

她被局部约束，半躺在病床上，眼神警惕地打量着每一个人。她的目光从我脸上冷冷地扫过，刚刚偏移开，又倒了回来，定住——她认出我来了。

“唐平？”她有点吃惊。

我点了点头：“好久不见了，小月。”

“你在就好了！快帮我解开这些东西，他们把我当成精神病了……”她说到这儿的时候又呆住了，因为她刚注意到我也穿着病服。

“你……你怎么也成病人了？”她接着问道。

我苦笑一声：“我得了抑郁症。”

“哦……”她张了张嘴，不知道该说什么。

其实这个情形有点滑稽，我和她竟然在精神病院里以这种方式相遇。

“你好，我是萧白，你的主治医生。”萧白自我介绍道。

“你们有病吧！抓我干什么！快放开我！”杜依月挣扎着朝萧白骂道。

萧白微笑着问道：“放开你了，你要去做什么？”

“我要见罗七，你们抓了罗七吗？”杜依月直截了当地回道。

“罗七是警方抓的，我们只负责病人。”萧白回道，先把她的敌意消除。

杜依月瞪了他一眼：“我没病，放开我！”

“你知道罗七杀了三个人吗？”萧白问。

“知道又怎么样？”她答。

“而且他还绑架了你对吗？”

“是又怎么样？”杜依月又答。

萧白微微一笑：“你爱上一个绑架你、伤害你的人，这种爱合理吗？”

杜依月张了张嘴，又想了想，回道：“爱不需要理由，他也没有伤害过我。”

萧白微笑着点头说道：“我知道他对你很好，除了绑架你，囚禁着你外，对你秋毫不犯，还给你买衣服和日需品，小心地照料着你，甚至还经常带你去院子里晒太阳。”

“你……你怎么知道的？”杜依月愣住了。

“我当然知道，我还知道刚开始你拼命试着逃跑，却一直失败。到了后来，你连逃跑的想法都没有了。甚至之后有无数次机会摆在你眼前，你都没有想过再逃跑或者呼救。”萧白接着说道。

杜依月想了想，问道：“罗七告诉你的？”

“不需要罗七告诉我，我猜得到。”萧白认真地回道，然后又问，“你听过斯德哥尔摩综合征吗？”

杜依月摇了摇头，萧白把这个病症大概解释了一下。

说完后萧白望着杜依月说道：“现在，你问自己一个问题，你是爱上了罗七，还是被罗七驯服了？”

杜依月低着头，沉默不语。

萧白叹了口气：“说说你和罗七之间的事吧，放心，你的家人正在赶来。只要你能明白过来，走出这个误区，你随时可以离开这儿。”

杜依月沉默了好一会儿，才缓缓讲述道：

其实罗七挺值得同情的，以前在公司里的时候每个人都把他当傻瓜，当出气筒。他的画其实有很多可取之处，画功也很扎实，只是缺乏创意。公司里很多人说话也蛮过分的，他又像个沙包一样，一声不吭地任人打击。

其实我知道他很重视别人的评价，有一次我随意地夸了夸他的画，他就像个孩子一样抓着脑袋傻笑了半天。我不能帮他什么，我还需要这份工作，所以我也不能为了他去和别人针锋相对。我只能时不时地鼓励他几句，安慰他几句，其实我能做的也就这么多。

罗七被辞退的那天其实我挺为他庆幸的，我希望他将来能换另一个更好的工作环境，少一些尖酸刻薄的同事。再后来就没他的消息了，也不知道他过得怎么样。不过是一个被辞退的同事而已，我也没管这么多。

但就在他被辞退的三个月后，我加完班回家路上，突然背后有人用一张手帕捂住我的嘴。我嗅到一阵怪味之后就晕了过去，我醒来的时候，看见自己被锁在那个地窖里。罗七像只小猫一样蹲在一个墙角，双手揪着自己的头发目光呆滞地看着我。他的眼神很复杂，我说不上来那是什么，像是懊恼、无助、恐惧……

我刚开口喊了他一声，他就转身逃了出去，把地窖的小门锁死。我走到门边问他为什么要这么做，我知道他就靠在门后。他没有回答我，只是拼命地将自己的脑袋往墙上磕，不断地问自己：“为什么我会变成这样？为什么我会变成这样，为什么……”

他面对我的时候，一句话也不说。他就是每天给我送吃的，看见我衣服脏了就给我买新衣服，甚至还帮我买了化妆品。他还在地窖里为我建了一个卫浴，有一次我趁机抓起一块砖头砸向他的脑袋。可能是我手劲太小，没把他砸晕，血从他脑袋上流了下来，他就这样一脸是血地回过头来呆呆地看着我。我被吓坏了，退了几步缩到角落里瑟瑟发抖。我不知道接下来他会怎么对我。

他就这样呆呆地看了我几分钟：“对不起……”他说，然后又自己转身出去包扎。那一刻我眼泪就下来了，我都不知道自己为什么会哭，是为我，还是为他。

在那段时间里，我偶尔会听到地窖正上方传来锁镣拉扯水管的轻微脆响，还有一个男人压抑的呜咽声。是那种嘴被封住，只能从鼻子发出的声音。我知道，地窖上方的房间里还囚禁着另一个人，而且被囚禁的时间可能比我还长。只是我不知道，为什么。

一个星期后，他第一次杀人，我不知道在地窖外发生了什么。但我能猜得到，我能听到搏斗的声音和另一个男人的惨叫声。我都被吓哭了，不知道下一个死的会不会是我。过了几个小时后，我又听到了罗七痛苦的号叫声，他不断地咒骂着自己和那些歧视过他的人。他不断地问："为什么要逼我！为什么要逼我走上这条路……"

之后的很长一段时间，他越发的沉默。每天除了给我送吃的，就是守在电视和收音机前，不断地换频道听关于这个案件的新闻报道。我知道他很害怕，除了买日用品，他几乎就没出过门。偶尔他会回市里的房子住几个小时，以掩人耳目。然后晚上就回到这儿来，半夜里我经常听到他从噩梦中惊醒的尖叫声。他每天都蹲在地窖门口呆呆地望着我，无论我说什么、问什么他都不答，就这么一直呆呆地望着我。

直到有一次，我试探着说："我想去院子里晒晒太阳。"

没想到他同意了，打开地窖的门，和我去院子里晒了一下午的太阳。他还从屋里帮我搬了张木椅，给我坐。我想连他自己都不知道为什么要绑架我，所以才一直那么呆呆地望着我，他也回答不了我的问题。

案发后两个月，他的心情似乎好了很多。因为警方一直没查到什么线索，他经常出门去探听消息，每次回来都是哼着小调。他似乎开始享受生活，不仅经常给我带一些路边的小吃，自己也开始学着烹饪，做完了就静静地坐着看我吃。

我也似乎开始渐渐适应这种生活。罗七真的对我很好，我说的、没说的，他都尽力帮我做了。罗七的转变是很缓慢的，却也是很迅速的，之后他脸上的笑越来越多了，就连人都变得自信了起来。他之前是提心吊胆地看新闻，现在他是很享受地看新闻。只要新闻上一有这案件的报道，他就聚精会神地看，嘴角带着一种很享受的笑意。我见过他这种笑，是我夸他画得好那时候的笑。

我想他应该做完这一次就会罢手了，但半年过后，他渐渐变得焦躁了起来。每天就是不断地在换频道找新闻，我知道他想找有关那个案件的新闻。但我不知道他为什么想找，没了有关案件的报道，不是更好吗？

一天夜里他突然出去了，回来的时候我听到了他沉重的脚步声和手术台上那些器械的当啷响声。我知道他又杀人了，我在地窖门口朝他嘶吼："罗七，求求你，别再杀人了！这不是你，这不是你……"

他走到门后，良久，才终于回了一句："这才是我，我要让他们永远记住我，记住我的作品！"

那一瞬我就惊呆了，也明白了，原来他要的其实不是钱，而是关注。他想引起别人的重视，他已经被别人忽略得太久了……

做完一切后，尸体就一直放在那房间，他要等雨天才去抛尸。我也一直在地窖里待着，我不敢出去，我怕见到尸体。他也就经常这样坐在地窖门口呆呆地望着我。

我说："罗七，你收手吧，不要再杀人了。"

他呆滞地看了我很久，突然说道："你走吧……"

然后他站了起来，身子靠在墙边，闪出一条过道。

我呆住了，我知道他是真心想放我走。但我现在不能走，如果连我都离开了他，他就会变成一个彻底的魔鬼。我看到他的身影已经被黑暗吞没，他已经不再是以前的那个罗七，唯一不变的是——他还爱着我。

我说："我不走，我会一直陪着你，但你不要再杀人了好吗？我们一起离开这儿，去找个谁也不认识我们的地方，一起过日子。"

他愣了愣，问："可以吗？我是个魔鬼，我配不上你。"

我说："可以的，只要你别再杀人了，我愿意一直陪着你过完下半辈子。"

他想了想，说："最后一次吧，我再做最后一次就彻底收手，结束我的'艺术生涯'。"

然后就把地窖的门关上了，我看着那个铁门，脑中一片空白。

第二具尸体抛尸后那一个星期里，他每天都在看新闻，听广播。津津有味地看着，很享受地看着。其实他不过是个孩子，希望能有人关心的孩子。有次他正看得起劲的时候，我走过去把电视关了，我说："不要再看了，也别再杀人了。"

他像个贪心的孩子一样笑着，竖起一根指头，用哀求的眼神望着我："最后一次，再做最后一次我就收手，好不好，就一次？"

我没有回答他，我只是走回地窖里，呆呆地坐在床边。我不知道为什么罗七会变成这样，我只知道他已经被逼疯了，这世界已经将他逼疯了。

再后来的事你们也知道了，其实地窖的门一直没锁，我随时可以离开的。但我还在等他回来，我希望那真的是最后一次，我甚至都已经计划好了将来我们要过的日子。计划好了生几个孩子，等他们长大后让他们自由发展，将来学什么都好，就是别再学艺术类的东西了……

故事听完了，我们都沉默了。这个故事很简单，却也很令人费解。杜依月在这故事里到底扮演了一个什么角色？是受害人，还是拯救罗七灵魂的天使？她是被驯服了还是真的已经爱上了罗七？

“除了第一名被害人，后两名他都是直接虐杀，他甚至都没有想过继续配型器官去卖。那时的他，已经是纯粹地为了‘作品’而杀人，整个人早已失去了控制。你是罗七在黑暗中的最后一缕光，心中的最后一丝牵挂。没有你，罗七会杀更多的人。”良久，萧白终于叹了口气缓缓说道。

“可……可我感觉我是真心爱上他的，难道爱也需要理由吗？”杜依月眼中涌出泪花。

同样地，我也不知道她现在是在为谁流泪，是为罗七，还是为她自己。

萧白递给她一张纸巾：“你是个善良的好姑娘，但那是同情，不是爱。在被囚禁的过程中，你认同了他，依赖着他，最终以为自己爱上了他。”

“你知道罗七为什么要绑架你吗？”萧白问。

然后又自己答道：“因为他希望你能阻止他，他的善良在呼唤你的帮助。其实你已经不知不觉中做了很多，否则死的就不仅仅是三个人了，而是更多。”

“他说那是最后一次的……”杜依月啜泣着。

萧白摇了摇头：“之前我也以为那是他最后一次，现在看来不是。那只是答应你的最后一次，并不是真正的最后一次。”

杜依月愣住了：“为什么？”

“在最后一案时，他故意留下了一堆线索，就是希望警方能抓住他。因为他清楚地知道那并不是真正的最后一次，他已经停不下来了。也是因为你，他才希望自己被抓住，他不想你真的跟着他受苦，所以他只能毁灭自己。”萧白叹气说道。

“这是他说的？”杜依月愣道。

萧白又摇了摇头：“其实连他自己都不知道这些事，这些东西都埋藏在他的潜意识中。他还能这么做，全都是因为你，在他的世界中只剩下你最后一个活人了。”

萧白说完，大家又沉默了。人性确实很复杂，罗七绑架杜依月，竟是为了让她阻止自己杀更多的人。罗七一再留下线索，是为了让警方抓住他，从而能解救杜依月。

这到底是个什么故事？我想了想，这应该是个和良知有关的故事。罗七杀了三个无辜的人，这三个人甚至和他一点关系都没有。从这边上看，罗七是凶残、疯狂的。但从杜依月那边看，他又是迷茫、值得同情、尚未泯灭人性的。

或许所有的东西都是这样，换个角度再看，就会得出不同的结论。罗七已经罪大恶极，但他还剩最后一丝相对而言的善。幸好还有杜依月帮他保留着这最后一丝善，否则死的就不仅仅是这三个人了。

杜依月的家人赶来了，适时地打破了沉默。父母过去一把抱着她相拥而泣，萧白和我也退出病房，给他们留点空间。

杜依月父母的思想工作其实很好做，萧白只要告诉他们：“杜依月爱上了连环杀人犯罗七。”她父母马上就同意让杜依月接受治疗了。

其实父母很多时候都是对的，他们并不比你笨，他们的思想看起来古董老套，却也常常一语中的。他们攒了大半辈子的现实经验，那都是你尚未经历过的，有时候我们不妨听听父母的意见。

就像我第一次带女朋友回家吃饭，事后爸妈就和我说："这女孩子太时髦，有点拜金，一进门就东张西望地看家具和屋里的装修。不是个过生活的人，也不是个适合做妻子的料。"

因为这话，当时我还和他们闹了一顿。

没想到后来事情的发展，竟如我爸妈所说，唉……

我和萧白在走廊上抽烟，脑中回想着罗七的这些事。

"人性到底是什么样的？是善的还是恶的？"我问。

"弗洛伊德和荀子都同意人性本恶，孔子却说人性本善，这个问题已经争论了上千年。其实没什么意义，谁赢谁输，人性还是本来的那个样子。"他说。

"那你认为呢？你认为人性到底是什么样的？"我又问。

"在人刚降生时，用弗洛伊德的话说，那就是一个原我状态。即本我，野兽我，没有是非观，没有善恶别，只有野兽一般的欲望和本能。随着婴儿逐渐长大，所处的环境、际遇、文化、道德……这些有形和无形的东西教导着他，影响着他，最终铸造了他。"

"野兽我，那不就是恶吗？"

他摇了摇头："虎毒尚不食子，狼恶亦念母恩。其实人性本无善恶，我们都曾经是白纸一张。经历过的人和事在那张纸上勾勾画画，让我们自己去解读，去领悟。人性是教出来的，更是悟出来的。"

"悟？"

"嗯，悟。悟比教的作用大，教是别人的，悟才是自己的。近朱者赤，近墨者黑，此为教；出淤泥而不染，此为悟。大多数情况下教占的比重大，所以成长坎坷的孩子心智很容易出问题。

但这不是绝对的，也有人在坎坷中悟出这世间的真谛，早早成熟，心存至善的例子。这就是教和悟的差别。”

“那在美满家庭长大的孩子应该就没事了吧？”

“那要看你如何定义美满这个词，过分溺爱孩子，只会让孩子变得任性，晚熟，自私，甚至长大后成为另一个罗七。什么东西都要适度，爱也一样。”

“那爱呢？爱又是什么样的？”我又问。

他看了看天空，此时的天空很蓝，没有丝毫多余的点缀。他叹息道：“我说过的，爱无法定义。但爱是一种本能和需求，贯穿着整个人类史。任何人都需要爱别人和被爱，无论是什么样的爱，亲情、友情、爱情……都是爱。爱是无形的，却有着这世间最强大的力量。”

“你老是将爱说得很重，其实我不这么觉得，那些在酒吧里一夜情的人不也天天爱？”

他微微一笑：“那是爱吗？那只是放纵的欲望，被曲解的爱。他们要得越多就会越迷茫，越空虚。因为爱是给予，不是占有和征服。”

“爱是给予……”我回味着这句话。

他微微一笑：“就像偏执型钟情妄想的病人，她们就不懂这个最简单的道理。喜欢一个人，就要得到他，恨不得将他牢牢绑在身边片刻不离，甚至打着爱的幌子去伤害对方。她们认为这就是爱，其实这只是最自私的占有。”

“心理学上这么说的？”我问。

他嘴角挑出一个笑意：“我这么说的。”

我瞄了他一眼：“那心理学上是怎么说的？”

他意味深长地望着我，一脸贱笑地说道："心理学上怎么说的不重要，你怎么想的才是关键。教是别人的，悟才是你自己的。"

"你知道吗，每次你挂起你这脸贱笑的时候，我就直犯恶心。"我咬牙切齿地说。

他的笑更贱了，可以用阳光灿烂来形容："你终于把这句话说出来了，这样多好，不用把话憋在心底。"

"那你呢，你有多少话憋在心底？我看你可比我闷骚多了。"我反讥道。

他摇了摇头："我不能把我的情绪带到工作中去，否则我早就崩溃了。"

"那你心情不好的时候会干什么？除了对着女友的照片说话，总要有其他宣泄的途径吧？"我问。

他苦笑一声："我会去换一大把零钱，然后步行逛街，给每个遇见的乞丐一块钱。"

我瞟了他一眼："你还真有钱。"

"因为给予是快乐的，因为看到他们，我就知道自己并不是世界上最痛苦最倒霉的一个。"

他掏出手机看了一下时间："差不多了，你该去和雨默玩那个影子游戏了。"

"这游戏到底什么时候是个头啊，开始只是简单的游戏，现在连剧本都有了，接下来还有什么？"我无奈地问。

他带着那一脸贱笑回道："游戏什么时候到头，我说了不算，这个要等雨默自己去决定。"

于是我只能继续去找雨默，继续这个不知道算是什么游戏的游戏。

游戏在继续，生活也在继续。

接下来的一周里，时间过得飞快。其实时间从来没有快，也没有慢过，这只是我们的错觉而已。因为这一周里没有什么值得记录在脑里的事，回忆起来都是大片的空白，所以会觉得时间过得飞快。

有时候我不禁会想，我们活在这世界上是为了什么呢？其实好像就是为了积攒一些回忆而已。比如我此时此刻就会想：昨天发生过什么特别的事吗？

好像没有，所以我觉得昨天过得飞快，心头会浮起一种虚度光阴的感觉。

反正萧白还是没有给这影子游戏喊停的意思，真不知道这个疯子都在想些什么。

不过我能看出雨默的一些微妙变化，刚开始她兴趣盎然，每次都早早地等在治疗室。但现在她渐渐有点厌倦了，一般都是等我去喊她才去，她的病房也已经换到了二楼。今天下午我走进她病房的时候，她正躺在床上懒懒地翻看自己写的那些剧本，不知道在想些什么。

“你来了。”她说。

“嗯，你怎么看起来有点闷闷不乐的？”我问。

她支起双膝，捧着自己写的剧本，沉默了一会儿：“你说我写的这些东西是不是很可笑？”她问。

“为什么这么说？”我问。

“一个人从小到大和自己影子的故事，难道不可笑吗？”她问。

“这是你自己的故事，不是吗？”我问。

“以前我以为是，可等我现在写了这么多以后，不知道是还是不是；以前我以为这很真实，写起来才发现这很吃力。以前我以为我在写往事，现在才发现我好像在编故事。”她终于不再和我换着问问题，回道。

我沉默了，因为我不知道该说什么。

“唐平，你说这些故事是不是很荒诞？我写的时候，都不知道这故事里哪些是真的，哪些是假的。有时候我半夜醒过来的时候，我怀疑我还在梦中，我好像在做一个没有尽头的梦。”她说。

“其实我们都在做梦，不是我们不能，而是我们不愿醒来。”我说。

雨默迷茫地看着自己写的剧本，突然说道：“唐平，不如我们换个游戏吧。”

“什么游戏？”我问。

“你往东我往西，看谁先能找到自己。”她认真地说。

我愣了愣：“这……这游戏难度可太大了。”

“可这游戏很多人玩了一辈子……”她忧伤地说。

我能读懂她的忧伤，但我听不懂她说的话。

第九章

灵魂摆渡人

影子游戏还在继续着，但雨默无精打采。按着剧本刚演到一半，她就坐到椅子上不动了，翻着她的剧本。她的眼神有点迷茫，似乎看不懂自己写的东西。我没有说话，我也坐回椅子上静静地看着她，看着时间一分一秒地过去。我们现在就像两个等着放学的孩子，数秒。

萧白还是在忙，他这段时间忙得连来督察我们的时间都没有。我看了一眼治疗室墙角剥落的墙灰，这是八十年代的古董建筑，就连各类医疗器械都难得有一件能跟得上时代的。我不知道这所精神病院还能维持多久才会彻底倒塌，我只知道有些人会一直留守到倒塌的最后一刻。

我看着雨默，雨默看着剧本，时间就这样一分一秒地过去。

下午四点，时间到了，我将雨默送回了病房。她一直在想什么似的心不在焉，只是时不时看几眼手中的剧本，仿佛觉得那剧本很陌生。

我想起了萧白说的那句话："游戏什么时候到头，我说了不算，这个要等雨默自己去决定。"

我决定去问问他，雨默似乎已经觉得这个游戏该到头了。

我回到男病号楼的时候，一切如常，办公室里没看见萧白。我估计他可能在查房，但等了老半天他还没出现，我决定去找找他。我上了三楼，没见到他，然后就上了四楼。

四楼是个养老的地方，这地方我一点都不想来。这里大部分都是呆滞的眼神，他们的视线大部分都对着门口，他们希望门口出现的是自己的亲人。开始几间是四人病房，到了后面全是八人病房。八个床位挤在一个房间里，差不多可以算是床挨床。

我知道这是为什么，四人病房是有家属交医药费的，八人病房则是医院自己养着的。这医院里甚至连一间单人病房都没有，几个医生共用同一间办公室，确实是到了极限。在其中几间病房里，有几个病人在打牌。他们早就已经不再对亲人抱任何希望了，他们在这里安心养老，等死。

我转了一圈，还是没找到萧白。迎面走来了一个端着洗脸盆的护士，估计是刚帮病人擦洗完身子。

我拦住她："萧医生去哪儿了？"

她叹了口气："萧医生被病人从背后偷袭，头部受伤，去缝针了。"

"什么！伤哪儿了，重不重？"我一愣。

"在顶骨正中那一块，不知道严重不，流了好多血……"她咬着嘴唇摇了摇头。

"这……这什么时候的事啊？"

“一个小时以前，就一楼116房那个郝达维打的。当时萧医生正背对着他和他的邻床谈话，他突然抬起小桌子向萧医生的脑袋砸去。还一连喊着：‘杀人凶手，杀人凶手！’”

我愣住了，郝达维，就是一直扮演秘密警察的那个偏执型精神分裂症患者。之前我还觉得这家伙很有趣，谁知道一发起病来这么可怕。萧白不是蛮厉害的嘛，怎么会一下被他偷袭得手，我还以为没人能伤得了他呢。

刚想到这儿的时候，楼下一阵嘈杂声传来。好像听到了瘦子的吼叫声，我赶紧转身跑下楼去。

果然，瘦子和那七个病人群殴了郝达维，十多个男护和医生都架不住。瘦子被几个男护架着，挣扎着，口中还骂着：“你敢打萧医生！王八蛋！”

“别打架！”

“他敢打萧医生！打死他！”

“不许打架！”

“他是杀人凶手！你们都被他骗了！”

“你再说一次！王八蛋！”

……

一楼整个都乱了，拦架的、看热闹的、趁乱瞎闹的……

一个护士眼疾手快地将通往二楼的楼梯铁门锁死，防止事态扩散到全楼。再这么闹下去非出事不可，一楼都是刚入院的重症病人，受不了这样的刺激。特别是那几个被强制送入医院的，趁着这机会去砸大铁门。

“别闹了瘦子！”我吼道，这声音连我自己都吓到了，我竟下意识地大吼了这么一句。

大家的目光一下就汇集到了我身上，吼完我也愣住了。接下来该怎么办？我可不是萧白，没处理过这样的事。

瘦子看着我愣了愣："唐平，他把萧医生的脑袋打破了！我们要打死他！"他指了指郝达维。

"他是杀人凶手！你们都被他骗了！"郝达维不依不饶地回敬道。

"……你！"瘦子一怒，又要冲上去。

"瘦子！"我又吼了一声，"这是萧医生的工作，你这样不是帮他，是给他添乱，懂吗！"

瘦子停下了攻势，我知道他听得懂，偏执型精神病人有大部分的认知能力。

"你自己想想是不是这样？你这么一闹，到时候萧医生回来了还得帮你们收拾烂摊子。说不定到时候医院还要追究责任，把萧医生辞了！你这不是在害萧医生嘛！"我故意将后果说得更严重些。

瘦子想了想，咬着牙瞪了郝达维一眼，指了指他："以后你要是敢再动萧医生一根毫毛，我们打死你！王八蛋！"然后对着那其余的七个病人说道，"我们不给萧医生添乱，我们不打他了！"那七个病人也点了点头。

我没想到我成功了，原来就是简简单单的几句话而已。精神病人也可以很理智，只要你说的话他能听得懂。我想了想，又指了指砸铁门的那几个病人："你们要是真想帮萧医生，就和男护们把这几个砸门闹事的送去约束。"

瘦子点了点头，反过来帮男护一起收拾残局，一场即将发生的大骚乱就这样戛然而止。以前我一直在想萧白是怎么做到的，现在我明白了。到了那个时候，站在那个位置，你自己就懂得该怎么做了。

十几分钟后，一切都平息了下来。我建议王医生别约束瘦子他们，他答应了。我带着瘦子他们八个回到二楼的病房，让他们安心等萧医生回来。他们坐在自己的病床上，一言不发。我叹了口气，转身准备离开。

“唐平，我……是不是又做错事了？”瘦子突然问道。

我摇了摇头：“你没错，其实谁都没错，包括郝达维都没错。错的是这个故事，这个故事不应该把你们放在一起。”

瘦子似懂非懂地点了点头，我转身回了自己的病房，掏出烟盒。海洛因凑了过来，我走到门口看了一眼走廊，没护士在，护士都在一楼忙着收拾残局。也给了他一根，海洛因点上，“真行啊唐平，没想到你这么厉害！刚刚都把我吓坏了，你几句话就摆平了。”

我苦笑了一声：“刚刚我也吓坏了，还好瘦子肯听我的话。”

海洛因回想了一下，说道：“对了，瘦子以前不是最恨萧医生的吗，怎么这次回来以后像变了个人似的？”

“因为出去一趟以后，他懂得了很多事。”我感慨了一句，其实不光是瘦子，我也懂了很多。

不知道萧白伤得重不重。以前我一直认为如果有一天这家伙出了什么事，我肯定会拍手称快的。没想到现在他真出事了，我也在为他担心。以前我觉得这家伙生命力极强，就像一只在任何环境下都能生存的蟑螂。据说把蟑螂的脑袋剪了，它还能活九天，最后还是饿死的。

正想着的时候，僵尸走进来坐回自己的床上。这家伙刚刚也跑去看热闹了，看来真是恢复得不错，他以前可是雷打不动的角色。过了一会儿胖子也回来了，一进门就来了一句："唐平，厉害啊！"

我笑了笑，胖子现在说话越来越简明扼要了。我怀疑萧白再给他治下去，以后会不会变成一字千金的主儿。算算时间，我入院两个多月了，三个月一疗程，我好像也恢复得差不多了。

怪了，萧白到底给了我们什么治疗呢？这家伙每天除了给我们几粒药片，带着他那一脸贱笑说废话，好像也没别的了。哦，对了，还有他那乱七八糟的"萧白疗法"。天晓得这家伙是从哪儿学来的医术，尽是些下三烂的玩意儿。

有时候想想，这家伙还真适合这工作。因为他本身就是个疯子，也只有疯子才能在这种环境中嬉皮笑脸地工作。其实他藏得很深，他背后的痛苦只有他自己知道。

以前我一直看不起小丑，画个笑脸，天天像个傻子一样逗别人笑。现在我觉得其实小丑是最值得尊敬的，因为他一直埋藏着自己的痛苦，挂着那张笑脸给别人带去欢乐。那张笑脸掩盖了一切，他的快乐都是别人的，面具后面的苦泪只有他自己品尝。

瘦子以前最恨的就是萧白，其实郝达维就是以前的瘦子。瘦子之所以会变成今天的瘦子，是因为瘦子看到了脱下白大褂的萧医生。以前萧白揍痞三的时候说过，他穿上白大褂是医生，脱下白大褂就是萧白。其实他穿不穿白大褂都是萧医生，都是萧白。

以前我总认为偶然都是巧合，来到这儿以后我才发现偶然不单单是巧合，更是命中注定。

罗七、杜依月、雨默、陶耀、萧白……每一个人都和我有着千丝万缕的关系，他们之间又各自有着微妙的联系。这个关系无论从哪儿排起都能成立，这个联系复杂得已经超越了三维结构。

举个例子：

萧白通过帮助马千里找到了罗七，接着又找到了杜依月，我们突然之间在这里相遇。罗七为什么会变成一个杀人狂，因为他和我有着同一个刻薄的上司——陶耀！雨默正是陶耀的妻子，雨默通过萧白在这里和我相识。

从这看来，精神科医生萧白应该是站在蜘蛛网的中间，我们的命运通过他穿插在了一起。

但换了我在蜘蛛网的中间也一样，这一切都和我有关系。

甚至把已经死去的陶耀放在蜘蛛网的中间也可以，这一切都因他而起。

如果你想完成这个关系结构图，我想你很快就会崩溃认输的，因为这些关系已经复杂得无法用任何图形来表达。

这一切的关键就是这个已经死去的人——陶耀。他是我、罗七、杜依月的上司，也是雨默的丈夫。这个我之前一点都没提过对吗？甚至我还多次刻意隐瞒了这个关系，连这个名字都不敢提及。

别怪我，因为我真的不能说，这是我的秘密。我已经计划好了，我会将这个秘密一直锁在心中，带到坟墓里去。

所以当我第一眼看到雨默的时候，我就知道了什么是命中注定。雨默就是我的命中注定。

雨默是我犯下的罪，可能也是我即将到来的罚。

下午五点多的时候萧白回来了，我没急着找他。我知道他一听说楼里闹事了肯定又得忙半天，不过我还是想先去看看他，不知道他伤得怎么样。

我假装不经意地经过一楼，他正在安抚约束室里的病人。我朝里面张望了一下。他背对着我，后脑勺被剃成了地中海，一块大纱棉代替了他的头发。加上三条长长的白胶布，一眼望去像是在后脑勺上戴了个口罩，相当滑稽。

他指了指约束床上的郝达维，带着那一脸贱笑："你小子下手真狠，我要真是杀人犯，肯定第一个先杀了你！"

郝达维在床上一脸恐惧地缩了缩身子。

听到这句话我就知道他没事，他真的像蟑螂一样有着顽强的生命力。什么时候他都能笑得那么贱，笑得那么令人恶心。我决定回房等他。

果然，六点多的时候他才从瘦子的病房出来。他走到我的病房门口，给了我一个赞赏的微笑："走！我请你吃饭！"

我瞥了他一眼，转身从桌子里抽出我的饭盒。这家伙不是一般的抠，请你吃饭，肯定也是食堂的饭。

他贱贱一笑："你还真了解我！"

我无语地摇了摇头，跟他去食堂打饭。我也没客气，鸡腿鸡翅啥贵打啥。他交饭票的时候看了一眼我的饭盒，点了点头："不错不错，看得出你已经尽力了。"

我给了他一个挑衅的微笑："在这儿吃？"

"跟我来。"他说。

我们去了男病号楼的天台。

"为什么来这儿？"我问。

"我想看看日落。"他边说，边往嘴里塞了口饭。

我看了一眼他后脑勺上的口罩："缝了几针？"

“八针，我让医生别局麻头皮，疼得很。”他咧了咧嘴。

“你是不是学过格斗术一类的东西，怎么身手这么好？”我想了想问道。

他苦笑一声，没有回答，却问道：“你知道我们精神科岗前培训第一课学的是什么吗？”

我摇了摇头，他接着说道：“第一课学的就是如何防止和抵御病人的突然袭击和进攻，包括制止和防御技巧。如何在不伤害病人的前提下约束病人，包括各类突发情况的处理等。”

“还要学这些？”我愣了愣，又回过神来点了点头，“确实应该学，还应该多学点才对！”

“哈哈哈哈！”他爆发出一阵大笑，紧接着脸上抽了一下，轻轻用手捂了捂后脑勺上的纱布，估计是他笑的时候牵扯到了伤口。

“你真的不生郝达维的气？”我问。

他略带忧伤地微微一笑：“如果生气能治疗他们的话，我会的。”

接着他又望向我说：“不过真该感谢你，下午要是没有你，真不知道会闹成什么样。”

我摇了摇头：“我只是模仿了一下你而已。”

他举目望向那西坠的斜阳：“还记得这儿吗？两个月前，你站在这儿想最佳的跳楼姿势。”

我苦笑一声：“连吃饭你都不能给我个好心情。”

“你知道吗，你的抑郁症其实已经好得差不多了。接下来逐渐减药，避免戒断反应就行。”他吞下一口饭菜，说道。

“那我怎么还在二楼，按理说我应该换到三楼了。”

他笑了笑："这规定又不是死的，分楼分病房，只是为了防止同房病人相互影响恶化病情而已。"

"也就是说每个病房的病人你都是特意安排的？"我想起来问道。

他点了点头："影响可以是好的，也可以是坏的。像被害妄想症，一般是不适合与抑郁症同房配合的，但你的反应性抑郁症初期有些非同凡响，所以我倒着来试了一下。再比如抑郁症和躁狂症就是最佳的同房配合，而像偏执型精神分裂症扎堆就是最危险的同房配合。"

"我说怎么把海洛因一直安排在我的邻床呢。"我果然没猜错，这一切都是萧白这只老狐狸的安排。

他笑了笑："其实我很喜欢躁狂症患者，能帮我治疗不少人。他们热心，热情，慷慨大方，情绪高涨，专治各类低情绪类精神病，比我这个医生还管用。"

"你这些乱七八糟的医术是从哪儿学来的，哪有你这样的医生。"我无语地摇了摇头。

"从这间精神病院里学来的，这世间万物都有自己的规律。在这里我学到了书本上没有的东西，我学会了怎么让病患互助治愈。"他认真地回道。

"所以从雨默入院的第一天你就将目标对准了我是吗？"我问。

他回望向我，目光很有深意："我知道雨默对于你来说，不仅仅是同情这么简单。不过我只负责治病，其余的与我无关。"

"哦，我正要和你说这个，雨默说她不想再继续你那个什么戏剧疗法和影子游戏了。"我岔开话题说道。

他点了点头："这是好事，她终于决定中止这个游戏了。"

"接下来怎么办？"我问。

"明天再说。"他又塞下一口饭，将目光转向残阳。

老半天过去了，我吃饭，他也在吃饭，一言不发。他似乎在等我发问，如同他特意带我来这儿一样，他在医院里做的每件事似乎都有着自己独特的目的。

"什么是自由？"我突然问道，我知道他就是在等我问这句话。

"这世界上没有绝对的自由，只有相对的自由。"他早有准备似的答道。

我叹了口气："那人活着岂不是很累，被无数东西一直束缚着。"

他沉声道："这世间万物都是如此，从诞生那一刻就有大半的命运和未来都是已经注定好的，这是无法更改的部分。比如你，你从诞生那一刻已经注定了是个男人，出生在一个平凡的家庭，生活中你要遵守各种成文和不成文的规定，而且终有一天会死去……这些东西早已注定，无法更改。"

"那还不如死了算了，解去这些枷锁。"我说，这也是我两个月前的真实想法。

他笑了笑看着我："死？那你就是舍弃了你唯一的自由。"

"什么自由？"我问。

"改变命运和未来的自由，你的大半早已注定，但还有小半是待定的。你的自由就是去创造未来和改变命运，这些空白的部分将由你自己来编写，这就是你的自由。"他答。

"这些都是空话，人活着就没有什么自由可言。要工作上班挣钱才能买生活中的物质，一切都是按部就班，一切都是庸俗老套。人唯一的自由就是向命运低头，臣服于命运的安排！”我反驳道。

“知道你为什么感觉没自由吗？因为你想要的太多，你追求的东西超过了你能力的范围，因而你身上的枷锁越来越多。其实我们都已经活在牢笼之中，你却还要给自己背上一身的枷锁，你还嫌自己不够累是吗？”他笑着问道。

我沉默了，他接着说道：“就好比在这所精神病院里，我不过只是给了你一个院内自由，却已经让其余病人妒忌得眼中冒火。这算自由吗？在外面不算，但在这里就是自由。”

“相对的自由……”我回味着这句话。

“是的，相对的自由。你不能改变世界，却能改变自己，包括你看待事物的眼光。世界是所有人的，也是你的，你的世界。”

他的话带着丝丝禅意，我不知道我悟了没，但似乎我懂了一些东西。

“其实你听得懂的，我说的什么不重要，你怎么想的才是关键。你主宰着你自己的世界，你的世界是灰暗还是光明，都只在你一念之间。”他看着我，眼中充满了智慧，那眼神宁静祥和。

“可又有谁能真正心如止水，宠辱不惊？”我苦笑着说。

他抬起右手，摇了摇食指：“心如止水是错误的，你应该顺其自然，明白吗？”

他接着说道：“这人生啊，是个很有趣的东西。你从远处看去，是一团乱麻。你走近再看，却是一朵朵的莲花。当然，可能你只看到了莲花底下的淤泥，那是因为你凑得太近了。”

我回味着他话中的禅机，这概括一生的禅机。

“是乱麻，是莲花，还是淤泥，都在你一念之间。你愿意看见什么，就是什么。因为这是你的世界，由你主宰。”我回过神来时他正望着我，微笑着这么说。

“可是我只看见淤泥，没见过莲花。”我摇了摇头说。

“因为你太把自己当回事，以自我为中心，你凑得太近，只看见了自己的那些痛苦。你试着和自己拉开一段距离，再回过头去审视一下自己。很快你就会发现，那些痛苦其实不算什么。你不能一直紧闭双眼，然后说你看到的这个世界只有黑暗。当然，你愿意看淤泥，看乱麻，还是看莲花，都随你。这是你的世界，都随你。”他此时的微笑无坚不摧，语言沉稳而有力地敲打着我的内心。

我沉吟了一下：“这是佛禅吧，你信这世界上有生死轮回吗？”

他笑了笑：“这是我的禅，我是无神论者。我认为人只能活一次，每个人都只有这么一次机会，所以一定要活得精彩。寻死就是最大的浪费，浪费了这唯一的机会。死去的人没有任何自由，尸体任人摆布，生前的事迹任人改编叙述，他甚至都不能爬起来回骂一句。”

“如果真的有轮回呢？”我问。

“如果没有呢？”他反问。

我沉默了。

他举起一根手指：“你可以想象一下，假如你死去以后还有思想的话会是什么样？你无法动弹，被囚禁在无尽的死亡深渊。看着自己的身躯逐渐发臭，蛆虫爬向你的时候，你都无法挥手驱赶它。再然后你成了枯骨，千万年都保持着死去的姿势，你永远无法动弹，因为死亡没有尽头。到了那个时候，你还认为死亡是解脱，是自由吗？”

他的话让我不寒而栗，我从来没有感觉过死亡如此可怕。

“趁你还活着，去享受这难得的自由，创造你的精彩。记住，你只有这一次机会，唯一的一次！”他重重复述了一次。

接着他走到护栏边对着夕阳展开双臂，做了一个深呼吸，在享受着什么一样缓缓说道：“对我来说，能活着就是最大的自由，愿意看见莲花还是淤泥也是我的自由。选择接受痛苦还是快乐，都随我。在我的世界中我就是主宰，这就是我的自由……”

我看着这个后脑勺上戴着滑稽“口罩”、身披白大褂的男人。他在夕阳下展开双臂，嘴角带着享受的笑意。微风将他的白大褂托起，他的影子被夕阳无限拉长。那一瞬我觉得他即将腾空而起，飞向自由的蓝天。

那一瞬我看到了他的自由，这个被囚禁在精神病院里的医生，他心中的自由是如此宽广，能包容世间万物。那自由有着可怕的感染力，带着我飞向那无边的天际。

当我的心到达天际的时候，我回望向天台的那个我。那个我现在只能看到一个小黑点，只是我眼中世界的一个小黑点，如此渺小。这个小黑点发生过什么事，遭遇过什么不幸，谁又有兴趣知道呢？他只不过是这世界中的一颗沙、一粒尘。

他的痛苦对于世界来说又算什么呢？世界上比他痛苦的人多了去了。他愁容满面是为什么？因为他太把自己当回事，以为自己的痛苦比天还大，比海还深。瞧瞧这个可笑而又自大的人儿吧，他不过是世界中的一个小黑点而已。

看着那个小黑点，突然间我懂了，我笑了，我悟了……

昨晚是我睡过最甜美的一觉，一夜无梦，醒来时已天光大亮。我似乎一瞬放下了许多东西，许多我以前一直背着的东西。其实现在我还在背着，但我已经感觉不到它们压在我身上的重量。

萧白是我见过最难以定义的一个人，他有很多面，我想连他都无法完全解读自己。但有一点是肯定的，他是个好医生，而且是个很高明的精神科医生，有着一套无章可循却有效的治疗方法。我不知道他昨晚对我说的那些话算不算心理治疗，但这些话一字一句都刻在我心里，敲醒了我的灵魂。

中午的时候他出去了一趟，回来时带着一堆灯泡和锡纸。他走到我的病房门口："唐平，来帮忙！"

"哦！"我知道这些东西肯定和雨默有关系，这疯子做的事有时也能摸出一些规律来。

果然，我们来到女病号楼的治疗室，他就开始挨个往房间的四个角落装灯泡。装好以后，他又用锡纸将灯泡圈起来。看起来有点像探照灯，不知道他想干什么。反正我早就已经习惯了这疯子的无章可循。

然后是开始连电线，他将这些灯泡的开关都合并在一起，牵到办公桌上。做完这一切后，我们去吃饭，午休。

下午两点半时他叫醒了我："走，给雨默驱魔去！"

我愣了愣，赶紧洗了把脸和他一起去了女病号楼。路上他向我一再交代："等一下无论发生什么，无论雨默是什么反应，你都千万不要帮她。你要做的就是配合我，帮我稳住雨默！"

我认真地点了点头。

我知道这家伙无论对病人做什么事，都有他自己独特的治疗目的。他的治疗方式其实他早就说过：“我说什么做什么都不重要，你怎么想的才是关键！”

他要的是治疗结果，过程和方法都只是手段，他要的就是最终的治疗结果。可以说，在治疗病人时，他是个为达目的不择手段的疯子。

到了治疗室之后，他将窗帘连同黑厚遮光帘也拉上，整个房间一片漆黑。他将灯管打开之后，对我说：“把雨默带来吧。记住我说的话，一会儿无论发生什么事你都不要帮雨默。”

我点了点头，去到雨默的病房时，她正好醒了。我推着挡帘把她带去治疗室，心中还是惴惴不安，不知道萧白要对她进行什么治疗。

“萧医生……”雨默小心地打了个招呼，因为萧白对每个病人的态度都不同。我说过这家伙是个很好的演员，出于治疗目的，他对每个病人都有着不同的身份和态度。他对我有点像朋友，他对雨默则是高高在上的专家身份，所以雨默对他有点敬畏。

“嗯，你站到这儿来。”萧白半坐在办公桌上，指了指治疗室的正中。接着示意让我把门关上。

雨默走了过去，萧白看了她一会儿：“你让唐平转告我，说你不想再继续这个影子游戏了是吗？”

雨默点了点头，萧白问：“为什么？开始你不是玩得很开心吗？”

“我……我就是不想玩了。”雨默咬了咬嘴唇回道。

“说出你的真心话来，这对你的治疗有很大帮助。告诉我，为什么你不想玩了？”萧白继续问。

雨默犹豫了一会儿，说道：“我觉得这个游戏很幼稚，很可笑，很荒谬……”

“为什么你会觉得可笑荒谬呢？这对你来说，不就是你过去发生的事吗？”萧白一脸认真地问道。

“我以前觉得是真的，可现在我玩着这个游戏，特别是按着剧本再重演了一次之后，我才发现写那些剧本都很吃力，按理说真发生过这些事的话，我应该写得很顺畅才对。可我却写得很吃力，甚至不得不自己编造一些东西才能将剧情填完整。我觉得这真的很荒谬可笑，我觉得自己很可笑，怎么会有这样的事。我好像将虚幻和现实混淆了，将虚幻当成了现实。”雨默一口气说了出来。

萧白给了雨默一个赞赏的微笑，接着问道：“什么是虚幻？什么是现实？”

雨默摇了摇头：“我不知道……”

“你知道的，只是不愿意承认而已。”萧白肯定地说。

“可我真的不知道什么是虚幻，什么是现实。我不知道脑中的那些事，哪些是真的，哪些是假的。”雨默痛苦地双手捂住自己的脑袋。

“不，其实你一直都知道的，这就是你的虚幻！”萧白猛地一指雨默旁边的地面。

在我眼中那里并没有什么东西。雨默愣了愣，看了一会儿，猛地发出一声惊呼。就在雨默发生这个反应的时候，我也看到了萧白所指的东西，那是一个淡淡的模糊影子——雨默的影子。我没有过去劝阻萧白，因为他事前交代过我。

雨默下意识地想躲开。“别动！”萧白命令似的喊道，“看着它！看着你的虚幻！”

雨默浑身战栗地双手抱肩，恐惧地看着那个淡淡的影子。

“你知道吗？从你和唐平玩这个影子游戏开始，我每隔几天就会偷偷拿掉天花板上的一根灯管。你的影子也从完全看不到，到逐渐视觉可见。你在恐惧什么呢？你和你的影子已经和唐平在这里一起玩了将近一个月的游戏，为什么你要到现在才恐惧？”萧白冷声问道。

雨默死死地盯着地面上的那个影子：“其实……其实我心里明白的，影子就是影子，可我还是恐惧……每次看到自己的影子就会禁不住地恐惧，连我自己都无法控制地恐惧……”

萧白摇了摇头：“影子一直在，无论是你藏身于黑暗中，还是在无数灯光的照射下。你只是看不到而已，其实影子无时无刻不在你的身边。”

“我……我就是不想看到它，看不到它我就不会恐惧了。”雨默战栗地回道。

萧白冷笑一声：“看不到，它就不在了吗？你不断地自责，陶耀就会活过来吗？你逃避现实，不去面对这一切，这一切就会没发生过吗？”

雨默愣住了，因为她不知道萧白为什么突然拐弯提到陶耀。

“其实你患上的并不是恐惧症，而是创伤后应激障碍。你恐惧的也并不是影子，而是这突然发生的一切，你不敢面对的是已经发生的事实——陶耀的死！你将这一切都归罪于自己的影子，因为你认为是你害死了自己的丈夫！你认为陶耀的死应该怪你，要不是他拿刀子削苹果给你吃，歹徒就没有机会去抢那把刀子，对吗！”萧白用极其肯定的语气说道，这口气强硬得让对方完全无法否认。

雨默呆在那儿：“我……我……”最终还是没有说出话来，但眼泪已经汹涌而出，一滴一滴顺着脸颊滑下。

“所以你逃到虚幻中躲了起来，而且在虚幻中不断地责怪自己，认为这一切都是自己影子造成的，是自己害死了陶耀。现在，雨默，看着你的影子，看着你的虚幻。”萧白的语气突然柔和了下来，又指了指地上雨默的影子。

雨默听话地望向自己的影子，但眼神已不像之前那么畏惧，畏惧已大部分被悲伤所取代。

“雨默，看着你的影子，看着你的虚幻。告诉我，什么是真实？真实发生的是什么，是影子还是歹徒杀了你的丈夫陶耀？”萧白继续问道。

“你……你不是知道吗？”雨默痛苦地摇了摇头。

“不！我要听你亲口说出来，是影子还是歹徒杀了你的丈夫，告诉我！”萧白认真地说道。

“是……是歹徒，穿着一身黑的歹徒……是歹徒杀了陶耀……”雨默无助地屈身蹲下，双手捂脸，泣不成声。

听到这句话的时候我也周身一阵不安，我也想起了那个夜晚。那个夜晚我披着一身黑；那个夜晚愤怒和羞耻让我变得疯狂；那个夜晚我双眼血红，就像个魔鬼；那个夜晚我改变了我的一生；那个夜晚我犯下了一个无可挽回的罪——雨默；那个夜晚我第二次见到了雨默，在精神病院是第三次。

第一次是在……

不能再说了，这是我永远的秘密。我要将这个秘密带到坟墓里去……

“是的，穿着一身黑的歹徒。在你责怪自己的情愫引导下，你将他幻化成了影子——你自己的影子！还将这一切泛化到你的一生。你逃到了虚幻之中，不想去面对这一切，而且在虚幻中不断地责怪自己。”萧白叹声说道。

接着他突然猛地一按开关，将灯管全部关掉，同时将那四个灯泡全打开。四个被锡纸包装成探照灯的灯泡亮起，四道笔直的灯光齐齐照向治疗室正中的雨默，投射出四个角度的影子——雨默的影子一下子变成了清晰的四个。

我以为这个时候雨默应该会被惊吓得无以复加，但雨默只是呆呆地望着自己的影子，任凭热泪不断地从眼中涌出。她的悲伤已经取代了所有的恐惧，这就是萧白的真正目的——引出她真实的悲伤，取代她虚幻的恐惧！

“雨默，看着你的虚幻，你的影子。你明白了吗？其实你一点都不恐惧自己的影子，你恐惧的是发生的这一切，你责怪的是你自己。现在这痛彻心扉的悲伤才是你的真实，你的恐惧和自责都是虚幻，你的虚幻就是你的影子。”萧白又重申了一次，让雨默真正明白过来。

接下来萧白不再说话了，只是静静地看着雨默哭泣。我很想过去帮她一把，哪怕给她递一张纸巾。但萧白已经一再交代过我，我只负责稳住雨默。

不过萧白的治疗确实高明，他顺利地将雨默的恐惧过渡到了悲伤。我回想了一下萧白的那些稀奇古怪的治疗，看似无章可循，乱七八糟。其实每一步都高明得很，而且衔接到位，不快不慢刚刚好。

刚开始的影子游戏，看似就是在玩一个非常简单的游戏。其实是为了通过游戏淡化雨默对影子的抗拒和恐惧，就好比老鼠和米老鼠一样。孩子们都害怕老鼠，但换个滑稽可爱的米老鼠就不一样了。他们会因为喜欢米老鼠，而渐渐淡化对老鼠的恐惧。

当萧白观察到雨默已经不再那么抗拒和恐惧自己影子的时候，开始进行戏剧疗法。通过写剧本和演绎的方式，让雨默自己去觉悟，去感受自己妄想幻化的荒谬和可笑。这两个游戏次序不能颠倒，因为如果一开始就进行戏剧疗法的话，雨默肯定会因为太恐惧影子而抗拒。

还有穿插在这两个游戏中的灯管偷减，这其实是一种不知不觉间的脱敏治疗。用游戏转移雨默的注意力，让影子逐渐出现在她的生活中，这种出现可以说是难以察觉的。连我都没有发现灯管在逐渐减少，我只记得之前我一直在怪这个家伙推卸责任，丢出两个游戏拖着雨默的病赚治疗费。

然后是这个心理治疗，短短的几段话其实合并了精神分析、认知、阐释……多种心理疗法。让雨默明白自己恐惧影子的真正原因，引发出她内心的悲伤，并用悲伤来代替和对抗恐惧。最后再进行瞬间出现多个影子的暴露冲击疗法，让雨默暴露在让她恐惧，而且强度更大的环境中。这一切都很顺利，萧白早就算好了每一步，而且是无懈可击的每一步。

我不知道别的精神科医生是怎么治病的，但萧白的医术已经让我大开眼界。他有自己的一套独特疗法——萧白疗法。集各家之所长，融会贯通于对病人的治疗中。对精神和躯体同时下手，不再拘泥于过去的理论和常规治疗手段。他的目标就是疗效，他的治疗不择手段，甚至病人的怪罪和误解他都完全不放在心上。

萧白是一个完全无法定义的疯子，他的医术也因此潇洒得一塌糊涂。

雨默就这样在四个影子的陪同下哭泣了整整一个小时，萧白一直半坐在办公桌上静静地看着，什么也不说。显得冷酷无情，这就是他想给雨默的身份——高高在上冷酷无情的专家。

我不知道这是为了什么。反正他为了治疗雨默的病，还事先通知过雨默的家人，让她家人尽量少来看她。给雨默营造一个无依无靠的环境，就连他自己在雨默面前也是不苟言笑，一脸严肃。反正他肯定有自己的理由，可能他正是想通过这种方式让雨默独立坚强起来。

一个小时之后，萧白终于开口了："雨默，告诉我，现在你分清什么是虚幻，什么是真实了吗？"

雨默抹了抹眼泪："是的……萧医生，我分清了。"

"你愿意从这个梦中醒来了吗？"萧白问。

雨默点了点头。

"你还会害怕你的虚幻吗？"萧白指着雨默的影子问。

雨默摇了摇头。

萧白终于站了起来，抽出一张面巾纸递给雨默，给了她一个鼓励的微笑："很好，你做得非常好！你是个坚强的姑娘，你敢于面对这一切，这非常不易。"

然后他又给我丢了个眼神，让我过去将雨默搀扶起来。

萧白望着雨默，鼓励着她："把眼泪擦干吧，一切都会成为过去。无论什么事，只有面对它，正视它，接受它，最终才能真正放下它。明白吗？"

雨默点了点头："谢谢你……萧医生，我好像一下子想明白了很多。"

“嗯，你是个有悟性的姑娘。你很聪明，我知道你能听懂我的话。”萧白点了点头，接着说道，“和唐平出去晒晒太阳吧。”

雨默点了点头。走到门口的时候，她下意识地将手伸向挡帘，又顿在半空中，接着自嘲地摇了摇头。

窗口的阳光倾泻在走廊里，雨默站在光与暗交汇的边缘。她深吸了一口气，又深吸了一口气，突然一把拽住我的手。我知道她需要勇气，朝她点了点头：“来吧，第一步！”

没想到她那柔若无骨的小手劲这么大，将我的手狠狠捏了一把，才跨出了第一步。她的影子随着她的躯体，丝毫不差地出现在阳光之中。她站在光明的地方，看了一会儿自己黑暗的影子，说：“阳光真暖。”

我抽出被拽得生疼的手，用力地甩了甩，点了点头：“嗯。”

萧白站在门口双手抱臂地看着这一切，他笑了笑：“你们出去走走吧，我还有活儿要忙。”

我和雨默一起走出女病号楼，走到阳光底下。这所精神病院里没什么风景可看，大铁门，水泥路，两旁是草地，草地上连花都没有。我和雨默在草地旁坐下，雨默揉了揉眼睛：“好久没见阳光了，一下儿感觉好刺眼。”

“但阳光很暖，不是吗？”我说。

雨默点了点头：“痛痛快快哭了一次，感觉心里舒服了很多似的，很奇怪的感觉。”

“哭也是一种情绪上的释放吧，有时候痛痛快快哭一场没什么不好。”我说。

“你哭过吗？”她问。

我一愣："谁没哭过啊？婴儿从出生就会哭。"

"我是说长大以后。"她说。

我摇了摇头："男人是不能哭的，男人的眼泪只能往心里流。"

"难道哭是女人的特权？"她问。

我认真地点了点头，她歪起小脑袋看了我一会儿："那你最痛苦的时候会干什么啊？"

"弄死我自己，或者弄死别人。"我下意识地答道，然后我自己都愣住了。

雨默撇了撇嘴："你们男人真可怕！"

"我开玩笑的……"我赶紧说道。

她斜了我一眼："有这么可怕的玩笑吗？"

我干笑了几声以掩饰心中的不安。

沉默了一会儿，雨默突然想到什么似的说道："我知道为什么男人不能流泪了！"

"为什么？"我问。

"男人要是也会流泪，那女人的眼泪就不珍贵了，他就不会心疼女人的眼泪了呀！"她天真地歪着小脑袋说。

"哦，原来如此！"我认真地点头回应道。

她看了我一会儿，无奈地摇了摇头："有时候我真不知道你是真呆还是假呆。"

"我……我怎么了？"我一愣。

"我刚刚讲了一个笑话，你应该笑起来才对！"她有点生气地撇了撇嘴。

"哦！哈哈哈哈哈！"我赶紧大笑了几声。

她又白了我一眼："笑得真假。"

我沉默了，因为我不知道该说什么。我们就这样抬头望着天边慢慢挪动的云，享受着这个精神病院的下午，连沉默都暖洋洋的。

“你信感觉吗？”雨默突然问道。

我叹了口气：“我不知道该不该信。”

“我信。”她说，“你给我的感觉很特别，第一眼看到你就有一种由来已久的熟悉感。仿佛你就一直住在我家隔壁，一墙之隔，我从没见过你，却知道你一直就在那边。”

“我知道，其实你早就认识我。”我说。

她愣了愣：“是吗？什么时候？”

“在……前世吧，可能。”我将这个话题拐了个方向。

她歪了歪小脑袋，看了看天：“前世？真的有前世吗，前世我们又是什么样子的？”

“前世……你是一只小白兔。”我说。

“你呢？”她问。

“我是一只小老鼠。”

“我讨厌老鼠。”

“嗯，所以你一直躲着我。”

“然后呢，没有故事吗？”

“在想。”

“想出来没？”

“有一天，贪玩的小白兔落入了猎人的陷阱，被猎人关在笼子里带回了家中。小老鼠就一直住在猎人的家中，小老鼠和小白兔就是在那里第一次相遇的。”

“小老鼠救了小白兔吗？”

“没有，小老鼠只管偷吃，对这一切漠不关心。”

“果然，老鼠就是讨厌，就会偷吃！”

“但猎人的家中有一只猫，很威武的猫。小白兔喜欢上了那只猫，猫也隔着铁笼一直和小白兔说着绵绵情话，它们对彼此都有好感。小老鼠就趁着它们在热恋的时候继续偷吃，偷了很多很多吃的。”

“后来呢？小白兔怎么样了？”

“小白兔被猎人养了一段时间，入冬了，猎物少了。小白兔也已经长大了，猎人准备杀了小白兔做一顿丰盛的晚宴。”

“啊！那猫会不会救小白兔啊？”

“不会，猫的主人是猎人。只要猎人还在，就会带回更多的小白兔，小白兔对猫来说不过是打发时间的一个玩伴。”

“唉……”

“就在前一天晚上，小老鼠幸灾乐祸地跑到小白兔的铁笼前说：‘嘿，你明天就要被杀了。’小白兔说：‘滚开，讨厌的丑东西！猫会救我的，他是我的王子！他不会让任何人伤害我的！他也会杀了你，用他锋利的爪子切开你的喉咙！’”

“小白兔真傻。”

“小老鼠也是这么想的，所以它嘲讽地笑了笑，回到老鼠洞里美美地睡自己的觉。它知道猫一点儿都不在乎这个，猫还等着猎人做好晚餐后能分一杯羹呢。”

“然后呢，小白兔怎么样了？”

“第二天下午，厨房里传来了磨刀声，一声一声地刺着小老鼠的耳膜。它钻出洞口小心地打量了一下四周，猫也在厨房里，所以它决定再去看看小白兔。它来到小白兔的铁笼边，看了看缩在角落里发抖的小白兔，心中浮起了一种从未有过的感觉，突然间它想帮帮小白兔。”

“小老鼠这是怎么了，它不是对一切都漠不关心的吗？”

“不知道，反正小老鼠就是想帮帮小白兔，所以它朝小白兔小声说道：‘别怕，我会救你的。’小白兔看了它一眼说：‘滚开，救我的是我的王子，不是你！’小老鼠想了想，说：‘其实就是猫叫我来救你的，他负责在厨房看住猎人，我来咬开拴住铁门的绳子。’”

“小白兔相信了是吗？”

“嗯，她信了。小老鼠咬断了绳子，打开了铁笼。它对小白兔说：‘猫让我转告你，让你快逃，逃了就不要回来了。他只想你过得幸福快乐，只要知道你是幸福快乐的，他就会很开心。’”

“然后呢，小白兔也相信了对吗？”

“小白兔流下了热泪，她觉得猫对她真好。她朝厨房恋恋不舍地看了一眼，然后转身逃了，空中飘荡着她幸福和痛苦的热泪。小老鼠站在门边看着逃跑的小白兔，脸上挂着一丝幸福的笑意。就在这时候猫从它背后猝不及防地扑了上来，狠狠地将它的身体撕碎，小老鼠是脸上带着笑死去的……幸福的笑。”

“不要！我不要这个结局！我不要！”雨默抓着我的肩膀，泪水在眼眶中打转，她摇着我的身子，“不要这个结局好不好，换一个结局，换一个圆满的结局。”

“傻丫头，这不过是个故事。”我说。

“故事也不要，我不要这个结局，换一个结局。”她说。

“可我已经讲完这个故事了，还怎么换呢？”我问。

“小老鼠爱上了小白兔是吗？”她突然问。

“不知道，连小老鼠都不知道自己是不是已经爱上了小白兔。”

“小白兔呢，小白兔后来知道了小老鼠为她做的这一切吗？”

“不知道，故事已经完了。故事的最后小白兔还是对猫的爱深信不疑，猫一直是她心中的王子，她的幸福和感动与小老鼠一点关系都没有。”

“我不喜欢这个故事！”她揉了揉眼眶里的泪。

“这不过是个故事而已……”我安慰道。

“我讨厌你！我更讨厌你这个故事！”她突然站了起来，小手握拳，朝我大声喊道。然后一转身逃回了女病号楼。

我看着她的背影，她就像那只逃跑的小白兔，跑得那么惊慌失措，那么令人心悸。

呆坐在那儿的我，就像一只小老鼠。

故事里的人说了一个故事，那是故事里的事。故事里的人不知道，这其实都是同一个故事。是还是不是？故事里的事。

第十章

无法定义的爱

精神病院里来了个作家，不知道算不算作家，反正我以前经常看他写的东西。他其实也是个疯子，他写的东西很杂很乱。悬疑、玄幻、社科、童话……他想写什么就写什么，而且经常写了一半就不写了，是个非常任性的作者。他换过不少笔名，但无论他写什么，我都能在文中嗅到一股熟悉的味道而认出他来——生活的味道。

据说他入院时极其潇洒，微笑着朝萧白自我介绍道："李林麒，患有偏执型精神分裂，伴有相对稳定的妄想，无幻视幻听等知觉障碍。我是一个完全配合治疗的病人，我知道萧医生您很辛苦。"

萧白愣了愣，他还是第一次遇到这样的病人："那你可以告诉我，你的妄想主要是什么内容吗？"

他笑了笑："我觉得这个世界都是我创造的，包括你，这一切都是我写的一篇小说。”

萧白点了点头，这是一个“上帝”型精神病人，以前他接过这样的病例。

这些都是海洛因告诉我的，一听说我就决定去看看他，长这么大我还没见过活的作家。

我见到他的时候，他正在一楼散步。以前我看他写的一些东西，我以为他是个中年人，没想到他这么年轻，年纪和我相仿。他的眼神深邃而忧伤，仔细地打量着每一间病房的病人，和每个从他身旁走过的护士。

海洛因走了过去，问：“哎，哥们儿，听说你是个作家？”

“你才作家，你他妈全家都是作家，操！”他神经质地朝海洛因叫骂道。海洛因一下被骂懵了，不知道他问的这句话出了什么问题。

“你是一个将文字当成游戏的人，对吗？”我说。我看过他的博客，我知道这疯子不喜欢别人叫他作家，他自称是一个玩文字的人。别人做梦都想往头上戴的称号，在他眼中竟成了一句辱骂。其实我早就怀疑这家伙是个精神病，果然他也进来了。

他微微一叩首，给了我一个微笑：“你好，唐平。其实我就是来找你的。”

“你认识我？”我一愣。

“我比你自己还了解你。”他认真地说，然后左右打量了一下，指了指走廊末端的通风窗，“去那谈会儿吧。”

接着又看了一眼海洛因：“你！海洛因，烦别人去。我和唐平有正事要谈！”

海洛因愣了愣，看了我一眼，我点了点头。我知道像李林麒这类偏执型精神病人不能激惹，否则他会做出和郝达维一样的事来。

海洛因无奈地走开了，我也和他一起走向走廊末端的通风口。

“给我来根烟，我知道萧白给的烟你还没舍得抽完。”李林麒说。

我已经开始习惯这疯子的预知能力，给他递了一根。他点上深深吸了一口，然后缓缓吐出，烟雾在阳光下游走，消散。

“我看过你写的一些东西，我一直在猜测你的年龄。有时候你的文字就像个天真无邪的孩子，有时候又像个垂死的老人。”我说。

听说我读过他的作品，他脸上顿时浮现出一股得意劲：“不要通过文字去揣测作者，很多悬疑作者其实连血都见不得，一些言情作者的婚姻更是支离破碎。你要分清小说和生活，虚幻和真实。”

我点了点头，又问道：“你……找我有什么事？”

“你知道你是我创造的人物吗？”他笑着问。

我无奈地一笑：“我只知道你有上帝妄想症，你认为这世界全是你创造的。”

“我不奢望你能立即相信我，但这里的一切确实都是我创造的。你也是我创造的，是我给了你灵魂。”他说。

“是吗？那你怎么也进精神病院了？”我反问。

“因为我想进来看看你们，看看这个我创造的世界。”他说，脸上带着淡淡的忧伤。

“那就是说，你清楚我的一切？我昨天干了些什么，吃了些什么，甚至昨晚做了什么梦，你都一清二楚吗？”我挖了个陷阱，等着他跳。

“不！小说写不了这么多，我不能将你的吃喝拉撒睡全写进去。我没这么多笔墨，也没人愿意看这种小说。”他很聪明地绕开了这个陷阱。

“那这篇小说的结局是什么？”我饶有兴趣地问。

他望着我，认真地说道：“我来找你正是因为这个，这篇小说已经临近尾声，但我还不知道该给你们一个什么样的结局。”

我被逗乐了：“如果这真是你的小说，那我们可就倒霉了，我记得你从来没有写过圆满结局。你创造的人物大多最后死的死，散的散，一个比一个惨。我都怀疑你是不是个施虐狂，怎么能这样对待你创造的人物，给读者这样一个悲惨黑暗的结局？”

他抬头看了看窗外的蓝天，缓缓说道：“我希望通过这种方式，让所有看我小说的人懂得珍惜生活、珍惜生命、珍惜爱。不过看来能理解的人不多，连你都读不懂我的结局。”

我无所谓地笑了笑：“随便你吧，你的故事你做主。悲剧才感人，才令人印象深刻，不是吗？”

“即使是让你在结局像那只小老鼠一样被撕碎也无所谓吗？”他望向我，眼神中带着浓浓的悲伤。

我愣住了，之前他说的一切可以猜测是他从别人口中问来的，唯独这个不行。这个故事是我昨天随口编的，只和雨默一个人说过，雨默也不可能再把这个故事告诉别人。

李林麒望着我，那是忧伤而认真的眼神。这种眼神令我恐惧，我下意识地后退了几步，摇了摇头：“不！你这个疯子，这不是你的故事……我的生活不是你那篇什么该死的小说！”

“这都是真的，我没有骗你，这一切都是我创造的。”他重申了一次。

“结局……结局是什么？告诉我结局是什么！”我朝他吼道。

他痛苦地摇了摇头：“我不知道……我真的不知道该给你们一个什么结局。你知道吗？写这篇小说时我的心很痛。特别是萧白带病人回家那一段，我颤抖着敲下那些冰冷的文字，我感觉我的心在滴血……”

我上前揪住他的衣领，摇晃着他的身躯嘶吼着：“结局，你肯定有个构想的！告诉我结局是什么！你心中肯定已经有了一个雏形才会去写这篇小说，告诉我结局是什么！告诉我！”

“我的设置是悲剧收场，只有这样才能唤醒那些冷血的灵魂。我要用文字刺痛他们的心，我要看到他们的泪，我希望能有人读懂你们所有人的迷茫和无助。我不想这个世界再这么麻木下去……”他绝望地摇着头说。

“我不是你的故事，这不是我要的狗屁悲惨结局！”我一拳将他打倒在地，他没有还手。他缩在墙角里，嘴角渗出鲜血。他看着我的眼神很空洞，仿佛一个被抽干灵魂的躯壳。

我疯了一般将拳头往自己脸上甩去，我嘴里渗出了咸腥的鲜血。我走到他面前朝他嘶吼着：“看到了吗？看到了吗！我是有血有肉的人，我有灵魂。我不是你的小说！我未来的生活是我的，不是你笔下的结局！无论你是谁，你都没有权利主宰我的命运！”

一群男护士见状朝我狂奔而来，架住了我，将我拖往约束室。

我拼尽最后一股力量拖着无数条手臂凑到李林麒面前，将满口的鲜血吐到他脸上：“看看，我是有血有肉的人！我有灵魂！我不是你的小说，我们所有的人都有血有肉，不是你的小说，不要用你的目的来主宰我们的命运！我们的命运不是你的文字游戏！”

接着我右臂传来一阵刺痛，我知道那是镇静剂。我眼前的世界逐渐模糊，我眼中的李林麒离我越来越远。他缩在墙角中用手抹了一下我吐在他脸上的鲜血，然后呆呆地将手掌摊在面前仔细打量。那眼神很空洞，很绝望，很迷茫……

在我失去意识前，我看见的最后东西是约束室的天花板。

我睁开眼睛时，看见的也是天花板。萧白正带着护士从门口走进来查房，他瞄了我一眼：“还舍不得起床，都早上九点了！”

“李林麒呢！”我连忙问道。

萧白愣了愣：“李林麒是谁？”

“就是那个偏执型精神分裂，说自己创造了这个世界的那个上帝妄想症，他去哪儿了？”我问。

萧白皱了皱眉头，走到我面前，用手背贴了一下我的前额：“也没发烧啊……你是不是还没睡醒？别告诉我你出现了妄想，不然我得给你换药了。”

我反应过来，摸了摸嘴角，没有伤……难道这只是一个梦？

“我做了一个很奇怪的梦，这梦太真实了，我都不知道是不是梦。”我说。

萧白神色凝重地看了我一会儿：“这可不是什么好现象，可能是你服的抗抑郁类药物造成的副作用。部分抗精神病药物会让神志清醒的人出现妄想和幻觉的副反应，你这段时间要注意运动，加快药物代谢。”

他给我测试了一下躯体反应，然后边写医嘱边对身旁的护士说道："唐平的减药方案不变，今天给他加开 1mg 盐酸苯海索片。这段时间你们要密切注意他有没有出现戒断反应，出现了要马上报告我。"

护士仔细地听着，点了点头。

是梦？

一个念头闪过，我掏出烟盒一根一根数了起来，一共七根，少了一根。他肯定没料到我昨晚睡前点过一根烟，顺便无聊地数了一下烟盒里的烟，原来还剩八根。他可以修改任何东西，但他无法面面俱到，他漏了这个。

海洛因看到我在那一遍一遍地数着烟，凑了过来："唐平，昨晚你睡过去后，我拿了你一根烟抽，你不是在怪我吧？"

我一愣，继而明白了过来。我什么也不能证明，我找出任何一个漏洞他马上就可以修补，这个躲在暗处的小人可以随意玩弄他笔下的人和事。

我走到窗边，对着窗外的天空说道："我可以当什么都没发生过，但记住我吐在你脸上的血。我是有血有肉有灵魂的人，我们所有人都是！我们的未来由我们自己决定，让你的结局见鬼去，我们不是你的文字游戏！"

我抬起右手，朝天空伸出我昂贵的中指。

海洛因呆呆地看着我："唐平你和谁说话呢？"

"一个只敢躲在暗处的胆小鬼，他以为他是创造这世界的上帝。其实他是个可怜虫，他救不了这世界的任何一个人！"我冷笑着答道。

由于那个怪梦我一大早心情就不好，倚在病床上满脑子想的都是那个怪梦。说实话我以前蛮喜欢看悲剧结局的小说，总觉得悲剧才感人，才值得回味。我们会被别人的悲剧感动，因为悲剧里的人不是我们自己。我们可能还会掉几滴廉价的眼泪，因为我们觉得那很美。但相信我，悲剧里的人一点都不这么认为。

看着别人的痛苦，我们会觉得自己很幸福。

我在病床上躺了三个多小时，十一点多的时候，又是一阵嘈杂声传来。不过这次不是病人闹事，是家属。精神病院里经常见到这种情形，因为抗精神病药物的副反应都很大，家属不理解，以为是病情恶化了。

这次又是耗费了半个小时，萧白才给家属解释清楚缘由。家属走了以后，他走到走廊边的铁窗边点上一根烟，双眼苍茫地看着这间破旧的精神病院。

“这是你第几次遭遇家属闹事了？”我走过去，问。

他无所谓地笑了笑：“忘了。”

“累吗？”我问。

“太忙，顾不上体会累不累。”他笑着说。

“你还挺充实，其实这间精神病院总有一天会崩塌，到了那一天你要怎么办？”我问。

“真到了那一天再说，我只管现在。”他一脸无所谓地答道。

我皱了皱眉头：“得过且过，这就是你的生活态度？”

他微笑着看了我一会儿，我知道他又在解读我的内心想法了。过了一会儿，他才缓缓回道：“这不是得过且过，这是脚踏实地。做好手头的事，将来的事将来再说。你总想那么长远干什么呢？想得再远，你也得从第一步走起不是吗？世界末日还没到，你就先把自己吓死了，这操的哪门子心啊？”

看来他又猜透我的心思了，这疯子不放过任何能治病的时机，包括在别人想安慰他的时候。

“如果有这么一个上帝来到你面前，非常肯定地告诉你明天就是世界末日呢？”我又问。

他笑了笑，干脆利落地回道：“那明天再说。”

“坐以待毙吗？”我问。

他竖起夹着烟的食指：“不！是顺其自然。放弃你无可挽回的，珍惜你还未失去的，直到世界末日来临的最后一刻。”

我沉吟了一会儿，点了点头：“我懂了。”

他瞄了我一眼：“真懂了就不要老是苦着个脸，像被福尔马林泡过一样。”

我笑了笑，我是真懂了，这疯子的人生哲学确实很独特。

就在这时，萧白的手机突然响起来。他掏出手机一接，马千里那大嗓门就从手机里传了出来，连站在身旁的我都听得清清楚楚：

“萧医生，罗七……罗七跑了！”

“什么！”

“罗七今天庭审啊。鉴于他的案件牵扯较多，为保护受害人的隐私，法院决定不公开审理。原定于今天先庭审，择日宣判。谁知道休庭时他借口上厕所，打晕了随行的法警，从厕所的通风口逃跑了！我们也是刚刚才发现的！”

“什么！”电话那头竟又传来马千里的一声惊叫。

“怎么了？”萧白连忙问道。

“罗七他还抢了那名法警的配枪！是一支警用9mm转轮手枪，带六发子弹！”

“你们，马上过来……马上！”萧白的声音突然低了下来，因为透过走廊的铁窗可以看到，罗七正从精神病院的大铁门上跃下。

他的头发被剃短了，就像庙里跑出的和尚，穿着囚衣。右手抓着那把 9mm 转轮手枪，那把手枪在阳光下闪着黑色的光芒。精神病院里的护士看见他惊叫连连，四处逃散。一名正在晾衣服的护工抖了一下手中的衣服，正准备晾到支架上，看见他，整个人僵在那儿，不知道该作何反应。

罗七抓住一名护士，用枪抵着她的脑袋：“杜依月在哪儿？”

萧白将手机放下，向楼梯口奔去。我一把拉住他：“你这是去送死！”

“他放弃了这次逃跑的机会，就是想见杜依月最后一面！不满足他，死的人会更多！”他一把挣开我的手，向楼下跑去。

“我去帮你！”我喊了一句，尾随着他奔赴这个死亡之约。

萧白走出男病号楼，双手平举，缓步走向罗七。

罗七一见到萧白，顿时紧张了起来，用枪往护士的脑袋上用力一抵：“别过来！”

萧白停下脚步，脸色平静地说道：“罗七，放了护士，我带你去见杜依月。”

罗七狐疑地看了萧白一眼，他之前吃过萧白的亏，心中对萧白很是忌讳。我也走上前，“萧医生说到做到，放心吧。”

罗七愣了愣，打量了我一下，才喊出我的名字：“唐……唐平！”

我点了点头。他想了想，一把放开护士，用枪指着我们：“去开门，别耍花样！”

萧白走到女病号楼铁门前，掏出钥匙将铁门打开，接着回望了罗七一眼："杜依月在二楼的261病房。"

"你们和我一起去！还有，别妄想用你的催眠术，你的催眠快不过我的子弹！"罗七吼道。

萧白点了点头，在前面带路，边走边朝那些被吓坏的护士和病人安慰道："没事的，不用惊慌……没事！"语气非常肯定，但显然没多大用处，护士和女病人的尖叫声已经连成了一片。

走到二楼的时候我才想起来雨默也在这儿，她在263，仅隔一个病房。我抬头张望了一下，走廊里没看见她，估计还是老样子躺在床上。罗七押着我们走进261病房，顿时又是一片尖叫声。

"罗七！"杜依月看到突然出现的罗七，愣了愣。神情却没有什么喜悦，而是恐惧地向床后缩了缩。

看来萧白的治疗确实快速直接，杜依月在这半个月内已经走出了斯德哥尔摩综合征的心理误区。否则她现在肯定会一把扑向罗七，喜极而泣。

"你吓到她们，也吓到杜依月了。"萧白回望向罗七说道。他知道在罗七心中唯一有分量的就是杜依月，这其实是借着杜依月的名在向罗七提出请求。

罗七怔了怔："那……那你们无关的病人出去。"

萧白将其余的三名女病人带到门口，交给护士长和几名沉着的护士："照顾她们，这里我来负责。"

护士长点了点头，在精神病院里待了这么多年，早就锻炼出了她沉着的胆气。

罗七走到杜依月的床边："小月……我，我来看看你。"

"你……你不是被抓了吗？"杜依月畏惧地望着他。

罗七看了看自己的囚衣：“我这个样子吓到你了吗？对不起，时间太匆忙，我没换衣服。”

看到罗七对待自己还是和原来一样，杜依月也逐渐冷静了下来：“你逃跑了？”

罗七老实地点了点头。

“那怎么跑这儿来了呢？”杜依月已经完全冷静了下来，她知道无论在什么时候罗七都不会伤害她。

“我想见你最后一面。”罗七在她床边坐下，望着她深情地说道，仿佛周围的一切都变得和他毫无关系。

“你真傻，有机会怎么不逃呢？”杜依月叹了口气。

罗七无所谓地笑了笑：“其实我早就不想活了，我……只是还舍不得你。”

“我有什么好，我不值得你这样对我。”杜依月摇头说道，看得出罗七做的这些事确实让她有些感动，她心底的某种感觉正在复苏。

“你有一颗世界上最善良的心，只有你同情我，把我当人看。”罗七眼神中透出一丝无助。这是以前那个罗七的眼神，现在他只有在面对杜依月时才会再度出现这种眼神。

“为什么骗我，你说你那是最后一次的。”杜依月也已经变回了地窖中的那个杜依月。这种情感无法定义，就像一种共振。即使萧白的治疗再高明，也无法完全阻断这种情感的联系。

罗七无奈地摇了摇头：“我知道自己停不下来的，我已经疯狂地爱上了这种被关注的成就感。我知道这种成就感是畸形的，可我就是再也放不下了，我已经深陷其中不能自拔。我答应了你那是最后一次，可我知道自己做不到。我能承诺一时，却不能给你一世。”

“所以你才故意留下线索，让他们抓到你？”杜依月的泪花在眼眶中打转。

罗七没有回答，只是娓娓地讲述道：“在你说愿意陪我一辈子的那天，晚上我做了个梦。梦的开始是我们未来的家，我们有了两个孩子，一个男孩儿一个女孩儿。当时我正翻着画夹给他们讲画里的故事，你正在厨房中做着最可口的饭菜，一切都如此温馨和谐。就在这时候大门一下儿被撞开，警察冲了进来，将我压制在地戴上了手铐。我一下儿就被惊醒了过来。”

罗七悲伤地摇了摇头：“我还清楚地记得梦中的最后一幕，那时的你是如此惊惶和痛苦。孩子们难以置信地望着我——他们崇拜的父亲被警察押上警车，他们的眼神中写满了屈辱和不解。”

听到这儿的时候杜依月再也忍不住了，泪水夺眶而出，低声啜泣了起来。

“那就是我们的将来，你要陪着我惶惶不可终日，草木皆兵。我连死都不怕，可我却不敢回忆梦中最后的那个画面，一次都不敢。在第三次抛尸的时候，我像着魔了一样有意无意地留下一堆线索。那时候我不知道为什么自己会这么干，但这段时间我想明白了，明白了我的内心想法。我不能连累你过这样的日子，所以我必须毁灭我自己，这样才能解救你。”罗七深情地说道。

“你真傻……”杜依月抹着眼泪，摇头说道。

“小月你别哭，这是你的新生，要笑才对。”罗七微笑着安慰道。

但这句话只会让杜依月哭得更厉害。

罗七心疼地帮她抹去眼角的泪花：“我来见你最后一面，只是想来说一句对不起。小月对不起！我不应该绑架你，我更不应该让你爱上我。虽然我不知道那算不算是爱，可我知道这都是我的错，都是我的错……”

“不！你没错，是你的善良呼唤了我。错的是我，我应该从一开始就全力帮助你，你就不会去下手杀第一个人。可那时的我就知道害怕和恐惧，满脑子想的就是怎么逃跑离开你。”杜依月摇头哭喊道。

“小月你就是这么善良，连变成魔鬼的我，你都同情。”罗七的微笑很忧伤，他的眼神中充满了柔情。

“罗七你听着，我们已经包围了这里！马上出来投降！”马千里的鸡公嗓配合着大喇叭非常不合时宜地响起。

听到这声音，我开始能体会当时萧白从被挟持的办公室里推门而出的一脸怒色。原本罗七和杜依月再这么谈下去，后面的发展要么是罗七吞枪自杀，要么是罗七乖乖弃械投降。但偏偏他就在这关键时候插了进来，这无疑是刺激罗七那已经紧绷到了极致的神经。

果然，听到这声音，罗七的眼神一下儿变得冰冷了起来。

他走到窗边朝楼下的警察扫了一眼，接着回头望向杜依月：“小月，对不起！我该走了，我不想再被无休止地审讯下去。我要去杀了他们那几个审讯时为难过我的刑警！也让他们杀了我，让我死得痛快点！”

“不要再杀人了罗七，不要再杀人了！”杜依月哭喊道。

罗七深情地望了杜依月最后一眼：“小月，对不起！这一切都是我的错，我这辈子唯一对不住的人就是你。希望你将来找到能给你幸福的人，希望他能好好珍惜你，否则我做鬼都不会放过他！再见了，小月……”

说完罗七转身就向楼下走去。

就在此时，罗七背对的萧白缓缓举起握拳的右手，食指和大拇指打开，呈一把手枪的形状。

“罗七！”萧白朝他喊道。

罗七回过头来看到萧白的这个动作时，愣住了。其实不光罗七，所有人都觉得萧白疯了。他这样无异于玩命自杀，现在的罗七已经是个毫无顾虑的杀人狂，他肯定不介意往萧白的脑袋上送一颗子弹。

萧白望着罗七，眼神中满布威严，他一字一句地说道：“我，萧白！现在命令你想起我的声音！想起我的指令！想起我手中的枪！”

罗七的眼神一瞬间迷离了过去，似乎有一股强大的力量从他大脑深处呼啸而出。是的，他想起来了，他想起了上次萧白催眠时给他下过的这个暗示。他拼命想抵抗这袭面而来的怪异感觉，所以他吃力地对着萧白抬起了手中的枪……

“砰！”萧白从嘴里蹦出这个音。

罗七的身躯竟应声而倒，顿时贴着墙壁瘫软在地，就这样陷入了催眠状态。

有很多时候我觉得萧白这个人物不可能存在，他做的很多事太过荒谬，荒谬到我一度怀疑他的客观存在。不过等我看到他面对着倒下去的罗七，长长地吐出一口气时，我才知道他确实是个活人。

其实他也没把握，不过这疯子的做事风格就是这样。他自己说过："机会只有一次，我得试试。"

后来，罗七被押解上警车的时候，罗七停下脚步望向和马千里站在一起的萧白，凝视良久。

"谢谢！"他微微一颔首，说。

我一直无法理解罗七对萧白的这个"谢谢"。这个"谢谢"到底代表了什么？我真的不知道罗七要"谢谢"萧白的什么。

我只知道罗七在说这个"谢谢"时很郑重，很诚恳，那是发自内心的。

安置好一切，等一切都回归原位后。

我问萧白："那是怎么回事，罗七怎么可能这样就被催眠。"

萧白微微一笑，只回了我五个字："催眠后暗示。"

"从一开始你就可以这么做，对吗？为什么要留到最后？为了让罗七能和杜依月见上最后一面？"我问。

"那是他最后的牵挂，他没有完成这个心愿，我的暗示有可能被他强烈的意愿抵御住。你要知道爱的力量有多强大，连死亡都可以穿越。"他说。

"那是爱吗？"我叹气问道。

萧白抬头看了看天空，他说："无法定义。"

第十一章

我们存在的证据

接下来的几天一切如常，雨默除了罗七闹事那天走出病房看了一下儿我，这几天没有再理我。那天我看到她的眼神，是很关切、很担忧的眼神。但之后她又恢复了之前的态度，我去她的病房看过她几次。

她已经不需要挡帘，她可以很放心地将自己安放在阳光中。但每次她看到我来，就将身子调转位置，面向墙壁。我静静地在她身后站一会儿，然后离开。

她还在生我的气，为了一个故事，至于吗？

今天值得一提的是马千里终于将萧白协助破案的奖金送来了，奖金装在一个礼盒中，还有一个烫金小红本。这案子不光抓住了罗七，还揪出了一个大型国际走私人体器官团伙。马千里最近一直在媒体上频频亮相，已成了一个明星警官。

马千里走了以后，我看到萧白在办公室里像个农民一样喜滋滋地数那五万块钱。烫金的小红本被丢到一边，我估计他连打开那小红本看一眼的兴趣都没有。

“……德性！”我讥讽了一声。

“唐平啊，我告诉你，和谁装逼都行，千万别和钱装逼。”他头都不抬回了我一句。

我笑了笑，这家伙倒是现实得很。

不过想想也是，他的“非法医院”太需要钱了。这五万块钱虽然是杯水车薪，但总比没有强。我看着这个市侩的萧白，心中反而浮起了一丝敬重。

他确认五万块钱分文不差后，将钱锁进了办公桌的柜子里。他站起来惬意地伸了个懒腰，又瞥了一眼那个烫金小红本，啧声道：“这本子不错啊，厚薄刚刚好。以后泡面的时候可以拿来当隔板，当杯垫啥的都挺好使。”

他是这么说的，也是这么干的。那烫金小红本没过几天就变得油渍斑斑，再然后就被他顺手丢进了垃圾桶。我估计由始至终他都没打开过那小红本看一眼里面的嘉奖荣誉，不晓得马千里要是知道了这事会作何感想。

刚开始我觉得这疯子真到达一定境界了。后来想了想，确实如此，那小红本的实际用途也就这么多。

萧白走出办公室点上一根烟，看了我一眼，也递给我一根。我撇嘴接过，这吝啬鬼也有大方的时候——在数过钱之后。

“五万块钱够你那个非法医院用多久？”我问。

他笑了笑：“不知道，能用多久是多久吧。”

“如果……有一天，砸玻璃的病人不再被送到医院来，你怎么办？”我又问。

他叹了口气，还是同一个回答："不知道。"

然后我们都沉默了，这个沉默有点茫然。

正好护士长从楼下经过，我说道："护士长真沉着，那天罗七闹事的时候，她脸上一丝惊慌都没有。"

"她是一名非常了不起的护士，她怀的第一个孩子就是在这家医院意外流产的。"萧白望着护士长的背影，忧伤地说道。

我愣了愣，他接着说道："当时她刚怀上孩子四个月，还坚持上班。两个病人打架，她上去拦，就这样被病人一脚踢中了肚子……那年她才二十六岁。"

我又沉默了。

萧白望着护士长的背影，眼神中带着敬意，还有一丝忧伤："其实精神病院里的护士比医生要辛苦得多，男护士又奇缺，女护士们只能硬着头皮去做那些带风险的工作。她们大多都是花一样的年纪，却将自己的前程囚禁在这里。"

我望着护士长的背影，回想萧白说过的那句话：她们都是将自己囚禁在精神病院里的天使，她们有着最神圣的使命和最圣洁的灵魂。

所以请记住，无论你将来在什么情形下遇到一名精神科的护士，永远不要嘲笑她的工作，因为你不配！

"这么辛苦的工作，你们是怎么坚持下来的？"我问。

他摇了摇头："有些事谁也不愿意去做，但总得有人去做。"

"做精神科医生会不会很有成就感？"我望向他问。

他苦笑一声："成就感？恐怕各科医生中最不敢提成就感的就属我们精神科了。一名患者要经过几个月甚至几年的治疗，才能逐渐恢复过来。注意，我没有说痊愈，痊愈在我们精神科算是个奢侈的词，因为预后很难保证。”

“社会的不解和别人异样的眼光，比病毒还可怕。”我点了点头。

“其实精神病患者都很敏感，生活环境可以直接影响他们的情绪和病情，预后很难保证的根本原因就在这儿。还有一大关键就是患者出院后拒绝继续服药，家属很难达到医院里的监护水准。每次他们复发被送回来的时候，我们都有一种挫败感。”萧白叹了口气，神色中尽是一片无奈。

我苦笑一声：“就像郝达维这样偏执型精神分裂，我估计出院后他也不肯服药。”

“他们最好的医生是自己，他们最大的敌人也是自己。其实如果每个精神病患者都能配合治疗自觉服药的话，大部分精神病的后期治疗都可以在家完成，省下一大笔住院护理费。”他深吸了一口烟，又带着烟雾从鼻息中叹出。

我看了一眼他的后脑勺，那个“大口罩”已经摘下，换了一小块防感染的薄纱：“郝达维当初下手要是再重点，估计你已经一命呜呼了。经历过这么多无妄之灾，你们真的一点都不生病人的气？”

他摇了摇头：“其实在我们眼中他们都是不懂事的孩子，家属将他们送到医院，我们就成了他们的监护人。有句话叫医者父母心，父母又何曾真的怪罪过自己的孩子呢？”

“没有荣誉，没有成就感，还要顶着别人的一堆误解，做着这样辛苦而又危险的工作……”我叹息道。

他笑了笑：“其实我最羡慕的就是外科医生，他们是在生命线上冲锋陷阵的战士，那种拯救生命的成就感是每一个医者梦寐以求的。而我们精神科就像炊事班的厨师一样，虽然同样是战士，我们却找不到那种荣耀和成就感。有时候我都会问自己，我真的算一名医生吗？我真的在救死扶伤吗？为什么精神病的复发率那么高？为什么我就是无法根治精神病？”

“你已经治好了我，不是吗？”我安慰道。

他望向我，嘴角撇出一丝淡笑：“其实你的抑郁症不是我治好的，是雨默治愈了你。你属于反应性抑郁症，找到你心理冲突的真正原因才是治疗的关键。但你一再地回避和拒绝回答我的问题，让我不知道该从何着手，我只能从你父母的口述中找到一点线索。”

“其实我对你主要进行的是药物躯体治疗，你的心理治疗从一开始就只能旁敲侧击，因为我不知道你的真正病根在哪儿。但自从雨默入院后，你的病情发生了根本性的变化，从‘三低’的漠不关心迅速转变成了极度关注，甚至去窃听我和马千里的谈话。”他嘴角的淡笑逐渐变成了贱笑。

我恶心地白了他一眼：“别用你的自以为是来揣测我。”

他大度地耸耸肩：“我当然不知道这背后的故事。但有句话说得好——解铃还需系铃人，我能猜到雨默正是你心病的系铃人，雨默和你的抑郁症至少有大半关系。”

“你就继续瞎猜吧！”我强笑着讥讽道。

“你瞧，你一直在回避这个问题。”他摇了摇头，继续认真地说道，“我说过的，我是个医生，只负责治病。你不用这么警戒我，我有义务为你的一切个人隐私保密。这背后的故事你藏得这么深，自然有你的原因。你告不告诉我，对我来说无所谓，但对于你和雨默来说，却有可能影响你们一生的命运。”

“我……”我踌躇了一下，继续回道，“我没什么可说的。”

我差点就上当了，这个狡猾的萧白差点就让我和盘托出。还好最后我反应过来，将这个秘密稳稳地套回心底。

“你还是担心一下自己的精神科前程吧，看看你还能走多远。”我岔开话题说道。

他看了我一会儿，大度地微微一笑，看得出他也不打算再追问下去。他点了点头：“嗯，其实现在国家正对精神卫生行业进行初步的改革和完善，包括对精神病院的补贴和扶助也开始调整。虽然这行还是一如既往的艰辛，但我们总算是看到了一丝希望。”

他抬起头，给蓝天一个微笑：“也许在不久的将来，我那个非法医院就可以彻底关门了。”

“我要是有你一半的乐观，也不会得这个抑郁症。”我苦笑一声。

我确实羡慕他的乐观，萧白就是这么一个每天对着生活微笑的人。这个疯子永远无法被打倒，因为他的微笑无坚不摧。

“记住，我这个精神科医生没多少成就感的。你出院以后千万不要复发，当是我求你了。”他半开玩笑地恳求道。

我撇撇嘴点了点头：“我尽量吧。”

他接着望向对面的女病号楼：“你最近好像和雨默在闹情绪，这几天很少看见你们在一起啊。”

我白了他一眼：“你别那么三姑六婆行不，老管别人私事干什么呢！”

“不管不行啊，你们互助治愈，你们的病归我管啊！”他贱笑着答道。

然后他又沉吟了一下说道：“明天你和我陪雨默出院一趟，我要帮她完成最后的巩固治疗，要彻底断了她的病根才行。”

“哦。”我点了点头。

第二天我们陪着雨默出院了一趟，回到那栋别墅里进行了催眠安慰治疗，这次萧白只用一枚硬币就催眠了雨默。治疗完成后天色已晚，萧白让我们一起去他家吃饭。

萧白说以前恢复的病人现在每天都会来家里帮忙，我们买点熟食回去就行。在市场逛了一圈，我们买了一只烧鸡、一盒杂锦菜，还有三斤红烧肉。就这么点东西一百多块出去了，真是不当家不知道柴米油盐贵，难怪萧白说他收治的病人最大的花销都在伙食上。

来到萧白家，天色已经渐晚。没几天工夫，萧白家里的病人又换了一批，都是生面孔，但一见到萧白都高兴地喊道：“萧医生回来了！”

萧白笑着点了点头，又介绍了一下我们，然后拎起熟菜走向厨房。厨房里有个三十多岁的男人正在忙着做晚饭，和萧白搭了几句话，然后又手脚麻利地接过烧鸡切块。

我和雨默也过去帮忙洗碗，那男人冲着我笑了笑：“我叫王德财，叫我老王就行。你们歇着就行，马上就可以开饭了。”

我也礼貌地点了点头，然后将碗洗好，和雨默去饭桌上摆碗筷。萧白在自己的房间换好衣服，也走到饭桌前介绍道：“老王就是我收治的第一个病人，他现在在一家饭店里当厨师，工资比我还高呢！”脸上是一股禁不住的得意劲和满足感，就像个炫耀自己成就的孩子。

我又看了一眼正在忙碌的老王，我实在很难想象他两年前发病时是什么样的。然后我又回望了一眼萧白家的大门，两年前的老王就躺在这门外瑟瑟发抖，不禁发出了一声感慨的叹息。

老王此时也刚好端着菜出来，笑道："当年要不是遇到萧医生，我也没有今天，说不定我还在哪个垃圾堆里翻吃的呢。虽然萧医生比我年纪小，但说他是我的再生父母一点也不过分。"

萧白不好意思起来："好了，不说这些不开心的事了，开饭吧！"

我们刚坐下准备吃饭，萧白却自己打了一碗饭菜，走进另一个房间里给一个病人喂饭。那个病人因为正处在关键治疗期，现在出现暂时的锥外副反应。

老王走了过去："萧医生，您先吃饭吧，我来就行。"

萧白笑了笑："你忙了一天，先吃饭吧，我不饿。"

老王呵呵一笑，眼泪却下来了："当年您也是这样一步一步把我带回生活的轨道，我永远都记得，当时您也是这样给我喂饭的……"

然后又擦了擦眼角的泪："我真没用，说着说着又流马尿了。"

"没事，这是开心的泪，吃饭吧。"萧白柔声说道。

老王点了点头，又转身对其他病人说道："你们要配合治疗，别让萧医生的辛苦白费，好好记住这一辈子的恩人。"

其他病人也郑重地点了点头，看得出他们都是真心的，没有医院里病人的那种任性。因为他们都清楚地知道除了这个叫萧白的男人，世界上已经没有任何人愿意管他们了，连家人都不愿意要他们。

萧白在给病人喂饭，我们就像一家人一样吃起饭来，老王时不时还给大家夹菜。这个小屋很温暖，就像家一样。原来一个人的爱也可以这么大，一个人的温暖也可以分享给这么多人。我看了一眼已经脱下了白大褂的萧白，我知道的，他依然还是萧医生。

就在我们饭吃到一半的时候，突然传来了敲门声，我正好坐在门边就顺便起身去开门。门开了，外面站着一个年过四十的男人，提着一个小旅行包。他看到我，眼神有点慌乱："你……你好，你就是萧医生吗？我叫王大庆……"

"哐啷！"一声，是碗筷落地的声音。我回过头去，只见老王整个人僵在那儿，碗筷已经摔碎在地。他瞪着门口，缓缓站起身子，门外的那个人也呆呆地望着他。我似乎意识到了什么，自觉地将门完全打开，然后闪到墙边，我知道这些事情只能他们自己解决。

他们两个人就这样对视了好几分钟，那几分钟里没人说一句话，整个世界寂静无声，只有心跳在敲打着我们的灵魂。

然后王大庆手中的旅行包也掉落在地，接着这个已经步入中年的男人左右开弓地拼命扇自己耳光，一下接着一下，一次比一次用劲……

"哥……"王德财终于出声喊道，但王大庆的手却没有停下，只是双手更用劲地往自己脸上扇去。

王德财跑了过去，一把抓住他的手："哥，别……别打了。"

"我对不住你，我是个畜生……"王大庆眼中涌出懊恼的泪水，咒骂着自己。

"别说了，别说了……哥，别说了……"王德财摇着头，絮絮叨叨地劝着。

两个老男人就这样对视着，对视着，老泪纵横……

我曾经想过，如果有一天，当这些病人的家属回来找他们的时候，会是一个什么情形？病人应该会怒不可遏吧，或者无语背对。我没想到原来就这么简单，只是一句：别说了……

“别说了……”多简单的三个字，这三个字里又包含了多少辛酸苦涩。别说了，别说了，没办法说的，这东西没道理可讲，也没法解释。别说了，就这样吧，生活本来就是这个样子的。

我又看了一眼其他的病人，他们眼中不是愤怒，也不是迷茫，而是羡慕。因为他们早已丧失了愤怒的权利，这是一种多么无助的羡慕。

萧白也走了过去打圆场，安慰了一下他们，然后邀请他们一起吃饭。

饭桌上王大庆还在不时地咒骂着自己，他说这两年来都在忍受着良心的苛责，经常从噩梦中惊醒。每次都梦到弟弟在街头流浪，在垃圾堆里翻吃的，被别人吐着口水驱赶……

确实，要是王德财没有遇见萧白，这些都是必然的现实。

最后他终于忍受不住这样的折磨，踏上了寻找弟弟的旅程。他下午刚下火车就赶到精神病院，萧白不在，他就问了萧白的家庭住址，一路找到这儿来。他是带着一丝希望来的，只是没想到萧白竟然真的留下了王德财这个病人。

说到这儿的时候，王大庆一下儿跪在萧白的面前：“萧医生，我不是人，我畜生不如！当年您给我打的那个电话，我还一直记得，我……我真是混账！”

萧白赶紧一把将他扶起：“都已经过去了，别说了……”

还是这三个字，别说了……

吃完饭，他们兄弟俩坐在一起叙旧，相互询问着这两年来的生活。王大庆一脸愧疚地问：“你不是知道我们住哪儿么，怎么不回来找我们呢？”

“我……我怕你们还是不肯要我，所以不敢回去。”王德财小声地回道。

然后王大庆懊恼的眼泪就下来了，伸手又要往自己脸上扇去，被王德财一把拦住：“哥，不怪你的，我知道三年前我是个多大的麻烦，闹得家里所有人都快疯了。对了，萧医生帮我找到工作了，当厨师，每月两千多块工资呢！”

“唉，真是多亏了萧医生，你以前就炒得一手好菜的。”

他们就这样絮絮叨叨地说着，其他的病人也这样羡慕地听着，看着。他们期待着有那么一天，也能得到这么一个结局。这对他们来说已经是一个圆满得不能再圆满的结局，就像不着边际的梦想一样美好。

八点多的时候萧白送我们出门，看来今晚他要忙的事不少，让我们自己回医院。

“你不怕我们半路跑了吗？”我开玩笑地问道。

“求之不得！”他笑着回道，然后又抬头看了一下夜空，“这是个美好的夜晚，不是吗？”

我和雨默都认真地点了点头，确实，这是个美好的夜晚。

“坐车还是走路回去？”我问雨默。

“走路吧，想走走。”雨默答，和我料想的答案一模一样。

“你看，可以看见星星呢，都市里的彩灯老是盖住它们的光芒。”雨默指着夜空说道。

我也仰望夜空，说道：“你知道吗，其实我们现在看见的大部分星光，是它们几年前甚至是上百万年前发出的。它们距离地球有多少光年，我们看到的就是多少年前的星光。也就是说现在我们看到的，其实是它们的过去。”

“那如果我们想看到它们现在的样子，岂不是要等上几年甚至上百万年？”雨默问道。

我点了点头：“嗯，它们距离我们有多少光年，我们就要等上多少年才能看到他们现在的星光。”

“上百万年，没人能活那么久吧，人类和这一切比起来真渺小。”雨默叹声道。

我笑了笑：“人类总自大地认为自己是一切的主宰，却忘记了自己不过是浩瀚宇宙中一颗小行星上的一群小生命。”

雨默叹息一声，说道：“和它们比起来，人的生命是如此短暂，而我们竟还不懂得珍惜如此短暂的生命，任意地挥霍时间。”

“生命只有一次，所以我们要活得精彩。”刚说完我自己微微一愣，这话题我似乎和谁谈论过，就在精神病院的那个天台上。只是这次角色换了，我变成了指路的那一个。

“活得精彩不精彩有什么不同呢，生命是一样的短暂。”雨默突然望向我，问道。

我想了想，摇了摇头：“不，生命虽然是短暂的，但我们会一直活在爱我们的人的心里，记忆中。我们的故事会流传给后人，我们的爱会一直这么继续下去。有人愿意记住我们，爱着我们，留着对我们的记忆，就是我们存在过的证据。”

“就像陶耀一样吗？”雨默略带伤感地问道。

“不，就像星光一样。”我指了指夜空中最亮的那一颗星星，“你看，也许这颗星星早已经陨灭了，但它的光芒还留在那儿。

它的光芒穿越了上百万光年来到我们面前，告诉我们它过去的故事。爱就像这道光芒，在我们陨灭后还依然流传下去，活在爱我们的人的心里。”

雨默没有再说话，只是仰视着星空，嘴角绽开了一丝浅浅的微笑。

第十二章

多重人格患者

一周过后，萧白通知我可以出院了，让我准备一下儿。我告诉他我还想再多待一天，他笑了笑：“你还住院住上瘾了啊。”

我摇了摇头：“不，你不懂的，在这几个月里我都经历了些什么。”

萧白望着我，嘴角带着那一丝贱笑：“你又怎么知道我不懂？”

“你真懂？”我微微一愣。

“正因为我懂，所以我只能假装不懂。”他丢下这么一句莫名其妙的话，然后转身离去，留给我一个潇洒的白色背影。

听到这句话我明白了，即使是到了现在，我依然还是没能看透这个疯子。

你猜到了，我接下来第一个要找的就是雨默。

我到雨默病房的时候，她正给窗台上的盆花浇水。她嘴角带着一丝微笑，有阳光的味道。

“我明天就可以出院了。”我说。

她嘴角的微笑消失了一小会儿，然后又继续绽开，望向我：“恭喜你啊！”

然后我们两个人就一起沉默了。

须臾，“谢谢你！”我和雨默同时开口，说出这三个字。

“谢我干什么？”又是异口同声，一字不差，甚至连语气都一样，真是可怕的默契。

我们对视了一眼，一起傻笑了起来。

“你好，初次见面，我叫唐平。”我突然说道。

“你好，初次见面，我叫雨默。你给我的感觉好熟悉，我们是不是在哪儿见过？”雨默默契地和我握了握手，问道。

我故作深沉地回忆了一番：“是啊，你给我的感觉也好熟悉，你长得很像一个人！”

“像谁？”她问。

“像我未来的女朋友。”我认真地答道。说完这句话，我的心已经提到了嗓子眼，紧张地等着她的回应。

她微微一怔，紧接着突然转身背对着我。过了好一会儿，她才叹了口气：“唐平，我告诉你一个秘密，你别告诉别人好吗？”

“什么秘密？”我惊呆了，难道雨默一直都知道那晚发生的事……这！

雨默深吸了一口气，才下定决心地开口说道：“这个秘密就是：其实，我喜欢你！你不许告诉别人！发誓，快发誓！”她转过身来时，脸上已经浮起了迷人的娇羞。

那一瞬我心里乐开了花，嘴角却带出一个坏坏的笑。

“发誓，快发誓！”

“我不，我就不！”

我在精神病院里四处逃窜着，雨默在后面噘着小嘴追着。

这是我们的新生，从我们那两句“初次见面”开始。从那一刻起我们已经约定好了，放下过去，用微笑迎接未来。

我的脚步突然停下，追在后面的雨默迎面撞到我怀里。“哎哟！”她轻哼一声，用力地拍了一下我的胸口，然后顺着我的目光望去。

“你看那个疯子，他治愈了我们，却永远治不好他自己。他原谅了所有人，唯独无法宽恕自己。”我望着匆匆路过男病号楼走廊的萧白说道。

雨默轻轻叹了口气：“萧医生藏得太深了，没人能走进他的内心世界。”

“其实他才是这家精神病院里最需要治疗的那一个。”我说。

“有人能治好他吗？”雨默问。

“不知道，应该有吧。”我茫然地答道。

第二天我出院了，我让爸妈在家等我就行，我想一个人走出去。

逐一告别病友，送出一堆祝福，也收获了一堆祝福。你看，生活多像一面镜子，你对它微笑，它也对你微笑。你对它抱怨，它就会回赠你更多的挫折。心态决定命运，心有多大，眼中的世界就有多大。

再回头看看这些病友，他们都恢复得很快，据萧白说下个月海洛因和胖子也该出院了。我走出病房的时候，僵尸走了过来，向我伸出右手。只有他还是老样子，一言不发，不过他的行为说明他确实也恢复得差不多了。我微微一笑，和他握手告别。

瘦子他们站在病房门口，我挨个拥抱了他们：“我在外面等你们出来，别让我等太久！”

他们都会意地笑了笑，点了点头。

刚走出男病号楼门口，我又折身回去，我想起了一件事。

我走进刚入院时的 102 病房，来到我以前的床位边。果然，那段话还留在床头：若如死亡般安然，我们就不会再忧伤……

萧白走了过来，递给我一根白色粉笔：“我早看见了，就等着有一天你自己能回来擦掉它。”

我接过粉笔，将那段话涂白抹去。拍拍手，转身，想了想，又回到床头，掏出笔新写了一句话：你不能一直紧闭双眼，然后说你看到的这个世界只有黑暗。

萧白斜了我一眼：“你还不如写上：唐平到此一游！当我这个医生是死的是吧，敢在我的病房里信手涂鸦！”

我给了他一个贱贱的微笑，以其人之道还治其人之身，然后折身去了女病号楼。

告别雨默的时候，我提了一个小小的过分要求，我要求亲她一下。

雨默双眼微闭，将左脸递给我。

我很坏地亲了她的小嘴，然后挨了一记耳光……

我不知道你会不会反感我这样跳跃式的记录，这就是生活，看起来很多很复杂，其实记起来就那么一点点。不信你现在试着写写今天发生过的特别的事，我估计不会超过几句话。

你试了吗？是不是这样？好，现在再让我们来记录过去一年里发生过的特别的事。怎么样，也就几句话就说完了吧。所以人家都说平平淡淡才是真，我们每天的生活周而复始，我们好像就是在今天重复着昨天的故事，颠来倒去，倒去颠来。偶尔有那么一点惊喜，或者挫折，然后很快就会过去，恢复平淡。

这就是生活，大部分都流逝在平淡的时间里。偶尔精彩，偶尔灰暗，只是偶尔，很快就会过去的。萧白教会了我怎么去做自己的旁观者，我经常看着生活中的那个我，在他得意忘形和灰心丧气的时候都轻轻告诉他一声：很快就会过去的。

然后他很快就恢复了平静，虔诚地面对生活微笑，迎接待定的未来。

每个人走的路都不同，每个人的命运也不同。这世间没有绝对的东西，就连最稳定的时间也可以在相对论中变慢，或者变快。所以你别去和“公平”这两个字较真，并不是所有的付出都会有收获，但想有收获就必须先付出。少一点抱怨，多一点耐心，你才能找到你想要的公平。其实大部分的付出都有收获的，哪怕就是失败，你也收获了一次教训，至少你下次不会在同一个地方跌倒。

有付出却完全没有收获的是什么人呢？嗯，就是那些受了挫折后怨天尤人，觉得全世界都对不起他的那类人。只是发发火，抱怨几句也就罢了，最后竟然还很受伤地躲到自己的内心世界里，深陷于自己创造的“痛苦”中不能自拔。这类人最后大都去了同一个地方——精神病院。他们不仅付出后没有收获，还把自己也赔进去了，你说他们傻不傻？呵呵，你觉得他们很傻？嗯，我也这么觉得。那你呢，你是属于哪类的？

半年过后，我和雨默结婚了。

不知道是不是有了个好心态的原因，这半年来一切出奇地顺利，第一次面试就被聘用。上司很赏识我的工作劲头，破格提拔我到他身边。一次酒后还笑着和我说他快要升迁了，他会向上级全力推荐我来接替他的职位。

雨默没有拿陶耀的一分遗产，全交给了他的亲人，只留下陶耀以前送给她的东西作纪念。我们凑钱交了一套偏单小户型的首付，当起了幸福的房奴。我和雨默一起将这个小窝布置得漂漂亮亮，费尽心思将新房装满了喜悦。

萧白出席了我和雨默的婚礼，他的祝福是真诚的，但我也看见了他眼中那一丝隐藏着的顾虑。

故事到此结束该多好，我多想让故事就在这儿戛然而止，画上一个句号，然后和雨默从此就这么一直幸福快乐下去。

但生活还在继续，没人知道什么是最终结局。

命运的敲门声是我和雨默结婚后一个月响起的。

那天是周日，雨默正在厨房里准备丰盛的晚餐，我在旁边帮忙兼捣乱。

我不该开那个门的，但我明白那个门终有一天会开，或早或晚而已。

我过去打开门，是萧白，他手中捧着一叠文件。

他神情中带着一丝慌乱，我是第一次见到萧白的这个眼神。

“萧医生来了，正好儿，一会儿一起吃晚饭吧！”雨默看到萧白，高兴地喊道。

萧白看了雨默一眼，强笑着点了点头，然后一把拉着我进了主卧室。

他踌躇了半天："唐平，我……我不知道该怎么开口告诉你这一切。"

我深吸了一口气，点了点头："我准备好了，说吧。"

是的，我准备好了。

从遇到雨默的那一刻起，我就已经准备好了。

萧白从那些文件中抽出一张纸，递给我："这是当时雨默在催眠治疗时写下的话，这是在催眠状态下写出来的。"

我接过，上面只有一句话：任何人都别想伤害雨默！我会一直保护她！

"这……这代表着什么？"我愣道。

萧白略微沉吟了一下，回道："复杂的我不说了，你肯定听说过多重人格吧？小说和影视作品里经常出现。但实质性的多重人格在临床上其实极为罕见，连我国外的老师和同行们都没有遇见过。我做梦都没想到在我的行医生涯中，会遇到一个多重人格病例。"

"你是说雨默具有多重人格？不可能！我和她相识到现在，从未见她出现过什么别的人格。"我急急地反驳道。

"你别急，听我说。多重人格并不是你印象中的那种无常转换，相反，多重人格的人格转换大多是应激性的。就好比变色龙一样，在什么环境下，它就会变成什么颜色来适应环境。转换后的人格持续时间也不同，从几分钟到几年不等。雨默应该就属于前者，这样的多重人格十分难察觉和诊断，这也是我漏诊的原因。但巧的是多重人格在催眠状态下，会因为潜意识的活跃而表现出来，这张纸上的话正是雨默另一个人格写的。"萧白一口气说道。

我看着那张纸，摇了摇头：“你不能凭这个就下诊断，这一句话又能说明什么？这句话的意思有很多，谁都会保护自己！”

“我当然没有凭这一句话就下诊断。”萧白望着我，认真地继续说道，“从看到这句话之后，我这半年来就一直在研究各种有关多重人格的文献，希望能找到治疗方法。我还暗中查访了雨默小时候的老师和同学，查访完后我才知道雨默那些关于影子的故事是真的。那并不是妄想泛化，这些事都真的发生过，而且就是雨默自己做的！她的家人为了她的未来，隐瞒了这一切，告诉我这些都是雨默的妄想。”

“不……”我将那张纸揉成一团，“不是这样的。”

萧白叹了口气：“雨默小时候很孤独，她希望能有一个小伙伴来陪伴自己。就这样，强烈的心理意愿让她从人格中分裂出一个‘影子’朋友！一直到雨默上了中学，有了贴心的朋友之后，影子才渐渐地从雨默的生活中消失。之前雨默将自己所有的痛苦和孤独都交给了影子，分裂出来的这个人格并不完整，这个人格只会凭本能欲望和喜好去行动。但有一个关键，这个‘影子人格’全心全意地照顾着雨默，保护着雨默。就像保护着雨默的哥哥或姐姐一样，但这个人格没有任何的理智，没有任何法律道德的观念约束。只要她察觉到有任何东西即将伤害到雨默，她就会应激出现，采取一切行动来阻止对雨默的伤害，包括……杀人！”

听到这儿，我反而冷静了下来：“你是说，雨默的前夫陶耀……”

萧白点了点头：“之前我以为是穿着一身黑的歹徒让雨默产生了妄想泛化，但我查访到这一切之后我明白了。当晚杀死陶耀的极有可能正是雨默自己的另一个人格，她的家人也想到了这点，所以才一直隐瞒着我，告诉我这一切都只是雨默的妄想。很巧合的，她的一切病症都符合创伤后应激障碍，所以我也就信了。”

我努力镇定下来，问道：“雨默自己不知道这些事吗？”

萧白摇了摇头：“多重人格有两类情况，一类是各种人格有各自的记忆，每次转换之后将对前一种人格完全失忆，就好像一个人的身体里住着多个完全不认识对方的人。另一类就是像雨默这种，在她的主人格背后潜伏一个协同意识人格。这个协同意识人格可以察觉到雨默的一切，而且当雨默出现危险的时候就会瞬间转换出来采取行动来保护她。而雨默的主人格则对这个协同意识人格完全没有记忆，雨默并不知道住在身体里的另一个自己。”

萧白深吸了一口气，指着自己的脑袋说道：“但无论是什么人格，她们都有同一个大脑。雨默对协同意识人格没有记忆，但大脑的潜意识却可以通过影子的幻化形式来告诉她发生的一切。雨默自己都分不清这些到底是妄想还是真的发生过，所以我的治疗让她相信了这一切都不过是她自己的妄想。我虽然治好了她的创伤后应激障碍，却漏诊了这个协同意识人格。”

“多重人格可以治疗吗？”我问。

萧白摇了摇头：“我查了所有的文献，没有找到多重人格的确切成因治疗方法，只是提到多重人格有可能在某种情况下，互相吞噬抢夺主人格。当只剩下最后一种人格时，就是多重人格的最终结局。也有可能直到老死，这些人格一直并存着。多重人格是精神科里的一种传说病例，很多医生根本就不相信有这种病，大多认为这只是诸如癔症或其他精神病的继发症状之一，并不具备实质性。”

“那多重人格杀人该怎么判刑？”我继续问道。

萧白头疼地揉了揉太阳穴：“这将是中国第一例多重人格杀人案，按照中国的传统法案，只怕雨默会被当成一般杀人犯来判处。这其实不合情理，因为雨默兼有两种人格，其中某种人格犯错不应牵连到另一人格也受惩处。而多重人格又不属于无认知精神病的范畴，所以也不能通过精神病来减刑……”

萧白絮絮叨叨地说着，他没发现我的目光已经越来越迷茫，心中的某个念头却越来越坚定。

“你通知警方了吗？”我问了最后一个问题。

萧白摇了摇头：“没有，我先来通知你。让你先远离雨默，免得受到她协同意识人格的伤害，然后考虑报警的事。”

我点了点头，扫视了一圈这精心装点过的新房，看了看那墙角还舍不得摘去的饰花。最后目光停在了书柜下的那个小铁锤上，那是我给雨默砸核桃用的小锤子……

半个小时后，我直起身子，转身走向房间的大门。就在我开门的刹那，一柄冰冷的小刀瞬间刺入我腹部。

是雨默，她正怒视着我。这是我第一次……不，是第三次见到她的这个表情。就如萧白所说，这是另一个雨默，一直潜伏在雨默身体里的那个“影子”！这就像雨默的一个防御机制，当雨默觉察到有危险时，这个“影子”就会被瞬间唤醒，代替雨默去保护自己。

萧白进门时的表情太紧张了，“影子”肯定觉察到了这一切，所以一直站在房门外偷听。其实这个“影子”一直在保护雨默，而且是完全不择手段地保护着雨默。她害怕我们向警方报告，所以才对我们动了杀机。

我倒下时，门也完全打开了，雨默惊呆了。无论这是哪个她，她都惊呆了。她看见萧白倒在床上，头已经被砸破，鲜血淌满了床单。地板上还歪着我们平时用来砸核桃的那个锤子。

“这……这是为什么，为什么？”雨默手中的刀子掉落在地。

我靠着床沿半躺在地板上，无力地朝雨默招了招手：“亲爱的，过来……过来我给你讲个故事。”

雨默呆呆地望着我说：“你知道的，我并不是你认识的那个雨默。”

我吃力地笑了笑：“其实我早就认识你了，甚至比我认识的雨默还早，过来吧。对我来说……你们都是雨默。”

雨默走到我身旁，半跪在地。我将她拥入怀中，就像平常一样，让她的脸贴着我的心脏，这样她就能听到我的心声。雨默很温顺，她知道我没有多少时间了，她能听到我的心跳声正一点一点地变弱。

我轻抚着雨默的秀发，问道：“你知道我一年前是因为什么得的抑郁症吗？”

一年前，我也有一个女友，叫倩倩。我还有一份好工作，在一家国企上班，我的顶头上司正是陶耀。突然有一天，我被上司用一堆借口辞退，更突然的是倩倩要和我分手。

这两件事几乎同时发生，我不知道该怎么理解。但我知道陶耀是一个什么样的人，这个人两面三刀，在生意场上是个狡诈小人，公司看中的也正是他这一点。作为一个上司，他对下属刻薄也是出了名的，罗七这个杀人狂可以说就是他一手创造出来的。

陶耀最大的优点就是他非常善于表演，他的演技确实高超。从他职场的一帆风顺就可窥一斑，就连公司的合作投资商都经常夸他求真务实，老总对他的工作态度更是赞不绝口。其实呢？他的所有成就都是压榨下属得来的，就连那些策划文案都是我一手帮写的。他要做的就是接过我们的成果，签上他的大名而已。

不仅是工作，就连他的生活都是这个样子。陶耀有着一张相对英俊的脸，他身边的女人十个指头估计都数不过来，左右逢源不说，就连对自己的妻子都表演。

雨默每次都只打电话到公司，因为害怕打扰到他的工作，自己从没来公司找过他。雨默一直说我给她的感觉很熟悉，因为我们通过无数次电话，我也对她撒过无数次谎。雨默是个非常善良的姑娘，她从未怀疑过我的话，更没怀疑过自己的丈夫。每次打完电话，都叮嘱我要帮她好好看着陶耀，别让他太操劳。可是她不知道，在她说这些话的时候，陶耀正在外面和别的女人寻欢作乐。

倩倩和陶耀见过面，就在我被辞退前不久倩倩来公司找我。就在他们两人目光碰撞的一瞬间，就已经有了一股故事的味道。

想到了这一切，我意识到了什么。所以在倩倩在和我说完分手之后，我就一路跟踪她，越跟踪答案越明显。她一路来到了我所在的公司，她打了个电话，陶耀就出来了。倩倩上了陶耀的车，飞驰而去，我一路跟踪他们到了酒店，再然后他们就拿了门卡上楼。

跟到这里，我还有必要再跟下去吗？这故事已经没有别的答案了。

就在我准备离开酒店的时候，一个女人和我擦身而过走进门去，她的神情冰冷而可怕。陶耀的办公桌上摆着他的结婚照，我知道那个女人正是雨默。只是我没想到声音这么温柔的雨默竟会有这么一张僵冷的脸，擦身而过的一瞬，我能感觉到她身上传来的丝丝寒意。

只是一个小插曲，当时我并不在意，那时我的心中已经被屈辱和愤怒装满。当一个男人同时面临这两种羞辱时，他会做什么呢？我不知道别人会怎么做，我只记得我离开酒店之后，几乎就像早就计划好的一样。我很镇定地走进一家服装店，买了一套黑衣服，一双手套，还有一个棉织黑面罩。最后还买了一双比我穿的鞋子大两码的新鞋，我故意的，我知道警方可以通过鞋印推测身高体型。

然后我还跑到了一家小型五金店里，买了改锥、金刚钻、撬手。陶耀买的别墅是我帮忙做的室内装修设计图，我很清楚那栋别墅的弱点在哪儿。我没有在别墅的大门上考虑，那是最新的防盗门，就算是暴力突破也要好几个小时。但他家后院的玻璃门却只有一个小铜锁，十几分钟就可以轻松撬开。那栋别墅位处城郊，那里是个别墅住宅区。不仅房屋间隔大，而且周围很多别墅压根就没有人住，这为我要做的事提供了极大的便利条件。

当一个人愤怒到顶点的时候，什么都可以不顾。当时我没有一丝犹豫，我唯一盼望的就是夜晚快点到来，我好去做我想做的事。我能感觉到肾上腺素正在大量分泌，浑身有着压抑不住的毁灭欲。

当天晚上十一点，我来到那栋别墅旁，准备先观望一下四周，趁没人注意再翻墙进后院去撬玻璃门。就在我走到别墅门口时，一个黑影从大门处惊慌逃开。我一愣，定睛一看，虽然他也蒙着面罩，但我还是从他那个萎靡不振的背影上认出他来了——罗七！

巧合吧？是的，很巧！当天晚上不仅是我想杀陶耀，就连几个月前被他解雇的罗七也想做同一件事。我小心地走到那栋别墅大门前，才发现一堆来不及收走的撬门工具，和一个已经被撬开的锁。看来罗七比我还早到了几个小时，刚刚他听到我的脚步声就赶紧逃跑了。

之后当我再次见到罗七时，我不禁在想一件事。当晚我要是没出现，罗七顺利杀了陶耀的话，会是怎样一个结局？罗七的愤怒一直就是陶耀，他没能杀到陶耀。让别人捷足先登，所以后来才将愤怒转移到别人身上，变成了一个杀人狂。不仅如此，现在的我们也将是另一个结局。

我帮罗七将那些工具收了起来，然后小心地推门进去。

客厅里没有人，虽然我是从大门进来的，但我还是按着原计划躲到了玻璃门大布帘的后面，等待下手机会。

我刚躲好，浴室就传来开门声，雨默穿着浴袍走了出来，顺手打开了电视。我想杀的只有陶耀，我并不想伤害雨默，所以我继续等着陶耀出现。

果然，过了一会儿，陶耀也从二楼下来了。

“老婆怎么还不睡？”

“嗯，等头发干了睡，老公你困了就先睡吧。”

“不，我等你。”

我在布帘后面一阵恶心，果然是个好演员，这几句话说得温情款款。真是外面彩旗飘飘，家中红旗不倒。

接着陶耀就坐到雨默的旁边，很体贴地拿起小刀削苹果。

两人就这么一直甜蜜地说着什么，突然雨默的神情一变，就像瞬间换了个人。

“你和外面那个女人今天很甜蜜嘛，酒店里202号房都快被她的呻吟声震塌了。”雨默冷笑着说道。

陶耀削苹果的手僵住了：“老婆，你……你听谁说的，没有的事！”

雨默接下来的动作快得不像一个女人，她瞬间夺过陶耀手中的刀子，回手抹向他的脖子。陶耀甚至都还没反应过来，颈动脉已经被切开，瞪大了双眼难以置信地望着雨默。

雨默冷冷地望着他：“你骗得了雨默，骗不了我。我早就听到了传闻，今天我租了一辆车悄悄跟踪你，才发现你果然和那女人搞在一起！谁也别想欺骗雨默，谁也别想伤害她！”

陶耀就这样缓缓地歪到了沙发的一边，大量的鲜血从沙发顺沿着淌落在地。雨默不慌不忙地将那柄水果刀的刀柄在浴袍上擦了擦，然后又送回陶耀手中按了一下指纹，最后才丢在一旁的地板上。

我在布帘后面惊呆了，我甚至都不知道该作何反应。谁能想到这世间的事会这么巧，就在这天晚上，我和罗七都想杀的陶耀，最后竟死在了自己的妻子手上。这发生的一切已经超出了我所能反应的范围。

但接下来的事更让我吃惊，雨默深吸了一口气，把眼睛闭上。等她睁开眼睛，看见眼前一切的时候，竟发出一声尖叫，然后疯了一样地跑到附近的别墅呼救。我看到了这一瞬间的转变，这不是装出来的，这是真的。雨默刚刚变成了另一个人，那个人今天我在酒店的时候遇到过。

等我反应过来的时候，才想起要逃跑。但等我逃回家中时，我才发现自己什么都没了。工作没了，女友没了，甚至想杀的人都没了，仿佛生活一下儿被掏空了。那段时间我就一直把自己锁在屋里，我想搞死自己，杀死那个无能的窝囊废。

很巧的，那天晚上发生的事，让雨默没有了嫌疑。而警方也一直没能找到我头上，这事竟这样成了悬案。巧吗？真的很巧，可你要再从头到尾看一次这个故事的话，你就会发现这些事其实迟早都会发生的，只是很巧地凑在了同一个晚上。

接下来就回到故事的开篇了，我被家人送进了精神病院，也就是在那里我再次遇到了雨默。当时我惊呆了，命运为什么要这么安排？难道真的有命中注定吗？我甚至都不知道自己是怀着怎样一种心情去接近雨默的，是好奇？恐惧？或者是其他？

我只记得在那间约束室里，有一个姑娘用最纯真的微笑和眼泪打动了我，在我心底烙下了她的善良和无助。我感谢那些胡编乱造的小说和电影，让我早早懂得了这世界上还有多重人格这么一种病。

我知道自己爱上了一个危险的姑娘，这是一个炸弹，不知道什么时候就会爆炸，将我炸得粉身碎骨。但从我爱上雨默那一刻起，我就已经没有了别的选择。

我为雨默下了一个决定，我要将这个秘密守口如瓶，带到坟墓里去。对于雨默，我也不会告诉她当晚发生的一切，包括陶耀的背叛。我只想要她幸福快乐，哪怕是骗她一辈子，瞒她一辈子，我都愿意。

我没想到萧白最终会挖出这个秘密，我不想的……

萧白说得没错，爱无法定义，这个故事也没有一个合情合理的结局。

第十三章

故事的另一种可能

结局一

“我对雨默的爱是真的，无论是和我相爱的雨默，还是藏在她身体里的另一个你。我爱的就是整个雨默，不论是楚楚可人的雨默，还是凶残可怕的你……对我来说，你们都是雨默……”我吃力地讲述着，我知道我时间不多了，一阵阵的眩晕感向我袭来。

雨默轻声抽泣着，她的泪水打湿了我的胸膛，我深情地吻了一下她的小脑袋“亲爱的，这不是你的错。等我……等我死了以后，你把这里布置成我和萧医生搏斗，最后同归于尽的现场……还有，帮我告诉另一个雨默，我爱你们……都爱……”

终于，我眼前的一切都模糊了过去，然后这模糊的一切被无尽的黑暗彻底吞没。

在黑暗即将吞没我的一瞬，我听到了雨默的哭喊声：“唐平！不要离开我……不要！不要！唐平……”

我不知道在黑暗中待了多久，突然一道光将黑暗劈开。一个白衣人从那道光中缓缓向我走来，我看不清他的脸。他站在我面前良久，才缓缓开口：“走吧唐平，我是来接你的？”

“你是谁？天使还是恶魔？我要去哪儿，是天堂还是地狱？”

“我是你，你的一生。是去天堂还是地狱，由你自己决定，由你这一生的善恶决定。”

“我做的这一切是对还是错？”

“人这一生没有对错，只有善与恶。我要给你的也不是审判，只是选择。”

“我听不懂。”

“你希望呢？你希望你是能去天堂还是地狱？”

“哪边离雨默近一点呢？”我问。

他却没有回答，他只是凝视我良久，然后重重地叹了一口气。

我想了想，自言自语道：“我觉得我应该会下地狱吧，我杀了萧白……对了，萧白应该会上天堂吧，他是个好人。”

“不一定，我也不知道他会去哪儿。”

“为什么，他是个彻底的好人啊！”

“罗七杀的那三个人，其实可以算是萧白杀的。他需要钱去养那些病人，当初罗七因为心理问题找过他。也就从那时候起，萧白就一直用催眠术控制着罗七。罗七在黑市买卖器官获得的钱，其实大部分都被萧白暗中拿走了。罗七一直被催眠术控制着，就连到死都以为这一切都是自己干的。他甚至都不记得自己曾经找过萧白，因为这一切记忆都被萧白用催眠术封住了。”

“这……这怎么可能！”我惊呆了。

“萧白需要钱，他太需要钱了，他收养的病人早已经将他掏空。他的支出比你想象的要多得多，他早就因为收养病人欠下了大笔的贷款。就在这时候，一个心底潜伏着魔鬼的罗七找上了他。萧白要做的其实很简单，就是用催眠术控制着罗七的记忆，然后帮罗七将自己心底的魔鬼释放出来而已。”

“那萧白做的这一切是善是恶，是对是错呢？”

“他做恶是为了行善，他因为善心而去做恶事。我们连他的善恶都无法定义，更不敢妄提对错。”

“我明白了，所以你让我们自己选择，因为你们没办法下这个审判。所以你让我们自己的一生来接我们，让我们自己来审判自己，对吗？”

“是的，我要给你的不是审判，而是选择。你这一生选择了地狱还是天堂，都由你自己来决定。”

“哪边离雨默近一点呢？”我又问了一次。

白衣人依然没有回答这个问题，只是和我沉默地对视着，对视着。

于是，千万年过去了，我和白衣人还在原地思考着那个唯一的问题：哪边离雨默近一点呢？

结局二

我睁开眼睛时，医生正用小电筒测试我的瞳孔反应，难道我刚刚梦中的白衣人就是这个医生？我一愣：“我，我不是死了吗……雨默！雨默呢？”我一动，才发现我自己被约束在病床上。

医生叹了口气：“陶耀，安心养病，不要胡思乱想。”

“陶耀？什么陶耀，我……我是唐平啊！雨默呢！放开我！约束我干什么？雨默呢！快放开我，雨默在哪儿！”我挣扎着吼道。

医生摇了摇头，边写医嘱边对着身旁的护士交代了一句：“给他加注冬非（冬眠灵 + 非那根）。”

护士接过医嘱就去取药，几分钟后就带着冬非镇静剂过来了，直接注入吊瓶中。随着针剂一点点地注入我的血管，我的意识逐渐模糊了起来。

“你先观察一段时间，留意有没有出现不良反应。”医生交代了护士一句，转身就去了别的病房。

我在意识模糊中似乎听到两个小护士在说话。

“小雯你在干什么呢？”

“陶耀刚注射了冬非，医生让我先观察一段时间有没有异常用药反应。”

“哎，这陶耀其实蛮帅的，可惜却是个精神病。”

“你小心点，他手上挂着三条人命呢，这可不是开玩笑的。”

“天哪，这么可怕！”

“是啊，王医生说他这个属于偏执型精神分裂症，而且有极其危险的角色错位妄想。把别人的故事当成自己的故事，把别人当成自己。就好像是别人的影子一样，扮演别人的身份，活在自己编造的世界里。”

“他杀了三个人？”

“是啊，我也是听说的。据说原来挺好的人，事业有成，家庭美满。但好像是因为搞婚外恋，妻子气得和他离婚了。接着他工作的公司查出他之前犯的一些错误，毫不客气地开除了他。同事还将他做的那些事大肆宣扬，搞得后来再没有公司肯要他。也就从那时候起，他就一直处于精神崩溃的边缘。”

“他也真倒霉。”

“可能也是因为反省而厌恶自己吧，从那以后他一直对家人说他自己已经死了，从此就乐此不疲地开始扮演别人。但无论是扮演谁都一样，别人一喊他陶耀，他就说陶耀早就死了，而且陶耀早该死了！”

“那他杀了三个人又是怎么回事？”

“他家人把萧医生请到家里诊断，他却突然一把抓起锤子砸死了萧医生。接着跑到前妻的家中，杀死了前妻雨默和她的丈夫唐平。最恐怖的是什么你知道吗？”

“什么啊？”

“警察赶到他前妻家的时候，他趴在已经死去的唐平胸前哭泣，他对警察说自己是雨默。哎，你听到没？刚刚他又说他是唐平了。”

这……这才是真实？不！这一定是个梦，不是这样的！不可能！

这一切都只是我的角色错位妄想？不可能的！不可能的，我怎么会是陶耀！不是这样的！不是的！我是唐平啊！对，我是唐平！不，我是雨默！不对，我是唐平，我是唐平！我是唐平和雨默，我是萧白，我是全部故事的编造者……不，我是唐平！我是唐平！

醒过来，快醒过来啊唐平！不对不对，别醒过来，回到那个唐平的身份中！别醒过来，永远别醒过来，一直做那个唐平，回到雨默的身边去。对！去继续做这个梦，永远不要醒，我要去找雨默，我要去找雨默。

永远不要醒，我不是陶耀，我是唐平！永远不要醒，永远……回到有雨默的那个世界去……

结局三

“醒了！医生他醒了！唐平，唐平……唐平！”是雨默和爸妈的声音，是雨默的声音！

我迫不及待地睁开了眼睛，是的，我回来了！我看到了雨默，萧白，还有我的爸爸妈妈，他们都在紧张地盯着我。

“真没用，这么点小伤你竟然昏迷了两天。”萧白挑衅地说道。

“我都这个样子了，你能不能说点好听的？”我有气无力地回道。

“太好了，太好了……老公我都被你吓死了！太好了，太好了……”雨默喜极而泣地擦了擦眼角的泪。

“放心吧，你老公舍不得你，不会这么快就死的。傻丫头……”我抬起手将雨默的小脑袋轻轻地安放到胸前。

我回来了，我终于回来了！不管这是真实还是虚幻，我只想一直留在这儿，留在这个有雨默的地方。

这一切都拜萧白所赐，这都是他精心安排的一出好戏。

当他发现了雨默的多重人格之后，并没有马上就揭开一切。而是查阅了多方资料和各种文献，拼了命想找出治疗多重人格的方法。但很可惜，竟没有一种明确的疗法能治疗多重人格。

于是乎，这个疯子又开始发疯了，他又创造了新的萧白疗法，也就是我们演的这出戏。当然，一切都是萧白和我商量好的。包括那天的所有对话，甚至萧白见到雨默时的那种紧张和强笑，一切都是演技。别忘了那个小锤子，还有那夸张地洒了一床的红糖浆。

一切都按着萧白的设想顺利进行着，唯独无法掌握的就是雨默的协同意识人格，萧白没料到这个人格会连话都不说就直接出手。也就这样，我下腹部就结结实实地挨了一刀。

说实话，当时我真的以为自己要死了。所以当时我对雨默说的那些话已经不属于演技，那些确实是我的真心话。我真的没想到我还能再次睁开眼睛看见雨默，这种感觉真好，感谢上天还让我活着……

我出院后第一件事就是去找那个该死的萧白。

“你这个疯子，有你这么拿别人性命开玩笑的吗！”我一进他办公室就咬牙切齿地朝他叫嚷道。

“你不还活得好好的吗！”他不以为然地翻着病历，头也不抬地回道。

我差点没被气死：“我在医院里躺了半个月，这叫活得好好的？”

“算了吧，要没有我，你半年前早就顺利搞死自己了，现在你还能来这里和我斤斤计较？再者说了，这东西我也不能全预测到，而且也是你自己选择要冒险治疗雨默的多重人格的。”他轻描淡写地继续回道，他还真有理了他！

我实在是没脾气了：“那……那雨默现在到底怎么样了？”

他终于抬起头，点起一根烟，顺便不忘给我一个招牌式贱笑：“经过我这几天来的催眠测试，雨默的协同意识人格已经完全消失了。我也按着你的意愿帮雨默修改了一些记忆，让她不用被这些过去发生的事所纠缠。”

“那就好，不过……我还是不明白，为什么经过这些事以后，雨默的协同意识人格肯自动消失呢？”我问道。

萧白吐出一口烟，答道：“首先你要明白一点，雨默的协同意识人格，其实是雨默精神世界的一个相当独特的自我防御机制，是为了保护雨默而诞生，而存在。雨默其实是将自己的善与恶分开了，将恶全部交给了这个协同意识人格。而经过这一切之后，雨默的潜意识明白了，你会全心全意地去爱着她，保护她，不让她受到任何伤害。这个协同意识人格也就失去了存在的意义。尤其是这个协同意识人格还‘误杀’了你，在强烈的精神刺激下她当然会选择自我毁灭。而在协同意识人格毁灭之时，雨默这个独特的自我防御机制也会同时消失，雨默的善与恶也就重新融合在了一起。”

“我怎么听着这么玄乎呢？这又是你自己的那套萧白理论吧？”

他嘴角的贱笑更深了：“嗯，没错，确实是我的萧白理论。我找遍了所有能找的资料和文献，都没能找到治疗多重人格的确切疗法，但发现了雨默的多重人格可能是一个独特的心理防御机制之后，我决定动用这世界上最无法定义的东西去治疗它，这次的治疗可以称为——爱的治愈！”

“那……那雨默杀了陶耀这件事呢，你打算怎么处理？”我小心地问道。

“在我看来，杀陶耀的是雨默的协同意识人格，现在这个人格已经消失了。也就是说她身上的凶手已经自杀了，雨默现在应当是无罪之身。”

“还有……”他微笑地看了我一眼，“我说过的，我是个医生，只负责治病救人。其他的我不管，也管不着。”

我不禁笑了笑：“你管得还少吗？”

这疯子没有再搭理我，只是将目光移回到病历上。那表情看似一脸认真，嘴角却是藏不住的贱贱笑意。不得不承认，我已经开始喜欢他的那一脸贱笑了，真的是人见人爱的无耻微笑……

在我走出他办公室的时候，我突然又想起了第一个梦里白衣人说过的那件事。难道罗七真的是被萧白……现在罗七已经被处决了，这答案只有萧白自己知道。

我透过窗户看了一眼那个满脸贱笑的萧白，突然觉得这个答案已经没有什么意义了。

我微微一笑，然后大踏步地向前走去。

哪个结局是真的？我不知道，我也不知道哪个结局是真的。

我只知道，我想要的只是这一个结局。是真实还是虚幻都没关系，只要是这一个结局就好。天堂或地狱都不重要，只要那里有雨默就好。

也许我早已沉寂在死亡深渊，也许这只是一个梦，也许我确实是一个叫陶耀的精神病人。无论是哪个也许，请永远不要唤醒我，就让我继续沉迷在自己的妄想和幻觉里吧。

在之后的日子里，我交给了雨默一个任务，每天早上要用她的声音来唤醒我。听不到她的声音，我坚决不睁开眼睛。哪怕就是在外地出差时，我也要她每天早上打电话给我，听到了她的声音，我才敢睁开双眼。

雨默问我为什么。

我说："我怕有那么一天，我睁开眼睛，发现那个世界里没有你……"

灵魂破译师